Impact

Famille Landry

Impact

Adriana Locke

Traduit de l'anglais par
Kurt Martin

ADA ÉDITIONS

Titre original anglais : Swing : Landry Family Series

Éditeur : François Doucet
Traduction : Kurt Martin
Révision linguistique : L. Lespinay
Conception de la couverture : Catherine Bélisle
Photo de la couverture : © Getty images
Mise en pages : Sébastien Michaud
ISBN papier : 978-2-89803-745-0
ISBN PDF numérique : 978-2-89803-746-7
ISBN ePub : 978-2-89803-747-4
Première impression : 2019
Dépôt légal : 2019
Bibliothèque et Archives nationales du Québec
Bibliothèque et Archives Canada

Éditions AdA Inc.
1385, boul. Lionel-Boulet
Varennes (Québec) J3X 1P7, Canada
Téléphone : 450 929-0296
Télécopieur : 450 929-0220
www.ada-inc.com
info@ada-inc.com

Imprimé au Canada

Participation de la SODEC.
Nous reconnaissons l'aide financière du gouvernement du Canada par l'entremise du Fonds du livre du Canada (FLC) pour nos activités d'édition.
Gouvernement du Québec — Programme de crédit d'impôt pour l'édition de livres — Gestion SODEC.

Catalogage avant publication de Bibliothèque et Archives nationales du Québec et Bibliothèque et Archives Canada

Titre : Famille Landry / auteur, Adriana Locke; traducteur, Kurt Martin.
Autres titres : Landry family series. Français | Influence | Impact | Revirement
Noms : Locke, Adriana, auteur. | Martin, Kurt, 1970- traducteur. | Beaume, Sophie, 1968- traducteur. | Locke, Adriana. Sway. Français. | Locke, Adriana. Swing. Français. | Locke, Adriana. Switch. Français.
Description : Traduction de : Landry family series. | Sommaire incomplet : livre 1. Influence -- livre 2. Impact -- livre 3. Revirement / traducteur, Sophie Beaume.
Identifiants : Canadiana 20190034971 | ISBN 9782898037429 (vol. 1) | ISBN 9782898037450 (vol. 2) | ISBN 9782898037481 (vol. 3)
Classification : LCC PS3612.O25 L3614 2019 | CDD 813/.6—dc23

À toutes celles qui aiment quelqu'un qui n'est pas toujours facile à aimer.

Et à ***Danielle Monroe***. Tu ne cesses de m'épater avec ta gentillesse… et ton amour du baseball. Celui-là est pour toi !

1

Lincoln

— *Je suis conscient que ce n'est pas ce que vous souhaitiez entendre.*

Tirant ma casquette un peu plus basse sur mon front, j'essaie de chasser de mon esprit la voix du médecin de l'équipe des Arrows. Il ne peut changer les résultats. Bon sang, sa vie serait plus facile s'il pouvait appliquer une pommade sur mon épaule et dire que sa journée est finie. Malheureusement pour nous deux, aucune chance.

L'ascenseur fait ding pendant que les portes s'ouvrent et que j'y entre. Enfonçant le bouton de l'étage des soins, je souris, jetant mentalement un os à la blonde appuyé contre le mur arrière. Pas mon os, bien sûr. Je ne peux penser à ça pour le moment. Ça ne veut pas dire que je n'apprécie pas comment sa langue pointe sur sa lèvre inférieure et glisse lentement dessus.

— Vous allez à quel étage ? demande-t-elle avec sa meilleure imitation de Marilyn Monroe.

— Les soins, énoncé-je.

— Vraiment ? Moi aussi.

Suivant son regard tandis qu'il passe sur mon visage, mon sternum, mes abdos, et s'attarde sur le renflement de mon pantalon, je souris. Pour son amusement, et le mien peut-être, je ramasse mon paquet et l'agite un peu. Elle gémit.

Chaque. Fois.

Notre ascension s'arrête juste comme Blondie retrouve la voix, les portes s'ouvrent sur ce qui constitue sans aucun doute un chaos total. Des enfants, probablement 15, ayant tous en bas de 10 ans, cherchent à obtenir l'attention d'une personne.

Je trouve le bouton de fermeture des portes lorsque je la remarque *elle :* cheveux de jais brillants, ramenés derrière un visage ovale, souligné par des lèvres roses pulpeuses. Elle a une silhouette en forme de sablier, apparente même sous la robe rose pâle qui ne fait qu'effleurer ses courbes voluptueuses.

— C'est quoi le bordel, grommelé-je pendant que j'utilise mes mains pour empêcher les portes de se fermer.

— Pardon? lâche la blonde d'une voix flûtée. Si c'est une invitation, je l'accepte volontiers.

Je l'ignore. Mes yeux sont rivés sur la femme qui est accroupie en face de moi, afin d'être au même niveau qu'un petit garçon roux. Sans m'en rendre compte, je fais un pas en dehors de l'ascenseur.

— Hé! Ce n'est pas l'étage des soins! glapit Blondie.

— Je sais.

Mais ça pourrait être la meilleure forme de soins si tout se passe bien.

La clochette tinte tandis que l'ascenseur l'emmène rapidement.

Le petit garçon rejoint les autres dans un rang improvisé avant qu'ils quittent la pièce. Elle se redresse et ramasse une tasse de café sur une étagère près d'elle avant de se retourner pour me voir en train de l'observer.

— Oh ! fait-elle, surprise, en chancelant légèrement sur ses talons.

Des talons qui font paraître ses jambes minces et fermes, sans parler qu'elles seraient sans doute fantastiques autour de mon cou.

— Je n'avais pas l'intention de vous effrayer, fais-je en souriant.

— Je, heu…

Elle s'éclaircit la gorge comme si elle essayait de se donner une contenance.

— Désolée. Je peux vous aider ?

Oh, je suis sûr que tu le peux.

Mon petit sourire s'oppose à la neutralité que j'essaie d'afficher. Comme sa main se pose sur la breloque dans le creux de son cou, je ne peux m'empêcher d'imaginer poser mes lèvres dessus. Toucher sa peau. La humer… elle a, j'en suis sûr, une odeur sucrée, aphrodisiaque. Glisser mes mains sur ces courbes, pour les mémoriser.

Je glisse ma main dans la poche de mon pantalon d'entraînement pour rajuster mon membre. Si elle le remarque, elle fait semblant que non.

De la classe aussi ? Baise-moi. Littéralement. S'il te plaît.

— Je cherche le département des soins, lui dis-je en espérant entamer une conversation que je pourrais étirer un peu.

Bien sûr, je ne sais que trop bien où je me dirige. C'est devenu ma nouvelle demeure quand je ne suis pas chez moi.

— C'est trois étages plus haut, répond-elle. Ici, c'est le service pédiatrique. On ne donne pas de soins thérapeutiques, mais vous risquez d'en avoir besoin si vous restez trop longtemps.

Ses mots sont ponctués d'une pointe de sarcasme du plus bel effet. Sans malice ni prétention. Juste une dose d'espièglerie qui me donne envie de la faire parler encore. Même lorsqu'elle se tourne dans le corridor, mettant ainsi fin à cette amorce de conversation, j'ai bien l'intention de la relancer en suivant cette femme.

Pense-t-elle pouvoir se débarrasser de moi aussi facilement ? Si c'est le cas, elle sous-estime le pouvoir d'attraction de son cul.

Sa robe plonge dans le creux de ses reins, juste au-dessus de l'arche de son derrière. J'enfonce les deux mains dans mes poches pour me souvenir de ne pas toucher. Je ne suis pas ce genre de gars, mais il est si parfait. Juste comme je me demande s'il se trémousse quand on le tapote par-derrière, et les bruits qui pourraient s'échapper de sa bouche suave, elle me regarde par-dessus son épaule.

– Trois étages plus haut, répète-t-elle.

– Quoi ?

Un rire flotte dans les airs, mes abdos se contractent à la pensée d'entendre le même son prononcé mon nom. Pendant que je suis en elle. Ou que ses lèvres enrobent mon membre. Ou…

– Vous m'écoutez ? fait-elle en riant.

Sa voix me tire de mes fantasmes. Nous sommes devant une porte. Elle allume les lumières du petit bureau et entre. Je la suis, comme un chiot qui cherche quelqu'un avec qui jouer. Au moins, je ne suis pas en train de baver… je ne pense pas… mais je suis probablement en train de haleter. J'ai besoin d'être cajolé. Que dire de plus ?

La pièce est peinte d'un blanc crème avec des dizaines de peintures faites aux doigts et des collages avec des nouilles, comme on en faisait à la petite école. Regardant autour de moi, je me demande si elle est un genre de professeur d'arts plastiques.

Je cherche quelque chose où serait écrit son nom, une photo me donnant un indice de qui elle est et ce qu'elle fait. Rien. Juste des guirlandes en papier suspendues dans un faux arbre dans le coin.

Elle laisse tomber le bloc-notes sur son bureau avec un bruit sec. Réprimant un sourire, elle m'examine rapidement.

— Il vous faut une escorte ?

— Merci, mais les escortes ne sont pas mon truc, dis-je avec un grand sourire.

Elle se penche sur son bureau, son décolleté se pointe juste en haut de la fichue robe que j'ai littéralement envie de lui arracher. Elle le fait à dessein, la petite coquine.

Elle traîne son regard sur mon corps, le laissant s'attarder sur ma moitié inférieure, mais elle ramène ses jolis yeux bleus vers les miens avec un petit sourire.

— Alors, vous préférez vous promener dans le coin et voir ce qui va… arriver ?

Je penche la tête de côté pendant que je la regarde évaluer ma réaction à ses sous-entendus. Avant que je puisse répondre, le téléphone se met à sonner sur son bureau. Elle pose une main sur le combiné.

— Il faut que je réponde, dit-elle. Trois étages…

— Plus haut, fais-je avec un clin d'œil. Pigé. C'est quoi votre nom ?

— Danielle Ashley, directrice du service pédiatrique.

— Je m'appelle Lincoln Landry.

— Je sais.

Elle semble penser qu'elle a un avantage parce qu'elle sait qui je suis. La vérité c'est qu'elle ne sait vraiment pas à qui elle a affaire, parce que j'ai toujours de l'avance sur le compte.

– À bientôt, Dani.

Je passe la porte, la laissant plantée là, bouche bée.

– C'est Danielle ! lance-t-elle derrière moi, mais je ne me retourne pas.

2

Danielle

— Allô ? dis-je en posant les yeux sur l'endroit qu'il vient juste d'occuper de l'autre côté de mon bureau.

Il est si grand, si fort, si robuste, si… époustouflant. Mes joues rougissent, un sourire se dessine alors que je me rappelle la bosse dans son pantalon qui indique à quel point il est bâti. Si les histoires de bonnes femmes sont vraies et que la taille du pénis et la pointure des souliers sont reliées, il doit porter au moins du 48.

— Boujour, répond Macie sur la ligne.

— *Boujour* ? Tu parles comme une Australienne maintenant ?

— J'ai un patient qui est Australien, fait-elle en rigolant. Je suis en amour avec son accent. Will dit qu'il va me tuer si je n'arrête pas de l'imiter.

— Je comprends pourquoi, rigolé-je. Quoi de neuf à Boston ?

— C'est la pause déjeuner. J'appelle pour voir ce que fait ma meilleure amie.

Retombant sur ma chaise et serrant les cuisses pour soulager la palpitation lancinante entre mes jambes, je regarde de nouveau vers la porte. Son parfum, une fragrance riche, musquée, flotte toujours dans l'air. C'est comme s'il continuait de me narguer sans être même là. Trop injuste.

– Une chance que tu as appelé, maugréé-je. Je serais probablement sur le dos sur mon bureau en ce moment si tu ne l'avais pas fait.

– Quoi ?

– Je veux dire, je n'y peux rien. Je ne suis qu'une femme. Et une conne avec la pudeur d'une sainte, si les dix dernières minutes prouvent quelque chose. Mais j'étais en train de craquer. Je ne suis qu'une pauvre humaine.

– Du calme, sainte Danielle. De quoi parles-tu ? s'amuse-t-elle.

– Tu ne devineras jamais qui vient de sortir de mon bureau.

– Probablement pas. Dis-le-moi.

– Lincoln Landry.

Silence sur la ligne. Après quelques secondes, je me rends compte qu'elle ne sait absolument pas de qui je parle.

– Champ centre, étoile des Arrows du Tennessee ? proposé-je.

– Oh…

– Ouais, oh.

– Désolée, s'il ne joue pas pour Boston, je ne le connais pas. Je suis certaine que Will romprait s'il soupçonne que j'encourage n'importe qui d'autre que ses Red Sox.

– Cherche Lincoln sur Google. Ça vaut probablement une rupture, dis-je en éventant mes joues encore rouges. C'est littéralement le plus beau mec que je n'ai jamais vu, Macie.

— Ça veut tout dire venant de toi, beauté fatale.

Je repasse mentalement l'album photos de tous les hommes que j'ai rencontrés ou connus dans ma vie. Et c'est une liste plutôt considérable, grâce au fait que je suis la fille de Bryan et de Tracey Ashley Kipling. Bref, j'ai vu toute la gamme : athlètes, vedettes du cinéma, mannequins. Et aucun d'eux n'arrive à la cheville de Lincoln Landry en personne.

L'assurance qu'il dégage est tellement excitante. À la limite de la suffisance. Il est un peu arrogant, mais on lui pardonne car il peut se permettre tout ça. Il est délicieux. Sexy. Talentueux. Riche. D'après ce que disent les médias, il est également drôle, gentil et sympathique.

Que le diable les emporte, lui et son CV parfait.

Et son visage sans défaut.

Et son corps splendide.

Et probablement sa résistance à toute épreuve. Je vais être dans tous mes états aujourd'hui, juste d'y penser.

— Pourquoi était-il dans ton bureau ? interroge Macy, juste comme je m'apprêtais à le déshabiller mentalement. *Oh mon Dieu,* Danielle ! Je viens de le trouver en ligne. Pourquoi est-ce que je ne pourrais être toi, seulement pour une journée ?

— Je suis plutôt contente d'être moi aujourd'hui, rigolé-je. C'est juste qu'il est sorti de l'ascenseur au mauvais étage et m'a suivie jusqu'à mon bureau.

— Pourquoi ?

— C'est vraiment important ? Là, je suis assise ici dans des petites culottes mouillées, son parfum « Baise-moi » remplit mon bureau, et j'ai toutes sortes d'idées à quoi peut ressembler son corps sous ce pantalon d'entraînement et ce tee-shirt.

– Il porte un pantalon d'entraînement ? dit-elle la gorge serrée.

– Ouais.

– Merde, souffle-t-elle avec un genre de couinement. C'est le truc le plus sexy du monde. Ça ne devrait pas, mais ce l'est. Ne me dis surtout pas qu'il le portait bas sur les hanches.

– Non, je ne le dirai pas, soupiré-je d'un air rêveur.

Je cligne des paupières en fermant les yeux au souvenir de la carrure de ses épaules, la façon dont sa poitrine se galbe de chaque côté d'une taille mince et musclée. Mes doigts se trémoussent tandis que j'imagine glisser mes mains le long de cette forme en V.

– Il est entré en se pavanant comme une star du rock. Il arbore son pantalon de jogging comme d'autres hommes arborent un complet chic, Macie. Genre… il doit vraiment être bon s'il est confiant à ce point.

– Oh, j'imagine qu'il est bon. Regarde-moi ce bras porno sur ses photos. Et ces mains. Ciel ! Pense à ce qu'elles peuvent te faire.

Un obturateur d'appareil photo résonne sur le téléphone.

– Voilà, je t'envoie une capture d'écran de celle-là, poursuit Macie.

– C'est précisément à quoi j'essaie de ne pas penser, fais-je en riant. Je dois travailler pendant encore cinq heures !

Macie soupire en même temps que moi.

– Sur ce, je dois retourner au travail aussi. Il n'y a pas de joueurs de baseball sexy ici, mais on peut quand même rêver, n'est-ce pas ?

– Deux mots : Will Gentry.

— Il faut que je te rappelle plus tard pour te parler d'hier. Je ne peux pas entrer dans les détails en ce moment parce que je suis envahie par des familles. Je peux juste te dire qu'il m'a tenue en haleine pendant des heures, Danielle. *Des heures.*

— Rappelle-moi plus tard, dis-je en riant.

— Ciao !

Je repose le combiné et me cale dans mon siège. Un frisson parcourt mon corps, une séquelle de m'être trouvée au centre de la tornade Landry. Je songe à verrouiller la porte pour me donner du plaisir. J'ai besoin de venir. Mon corps a besoin de revenir à son état normal, après s'être excité…

Excité ? Je n'arriverai jamais à passer à travers cette journée. Le pire, c'est que cet enfoiré d'Apollon savait exactement l'effet qu'il me faisait.

Ils le savent toujours.

C'est pourquoi mon entrée leur est interdite.

3

Lincoln

C'est fou ce que l'on peut apprendre à deux heures du matin lorsqu'on s'ennuie ferme, qu'on est sobre et un peu anxieux. C'est un trio dont je viens juste de faire connaissance. Je suis peut-être sobre la plupart du temps durant la saison, mais l'ennui et l'anxiété ne me sont pas familiers. Ni amusants.

Tourne.

Tourne.

Tourne.

J'ai essayé de fixer une pale du ventilateur, en me concentrant sur elle et en essayant d'effacer les quatre autres pendant qu'elles tournoyaient au-dessus de moi. Au cours des 30 dernières minutes, j'ai appris qu'il est impossible de compter le nombre de rotations en une minute lorsqu'il est à vitesse moyenne. J'ai aussi appris que les bonbons Skittles font des projectiles terribles lorsqu'on les lance sur les pales du ventilateur, peu importe la vitesse.

Mais ça, je le savais déjà. C'est une leçon douloureuse que j'ai apprise à une fête il y a quelques années.

Frottant mon épaule, je remarque la marque légèrement mauve du bonbon que j'ai lancé sur la peinture blanche de ma chambre. Elle sera partie demain. Rita, ma femme de ménage, est minutieuse comme ça.

J'attrape la télécommande sur la table de nuit et éteins le ventilateur. Il ralentit, tremblant un peu avant de s'arrêter complètement de tourner. Aussitôt, je me rappelle pourquoi je l'avais d'abord démarré : c'est le silence qui me tue. C'est ce calme qui permet à mes angoisses de lancer une attaque furtive contre moi. Elles me transpercent de toutes parts depuis ma rencontre avec le directeur général des Arrows, après mon rendez-vous de soins aujourd'hui.

« Je sais qu'il est trop tôt pour se prononcer, Lincoln. Tout ce que je peux dire c'est que nous voulons te ravoir dans l'uniforme des Arrows la saison prochaine », m'a dit le directeur général, Billy Marshall.

« Je le veux aussi, c'est ma ville », ai-je répondu la gorge serrée tout en évitant intentionnellement de regarder le rapport sur la table entre nous.

« Occupons-nous de ta rééducation et voyons comment ça va. Tu sais que la décision ne m'appartient pas. Elle revient aux propriétaires. Mais j'ai mon mot à dire et tu sais que je te soutiens. Bon sang, nous le faisons tous. Tu es un joueur de concession, Landry. Mais tu sais, en fin de compte, ce sont les affaires qui l'emportent. »

— Beurk !

Je me soulève du lit. Les muscles de mon dos m'élancent à cause du stress de la journée et du manque de sommeil. Je jette un coup d'œil au miroir et ma voix glousse à travers la pièce à l'adresse de mon reflet.

— Tu es dans un piètre état, Linc. Mais tes abdos sont d'enfer.

Peu à peu, un sourire se faufile sur mon visage tandis que j'évoque une autre image d'enfer. C'est-à-dire Danielle Ashley dans sa robe rose pâle.

— Tu parles, grommelé-je en repensant à la courbe aguichante de ses hanches.

C'est incroyable que j'ai pu la mémoriser sans même la toucher. Et juste comme ça, je bande. Encore une fois.

Je craque pour cette fille. Elle est superbe avec sa peau olive et ses yeux bruns exotiques. Des lèvres pulpeuses frôlant presque le haut de ses joues et qui me tuent avec ce sourire. Ses cheveux noirs bouclés ramenés nonchalamment sur le dessus de sa tête. Hyper sexy.

Puis elle a plaisanté avec moi, mais sans me donner son numéro. Je veux dire… c'est clair qu'elle a envie de moi. Elle m'a vu *et* sait qui je suis, c'est évident. Ça m'a chicoté toute la journée qu'elle ne m'ait pas donné sa carte professionnelle ou ne m'ait pas mentionné quand elle serait de nouveau dans son bureau afin que je puisse passer «par hasard». Tout ce que je peux trouver est que l'appel qu'elle a reçu devait être important. Super important. Méga giga important.

Me grattant la tête, mes propres cheveux se dressent dans toutes les directions, j'essaie de me rappeler si ça m'est déjà arrivé. Je repasse la liste des femmes que j'ai rencontrées récemment : la rousse qui m'a servi un café au service à l'auto. Ou la poulette qui n'arrête pas de m'envoyer des selfies dans des poses nues que j'ai rencontrée dans un bar à South Padre Island la semaine dernière, et Blondie aujourd'hui. J'aurais pu obtenir son numéro. Merde, j'aurais pu la baiser dans ce fichu ascenseur. Alors, pourquoi pas Danielle ?

Mais qu'est-ce que ça peut faire ?

Je marche d'un pas tranquille dans le couloir qui mène à la cuisine, regardant les photos qui sont accrochées au mur. Des images de moi dans différents stades de baseball avec mes frères, mes parents, des photos avec des amis à qui je n'ai pas parlé depuis longtemps. Tout semble indiquer que je devrais me sentir chez moi ici. C'est ma maison, après tout. Mais… non.

Je ne sais pas qui a accroché ces photos. Je ne sais même pas ce qui est arrivé aux gars sur les photos avec moi du temps de Savannah. Pendant que je jette un coup d'œil dans une chambre à la fin du couloir, je ne sais absolument pas ce qu'il y a dans toutes les boîtes empilées contre le mur.

J'ouvre d'une chiquenaude la lumière de la cuisine. Le comptoir de marbre étincelle, le bol de fruits sur l'îlot semble parfait. C'est juste si… bizarre, comme s'il s'agissait d'une séance photo et que je me promenais simplement sur scène, attendant que quelqu'un sorte un appareil photo et me demande de sourire. C'est ainsi depuis que j'ai lancé la balle au marbre lors du dernier match de la saison et que j'ai entendu quelque chose craquer dans mon épaule. Le problème, c'est que je ne sais pas exactement ce que je ressens.

Un genre de malaise me taraude en ce moment et je ne peux pas me relaxer. Pas comme j'en ai l'habitude. Il y a un désarroi, peut-être un brouillard, qui flotte dans mon esprit. Je suppose que cette partie de moi est habituellement distraite par mes activités. En temps normal, je serais en ce moment sur le bateau de quelqu'un, faisant la fête et profitant de la saison morte. Pour l'instant, je suis à la maison, à défaut d'un meilleur mot, regardant des émissions de rénovation résidentielle parce que mon épaule est foutue. Il n'y a plus d'escapades, plus de voyages éclair à Mexico, plus d'événements sociaux à proprement parler. Juste moi et le silence.

Le pire dans tout ça, c'est que je n'ai pas vraiment envie de traîner avec les gars. Pour la première fois, ça ne m'inspire pas. Tellement pas, en fait, que j'ai fermé mon téléphone de bureau, comme je l'appelle, et personne ne peut me rejoindre hormis la direction de l'équipe, les médecins et ma famille. Pourquoi prendre les appels de mes amis quand je sais ce qu'ils veulent : de l'alcool, des nichons, des conversations banales. Je suis passé par tout ça. Bon sang, je peux dire que j'ai écrit de sacrés chapitres dans le livre qui explique comment s'envoyer en l'air. Mais, là, j'ai l'impression que je n'ai plus rien à ajouter à ces chapitres, et c'est vraiment flippant.

Je fais peut-être une dépression.

Je sors une boîte de pizza du réfrigérateur, qui doit être là depuis deux jours, et je prends une pointe que j'approche de mes lèvres. Aussitôt qu'elle les touche, le cœur me lève et je jette la pointe dans la boîte qui rebondit sur le comptoir. Je jette un coup d'œil à l'horloge. Il est tard. Vraiment tard. Il y a une seule personne debout à cette heure et que j'aurais envie d'appeler. Je me dirige dans le salon, attrape mon téléphone et écoute la sonnerie.

— Salut, Linc, répond Graham d'une voix aussi claire que si on était au beau milieu de l'après-midi.

— Tu ne dors jamais ?

— Une chance que je ne dormais pas, sinon tu viendrais de me réveiller, goujat.

— Une chance, gloussé-je en m'affalant dans le sofa. Qu'est-ce qui se passe à Savannah ?

Il laisse fuser une longue expiration.

— En fait, j'ai du retard au travail. Ma secrétaire a décidé qu'il était temps pour elle de trouver l'amour, ou peu importe comment elle l'exprime. Et maintenant c'est moi qui subis les conséquences des heures supplémentaires qu'elle ne fait plus.

— Alors, elle s'envoie en l'air et ça te fout en rogne ?

— Non. Elle s'envoie en l'air, et ne fait pas son travail, et ça me fout en rogne.

— Vire-la, proposé-je en mettant mes pieds sur la table basse.

— Ouais, plus facile à dire qu'à faire, maugrée-t-il. Elle travaille pour moi depuis dix ans, et je suis content qu'elle soit heureuse. Non, tu sais quoi, je m'en fous complètement, rit-il. J'ai juste besoin qu'elle se pointe et qu'elle soit productive.

Riant, je passe une main dans mes cheveux.

— Dis-moi comment tu te sens vraiment.

— Sans faute, glousse-t-il. Alors, qu'est-ce qui te tient réveillé ? Une fille vient de partir ?

— Tu penses que c'est tout ce que je fais ? Baiser des filles et me tirer ?

— Non, répond-il avec une pointe d'hésitation dans la voix. Mais j'essaie d'éviter de te demander comment s'est passée ta rencontre aujourd'hui. Tu ne m'as pas appelé, et maman n'a pas complètement gobé ton histoire…

Sa voix se casse et je sens une boule se former au fond de ma gorge. Même si c'est la raison pour laquelle je l'ai appelé, pour essayer de démêler tout ça dans ma tête, ça me pèse un peu sur les nerfs.

Je ne sais même pas comment lui en parler sans passer pour une femmelette. Je peux faire avec ce que la direction a dit, mais ce n'est pas le problème. Pas le vrai problème qui m'empêche de dormir, de manger ou de me lever du fichu sofa à moins d'avoir des soins. Le vrai problème est que je me sens comme lorsque j'avais 15 ans et m'étais cassé la jambe lors du match le plus important du tournoi de la ligue d'été. Pendant que mes amis continuaient de jouer, puis de célébrer, j'étais assis dans ma chambre à me demander si je pourrais rejouer un jour.

C'est comme ça que je me sens. Comme un pauvre gamin. Et je ne suis pas prêt à l'admettre devant Graham.

— Qu'est-ce qui s'est passé, Linc ?

Je me masse les tempes en plissant les yeux, et je sens ma mâchoire se contracter de nouveau.

— Je n'ai pas vraiment le temps de faire un tour de passe-passe avant qu'on se mette à discuter de mon contrat. Bref, ils attendent de voir comment ira ma rééducation, mais c'est bougrement énervant.

— Tu t'attendais à ça. Tu m'en as parlé quand tu étais ici pour l'élection de Barrett.

— Parlant de Barrett, qu'est-ce qu'il fait de bon ? demandé-je, trop heureux de changer de sujet.

— Ce qu'il fait ? Il s'occupe du beau cul d'Alison, glousse Graham.

— Juste pour parler, je m'occuperais volontiers de n'importe quelle partie de son corps si elle me laissait faire.

Graham pouffe de rire, amusé par ma déclaration mais trop politiquement correct pour l'admettre. Il est guindé et sérieux la plupart du temps. Mais au fond de son cœur sombre, froid, calculateur, se cache un type amusant et facile à vivre qui me ressemble beaucoup, mais il se battrait probablement avant de l'avouer.

— Juste pour parler, répète-t-il à mon intention, elle deviendra probablement ta belle-sœur. Tu devrais t'entraîner à choisir tes mots avec plus de discernement.

— C'est beaucoup moins drôle.

Une longue pause se prolonge entre nous avant que Graham ne l'abrège avec une de ses questions stupides.

— As-tu réfléchi à ce que tu pourrais faire si ça ne s'arrange pas ?

Je regarde le plafond et me mords la langue. Je sais à quoi il pense : le baseball est tout ce que j'ai. C'est vrai. Je n'ai aucun talent particulier pour faire autre chose que du sport. Je ne suis pas Barrett avec ses prouesses politiques, ni Graham avec son sens des affaires ou Ford avec son fantasme de héros militaire. Je suis le plus jeune frère et j'essaie d'emboîter le pas. Je n'ai pas d'autres talents que celui de lancer une balle, et encore, si je l'ai toujours.

— As-tu un plan, Lincoln ?

— J'essaie juste de voir comment ne pas perdre mon putain de job, grommelé-je.

— Peu importe, fait Graham en ricanant. Même si les Arrows te laissent partir, quelqu'un viendra te chercher.

— Tu ne sais pas comment ça marche.

— Je connais les affaires, Lincoln. Et je sais que tu rapportes des millions de dollars avec ton talent, ta belle gueule, et parce que les jeunes achètent tes chandails dans les boutiques. Ils ne te laisseront pas partir tant que tu leur rapporteras du fric. Monde des affaires 101, petit frère.

Je fais un petit sourire en disant :

— Ma belle gueule fait vraiment vendre tant de billets ?

— La ferme, rigole-t-il.

Même s'il n'a pas tenté de me rassurer et n'a rien dit que je ne savais pas dix minutes plus tôt, mon estomac se replace un peu et mes fichus nerfs se calment, pour le moment.

— Je vais te dire quels sont mes projets, soufflé-je.

— Oh, j'ai trop hâte d'entendre ça.

— J'ai rencontré une fille aujourd'hui.

— Et en quoi c'est différent des autres jours ? blague-t-il.

— Mon vieux, lâché-je, alors que je saute sur le comptoir et me met à l'aise. Tu devrais la voir.

— Laisse-moi deviner : gros seins, cul d'enfer. Au moins un mamelon percé, probablement le droit, j'imagine.

— Va te faire foutre.

— Alors, c'est le gauche ?

Mon rire emplit la cuisine.

— Non, enfoiré. Je ne les ai même pas vus. Pas encore.

Il siffle entre ses dents.

— OK. Ça m'intéresse. Comment arrives-tu à te souvenir d'une fille qui ne t'a même pas montré ses seins ?

— Elle…

Je repense à son sourire sexy, à son sens de la réplique à mon endroit. Son calme devant l'incertitude de me revoir ou non, sans même dire son nom la première.

— Elle est différente.

— Alors, les deux sont peut-être percés.

— T'es un vrai goujat.

Il rigole et le son de sa voix s'étire en un bâillement.

— Je pense que ta blessure commence à affecter ta cervelle. Tu devrais te méfier, petit frère.

C'est une blague, mais elle vise un peu trop bas.

— Je te laisse. Je suis sûr que tu vas te remettre à tes foutus trucs sérieux, mais moi j'ai besoin de mon sommeil réparateur, bâillé-je en étirant mon bras valide au-dessus de ma tête.

– Ouais. Je vais retourner travailler afin que ton héritage profite pendant que tu dors. De rien.

– Va nous faire gagner de l'argent.

– Bonne nuit.

Je coupe la communication et jette mon téléphone sur le sofa, alors que je m'engage dans le couloir, passant devant deux pièces complètement vides, avant d'entrer dans ma chambre.

– Ça va aller, grommelé-je en me recouchant et tirant les draps gris sur moi. Tout ira bien.

4

Danielle

La cloche tinte tandis que j'ouvre la porte du Smitten Kitten. Des parfums de pain fraîchement cuit, de cannelle, avec un soupçon de menthe m'accueillent à la façon d'un chiot qui vous lèche le visage. C'est chaleureux, accueillant, et une partie du stress de la journée s'estompe.

— Bonjour, gazouille Pepper derrière le comptoir. Comme d'habitude ?

— S'il te plaît, Pepper.

Je m'installe à mon endroit préféré, une banquette dans le coin. Le banc s'aligne contre le mur et est couvert de coussins roses et blancs sur lesquels s'appuyer. Un luminaire où pendent de faux morceaux de cristal est suspendu juste au-dessus de la table.

Jetant mon sac à main sur le banc, j'ôte d'un coup d'épaule mon caban jaune et m'affale sur mon siège.

Me massant les tempes, j'essaie de chasser la journée de travail et de profiter de la soirée en prenant de grandes respirations. C'est un truc que j'ai appris plus jeune d'une enseignante de musique à mon école privée, pas parce que j'étais une chanteuse de talent. Je chante faux. Madame Stevenson a remarqué l'anxiété que je portais comme un fardeau autour de mon cou, quelque chose que personne d'autre n'a jamais remarqué, ou dont on se fichait trop pour vouloir m'aider, et elle m'a enseigné les bienfaits de contrôler l'air qui entre et sort de mes poumons.

Après quelques respirations, Pepper dépose une tasse fumante de cappuccino devant moi à côté d'un bol de soupe. Elle retire son tablier à carreaux bleus et blancs et le jette sur la banquette à côté d'elle.

— Comment s'est passée ta journée ? s'enquiert-elle.

— Bien, dis-je en saupoudrant ma soupe d'un peu de sel.

— Tu n'y as même pas goûtée.

— J'aime le sel.

— C'est une injure envers un cuisinier d'assaisonner sa nourriture sans y avoir d'abord goûté.

Tenant la salière dans les airs, je la regarde à travers la vapeur.

— Vas-y et arrose-la de sel, soupire-t-elle en ramenant ses longues boucles brunes derrière elle. J'ai juste passé deux heures à mitonner cette petite soupe à la perfection. Te gène pas, bousille-la.

— Pepper, fais-je en riant tout en déposant la salière. Mon Dieu, on se calme. Qu'est-ce qui t'a énervée comme ça aujourd'hui ?

Je n'ai jamais vu ses yeux bruns rouler de façon aussi théâtrale depuis que j'ai commencé à venir dans cette petite boulangerie, près de l'hôpital.

— Mon mari, si tu veux savoir, ronchonne-t-elle. Il veut que j'engage une autre paire de bras afin de passer plus de temps avec lui à la maison. Je veux dire, j'aime mon mari.

Vraiment. J'aimerais le voir plus souvent. Mais je ne peux pas me permettre de payer un autre salaire ! On serait dans le rouge en moins de deux mois.

— Oups, lâché-je en apportant une cuillérée de la soupe crémeuse à mes lèvres. On dirait qu'il y a un problème

— En effet.

Elle m'épie comme un aigle pendant que je goûte à la dernière création du Smitten Kitten.

— Alors ?

— Alors quoi ?

— C'est bon ? demande-telle en ricanant. Bon sang, j'ai besoin d'un avis. Ne me fais pas languir. Tu es la première personne à l'essayer.

— Comment ça s'appelle ? demandé-je en tapotant ma bouche avec la serviette de table.

— Crème de chaton.

— On dirait un nom de bouffe pour chat, rigolé-je.

— Mais est-ce que c'est bon ?

— Non, dis-je en essayant de rester le plus impassible possible.

Elle retient son souffle et c'est tout ce que je peux faire pour ne pas éclater de rire.

— C'est probablement, heu… continué-je en hochant d'un bord à l'autre pour prolonger son supplice, probablement ma soupe préférée à date.

— Et compte ! s'écrie-t-elle en se levant pour lancer son poing dans les airs. Je le savais ! Je savais que ce serait la bonne ! Je vais la présenter au concours de cuisine de la ville le mois prochain. C'est une recette gagnante, non ? Je veux dire, si ce n'est pas le cas, dis-le-moi. J'ai encore le temps de l'améliorer.

— C'est totalement champion, approuvé-je tout en sachant qu'elle va créer quelque chose d'autre dans quelques jours et oublier la crème de chaton.

C'est une exploration culinaire qui n'a pas de cesse, et ça ne s'arrêtera certainement pas avec ce plat.

Elle s'apprête à répondre, mais s'arrête. Plissant les yeux, elle agite un doigt devant mon visage.

— Qu'est-ce que tu oublies de me raconter ?

— De quoi parles-tu ?

— Toi. Tu me caches quelque chose.

Faisant rouler des yeux, je m'apprête à lui mentir, mais je sais que c'est inutile.

— J'ai eu un visiteur aujourd'hui.

Je commence à lui donner les détails de mon après-midi et me laisse emporter par sa mâchoire qui s'affaisse et la façon dont elle est suspendue à mes lèvres. Lorsque j'ai fini, elle s'affale sur le banc comme si elle avait couru deux kilomètres.

— Lui as-tu au moins donné ton numéro ? interroge-t-elle.

— Non.

Je hausse les épaules comme si c'était une question stupide, mais mes épaules n'ont pas le temps de retomber avant qu'elle braille à mon adresse.

— Quoi ? Pourquoi tu ne lui as pas donné ta carte ou quelque chose comme ça ? Danielle, parfois j'ai l'impression de ne pas te connaître du tout. Tu as repoussé Weston Brinkmann…

Je lève les mains pour la faire taire.

— Stop. Tu sais pourquoi j'ai envoyé balader Weston.

— C'est vrai. Tu as raison. Parce que tu es ignorante !

Je ne peux m'empêcher de rire :

— J'approche la fin de la vingtaine, Pepper, lui rappelé-je. Je dois commencer à penser à du long terme.

— Ouais, approuve-t-elle en hochant la tête de façon enthousiaste. Je pense que Lincoln a toutes les qualités de long terme qu'il te faut. Je gage que le type peut te faire grimper aux rideaux…

— Arrête ! gloussé-je. Ce n'est pas ce que je veux dire.

Pepper ne se soucie même pas de répondre. Elle se contente de me regarder, totalement incrédule.

— Weston était canon, dit-elle enfin.

Je hoche la tête.

— Et il aime le baseball beaucoup plus qu'il n'aimera jamais un être humain.

Cela calme mon amie. Elle sait où je veux en venir.

— Je comprends ce que tu veux dire.

— Ouais.

Je brasse mon cappuccino et je regarde la mousse tourbillonner.

— Par ailleurs, continué-je, Lincoln est bien plus séduisant que Weston. Et drôle et charmant et…

La porte tinte et Pepper attache son tablier.

— Garde ça en tête, lâche-t-elle avant de se précipiter vers le comptoir.

En regardant Pepper et sa cliente, une vieille amie à elle, qui vient souvent ici, je ne peux m'empêcher de ressentir une pointe de jalousie. Je ne sais pas ce que c'est d'avoir ce genre d'amitié avec quelqu'un, une connexion profonde avec une autre personne, et qui traverse le temps et la distance. La relation qui s'en approche le plus est avec mon amie Macie. Nous nous sommes rencontrées à la soirée d'intégration à l'université et ça a tout de suite cliqué entre nous à cause de notre amour mutuel des enfants. Mais les raisons qui nous motivent sont complètement différentes. Macie le fait parce qu'elle a l'impression de faire sa part pour le monde. Je trouve que travailler avec eux aide à guérir une part de mon âme.

« Je ne sais pas ce que j'ai fait pour être encombré d'une fille. Pour l'amour de Dieu, Ryan Danielle, ne m'embarrasse pas. »

Je frissonne tandis que la voix de mon père résonne dans mes souvenirs, la froideur de son regard ne fait qu'ajouter à la douleur dans mon cœur. J'ai toujours pensé que la douleur diminuerait, qu'en m'éloignant de la maison et de ma mère, qui aurait pu m'aimer, mais préférait la fortune de mon père, ça s'en irait.

Mon père a toujours voulu avoir un garçon. Ce n'est pas un secret qu'il s'est senti trahi d'avoir une fille, à tel point qu'il m'a nommée Ryan Danielle. Un nom de garçon. Un rappel constant de l'échec que j'étais dès la naissance. Puisque je l'ai déçu, j'ai aussi déçu ma mère, une femme qui est probablement capable d'amour, mais qui est si aveuglée par son obsession pour mon père que sa capacité d'aimer s'est tarie. Il n'y a pas de place pour moi dans sa vie, d'aucune façon significative, sinon pour la photo de famille occasionnelle ou pour s'assurer que je ne fais rien qui pourrait rejaillir sur mon père et ternir son image prestigieuse.

Je referme mes mains autour de la tasse en les serrant contre l'argile. Je sens la chaleur irradier dans ma peau et me concentre là-dessus. Ici. Maintenant.

Mon regard se pose sur mon sac dont dépasse un dossier provenant du travail. Je sors aussitôt de l'instant présent et me retrouve mentalement au bureau. Avec la porte fermée. Avec le voltigeur de centre.

Une chaleur se forme au creux de mon ventre et commence à se propager jusqu'à ce qu'elle atteigne mes joues.

Pourquoi faut-il que Dieu avantage surtout les athlètes ?

Il le fait. C'est comme ça. Ils sont les hommes les plus sexy, les plus en forme, les plus calculateurs et passionnés. Ils sont délicieux… et dangereux si l'on ne fait pas attention.

Malgré la chaleur qui circule dans mon corps, je frissonne. Je ne peux qu'imaginer ce que ça fait d'être l'objet de la passion de Lincoln. Sentir son regard sur moi aujourd'hui était suffisant pour me rendre folle. Humer son haleine chaude sur mes joues ? Ses doigts caresser mon corps ? Le poids de son membre sur mes fesses, en attendant qu'il se glisse en moi ?

Puisque je suis malchanceuse, autant en m'attachant à un athlète qu'en le voyant s'attacher à moi, la réalité éteint le feu aussi vite qu'il s'est allumé. La passion, d'abord chauffée à vif et enivrante, devient vite étouffante et glaciale comme l'acier.

C'est pourquoi je ne cesse de me rappeler à moi-même combien ça fait mal quand un athlète me démontre, comme c'est toujours le cas, que l'amour de sa vie est, et sera toujours, le sport.

5

Lincoln

— Fils de p…

Je m'arrête avant de finir, grimaçant pendant que mon bras blessé est soulevé et ramené aussi loin que possible en arrière. Non, plus loin que possible. Il ne peut absolument pas être ramené aussi loin en arrière.

Ce type est un foutu sadique.

— Et voilà, annonce Houston en ramenant mon bras endolori sur le côté. Tu vas avoir mal ce soir et vraiment mal demain. Applique de la glace et reviens me voir dans deux jours pour une autre séance.

Je le regarde :

— Dans deux jours ?

— Oui, dit-il en détournant son corps trapu de moi pour se diriger vers une grosse balle mauve.

— Tu réalises que ton épaule doit être complètement guérie dans environ six semaines, hein ? Et tes progrès sont négligeables.

Il hoche la tête, en me regardant comme si j'étais fou. Non, je suis sain d'esprit. Je sais très bien ce qui doit être fait. C'est son attitude blasée envers tout ça qui est le problème.

– OK, recommençons à zéro, énoncé-je la gorge serrée pendant que l'irritation traverse mon front. J'ai exactement deux mois pour me remettre à cent pour cent. J'en ai moins que ça pour prouver aux propriétaires des Arrows que je mérite un contrat.

– Je comprends ça.

En attendant qu'il termine sa pensée, je me lève et fais rouler mon épaule de l'arrière à l'avant. Lorsque j'en suis rendu à ma dixième rotation, serrant les dents à cause de la douleur, il n'a toujours pas répondu, et je suis sur le point de péter un plomb.

– Alors… j'espère que je pourrai être à cent pour cent, disons, à Noël ? À la fin janvier au plus tard. J'ai besoin de résultats concluants d'ici l'Action de grâce. Il faut qu'on y arrive, insisté-je.

Un grand sourire insolent fend son visage tandis qu'il secoue la tête de gauche à droite. Je ne sais pas ce qu'il trouve de drôle là-dedans, mais si je pouvais lever mon bras suffisamment, je serais tenté de lui donner des coups de poing.

– Écoute, Lincoln, ton épaule a besoin d'étirements pour retrouver son amplitude de mouvement. Une fois que tu y seras arrivé, on pourra fortifier les autres muscles. Pour l'instant, tu as aussi besoin de repos.

– Je n'ai pas le temps pour le repos.

– Tu parles comme un vrai athlète, se moque-t-il. Tu as du temps pour le repos. Donne à ton corps le temps de guérir par lui-même. Nous allons faire des exercices ici, mais autrement, tu dois laisser ton épaule faire son travail.

Il s'avance devant moi pour me regarder droit dans les yeux avant de poursuivre.

— Alors, demain, pas de poids. Pas d'étirements. Pas de lancers. Ne te branle même pas trop fort. Rien. M'entends-tu, Landry ?

Je m'apprête à riposter, mais son regard se durcit.

— Je sais que tu es habitué à forcer malgré la douleur et à t'arranger pour que les choses se passent comme tu veux, mais c'est ce qui t'a amené ici. À moi, l'expert.

Il me donne une seconde pour que ça pénètre profondément dans ma psyché.

— Est-ce que tu me suis ?

Je ramasse ma casquette par terre et la plaque sur ma tête.

— Je t'entends, grommelé-je.

— Bien. On se voit dans deux jours.

Sur un petit signe de la main, lui et son attitude de merde vont se planquer dans son bureau.

Je me dirige vers l'ascenseur. Il faut que je sorte d'ici avant d'exploser et d'empirer les dégâts. Je doute que ça aide mon épaule ou ma relation avec Houston si je soulève un haltère et le projette par la fenêtre du dixième étage.

La porte fait entendre son tintement et j'entre, prenant place à côté d'une femme qui porte une jupe grise et un chemisier blanc. Elle est jolie avec ses cheveux bouclés et ses lèvres dorées, et elle aime manifestement ce qu'elle voit, mais je suis tellement en rogne à cause de cette connerie de deux jours, que je ne suis même pas en état de flirter. C'est peut-être la chose la plus perturbante qui me soit arrivée aujourd'hui.

Depuis quand je n'ai plus le goût de flirter ?

Ça y est. Graham a raison. Ce truc affecte mon cerveau.

Je suis en train de mourir.

— Rez-de-chaussée, dis-je en esquissant un sourire tout en essayant de retrouver le séducteur qui se cache au fond de moi.

Elle utilise un de ses ongles rouges pour appuyer sur le bouton.

— Vous êtes Lincoln Landry, n'est-ce pas ?

Elle serre son écritoire à pince contre elle, ses lèvres s'étirant sur un sourire éblouissant.

— C'est moi.

Je regarde les chiffres descendre, sentant son regard posé sur moi. L'air ambiant est comme dans les abris avant un match en juillet, confiné et brûlant avec la promesse de plus si l'on est prêt à ça.

Étrangement, je ne le suis pas.

Ouais. En train de mourir.

L'ascenseur s'arrête et la porte sonne en s'ouvrant.

— À bientôt, murmure-t-elle.

Les portes grincent comme elles le font toujours juste avant de se refermer. Et puis, subitement, tout change. Je la vois, elle. Danielle Ashley, la beauté aux cheveux de jais et au tempérament fougueux, qui a la riposte rapide.

Oh, comme j'aimerais vérifier à quel point c'est vrai.

Elle tient la main du petit garçon avec qui elle était la dernière fois que je l'ai vue. Il tente de la toucher avec une main gluante, couverte de peinture bleue. Elle essaie de le regarder d'un air sévère, mais ça ne donne rien de plus que quelque chose d'adorable. Ils lèvent tous les deux les yeux comme les portes commencent à se refermer.

Elle chancelle en écarquillant les yeux, tandis que le gamin s'illumine en me reconnaissant.

— Lincoln Landry ! couine-t-il en tirant sur la main qu'elle tient jusqu'à ce qu'il se libère.

Les portes se referment petit à petit, le champ de vision se rétrécit tandis qu'elles s'apprêtent à m'enfermer pour m'emmener à toute allure. Pas question. Pas après avoir pensé à elle à chaque heure depuis que je l'ai laissée hier. Pas après m'être branlé trois fois en l'imaginant penchée, à califourchon sur moi, et moi la clouant au matelas pour m'enfoncer profondément dans son sublime corps.

Je projette mes mains devant moi. C'est le destin. Une balle tombée du ciel. Mes joues me font mal, tout comme mon épaule à laquelle je n'ai pas pensé, tandis que son air de pur amusement me fait sourire.

La pièce est vide, hormis Danielle et le petit garçon, lorsque je m'engage sur le carrelage. Il court jusqu'à moi et bondit droit dans mes bras sans avertissement, sa main couverte de peinture imprime une parfaite petite empreinte à l'avant de mon tee-shirt du groupe The Resistance. Le visage de Danielle frémit d'horreur.

— Rocky ! s'écrie-t-elle.

Le petit garçon ricane, plaçant son visage directement devant le mien. Des yeux bleu vif me regardent au-dessus d'une grappe de taches de rousseur.

— Tu es Lincoln Landry, souffle-t-il comme s'il venait juste de voir le Père Noël.

— Vraiment ? demandé-je en écarquillant les yeux.

— Oui, murmure-t-il avec admiration. Je sais qui tu es. Mon grand frère a un poster de toi dans sa chambre.

— Pas toi ? demandé-je en fronçant les sourcils.

— Ma mère ne veut pas m'en acheter un. Elle dit que je suis trop petit.

Je me penche vers l'avant jusqu'à ce que nos nez se frôlent presque et murmure :

— Elle ne pourra pas dire non si je t'en donne un en cadeau, pas vrai ?

— Non, fait-il en gloussant.

Rocky appuie sa main propre sur mon épaule, ce qui me fait grimacer de douleur. Danielle est à nos côtés, juste comme je réprime un chapelet de jurons qui menacent de s'échapper.

— Rocky, dit-elle en nous rejoignant. Tu ne peux pas sauter sur les étrangers. Regarde le tee-shirt de monsieur Landry.

Il ne la regarde pas. Il garde les yeux rivés sur moi. Je le regarde moi aussi, même si l'univers entier semble m'attirer vers la femme à ma gauche.

— Est-ce que ça fait mal ? demande-t-il.

— Un peu, dis-je en laissant paraître le moins possible à quel point c'est douloureux.

— Lincoln, je suis vraiment désolée, s'excuse Danielle en tirant Rocky de mes bras. Donnez-moi une minute, s'il vous plaît.

Elle penche son joli derrière jusqu'à ce qu'elle soit à la hauteur du garçon. Je lui donnerais toutes les minutes dont elle a besoin si je pouvais rester ici et la contempler, tant sa robe la moule admirablement.

— J'aimerais que tu retournes dans ta chambre et que tu te laves les mains, lui dit-elle. Peux-tu faire ça pour moi ?

Il hoche la tête, mais me regarde par-dessus son épaule.

— Lincoln ?

— Ouais ? dis-je.

— Viendras-tu faire de la peinture avec moi demain ?

— Rocky… s'écrie Danielle.

— Bien sûr, dis-je avec un sourire à l'adresse de Danielle. À quelle heure, Rockster ?

— Je ne connais pas l'heure, s'excuse-t-il pendant que ces sourcils se rejoignent. Après le déjeuner, je regarde les Muggies à la télé. Après ça, tu peux venir.

— OK. Je viendrai après le déjeuner et les Muggies.

Il file dans le corridor, sa jaquette d'hôpital flottant derrière lui dans les airs comme une cape de superhéros.

— Je suis désolée pour votre tee-shirt. Laissez-moi mettre un produit dessus pour que la peinture s'enlève plus facilement.

Elle se détourne et avance lentement jusqu'à un petit placard. Elle fouille à l'intérieur, et lorsqu'elle se retourne vers moi, elle échappe presque la bouteille qu'elle tient.

— Quoi ? demandé-je en tendant la main devant moi. Vous n'aviez pas demandé mon tee-shirt ?

Mon tee-shirt est en boule dans mes mains et mon petit sourire s'agrandit pendant que je regarde ses yeux dévorer mes abdos.

Elle cherche à parler, mais les sons ne parviennent pas à franchir la boule qui s'est formée dans sa gorge.

— Je pense, dis-je en passant la main sur mon ventre, que ce sera bientôt une tablette de chocolat à dix carrés.

— Si je m'approche, je suis pas mal sûre de pouvoir en compter dix.

— Qu'est-ce qui vous retient ?

Ses joues rougissent, mais elle se détourne de moi et replace la bouteille dans le placard.

— Remettez votre tee-shirt, ordonne-t-elle.

Elle me regarde et détourne immédiatement le regard.

— Tout de suite, insiste-t-elle. S'il vous plaît. Dans notre intérêt mutuel.

— Ça va, ça va, dis-je en prétendant m'offusquer. Maintenant mon tee-shirt sera ruiné.

— Je vous en achèterai un autre.

— Johnny Outlaw a signé celui-ci. Vous ne pouvez pas *juste* m'en acheter un autre.

— Johnny a touché à ça? Eh bien, donnez-le-moi! soupire-t-elle presque.

— Je l'ai aussi touché, lancé-je d'un ton un peu plus narquois que je ne voudrais l'admettre. Vous savez, le meilleur joueur de champ centre du baseball? Le type avec ces abdos?

Elle fait rouler ses yeux.

— Qu'est-ce que vous faites ici, de toute façon?

— Je crois qu'un gamin a foncé sur moi comme une fusée. J'ai dû l'attraper. Attraper des choses dans les airs est ma spécialité, si vous ne le saviez pas.

Je glisse mes bras dans mon tee-shirt et le fais passer sur mon torse. Ses yeux ne me quittent pas.

— Intéressant, dit-elle d'un air moqueur.

Son menton se soulève un peu, assez pour faire pencher automatiquement le pouvoir en sa faveur.

— Je pensais que votre meilleur atout était... autre chose, ajoute-t-elle.

Ses lèvres se tordent d'amusement pendant qu'elle soulève une mèche de cheveux de ses épaules étroites, me lance un clin d'œil et s'éloigne dans le corridor. Je ne suis pas sûr de savoir ce qu'elle attend, mais je la suis. Bien sûr.

Gauche. Droite. Gauche. Droite. Son popotin se balance d'un côté à l'autre devant moi, comme une hypnotiseuse qui effacerait de mon esprit toute pensée autre que celles qu'elle veut y faire rentrer.

Mon Dieu, comme je j'aimerais la ramener chez elle.

Elle jette un coup d'œil par-dessus son épaule, m'adressant un regard qui me fait me demander si je n'ai pas grogné tout haut. C'est bien possible.

Rentrant dans son bureau, je ferme la porte derrière moi. Lorsque je tourne sur moi-même, elle est assise à son bureau.

— Voulez-vous savoir ce que je fais ici ?

Ma poitrine se soulève et s'abaisse au même rythme que ses hanches tantôt.

— Qu'est-ce qui vous fait croire que je voudrais savoir quoi que ce soit ?

— Parce que vous l'avez demandé plus tôt, mon chou.

Cette fois, c'est moi qui me penche sur le bureau. Je scrute son regard, mon énergie se propage au-dessus du bureau en imitation bois. Elle la sent. La légère accélération dans sa respiration la trahit. Ses lèvres sont légèrement écartées, comme si elle attendait que je parle.

— Tu peux jouer à ce petit jeu, Dani…

— C'est Danielle.

— … mais je peux lire en toi.

— Tu penses ?

— Je le *sais.* Mais j'aime bien ton assurance. Ça me convient.

— C'est bon à savoir, réplique-t-elle.

C'est presque une moquerie, une petite pointe de dédain qui se glisse discrètement derrière chaque mot.

— Tu veux que je te dise quelque chose ? demande-t-elle.

— Quoi ?

— Moi aussi je peux lire en toi.

— Vraiment ?

— C'est clair.

L'ambiance est tendue par notre bref échange, nos corps bourdonnent presque de l'excitation du moment. Nous sommes si près l'un de l'autre, assez près pour tendre la main et se toucher, et c'est précisément ce que nous voulons tous les deux. Nos corps, nos regards, nos paroles débordent de tant de tension sexuelle que c'en est palpable.

— Dis-moi ? demandé-je en rompant le silence que remplissent nos respirations saccadées. Qu'as-tu vu en lisant en moi ?

— Je ne pense pas que ce soit l'endroit pour ce genre de conversation.

— Préférerais-tu l'avoir dans une salle de réunion verrouillée ? Parce que je suis absolument partant pour ça.

Elle rit, son timbre gai et mélodieux résonne dans la pièce. La tension se relâche un peu, et je remarque que je prends une grande bouffée d'air frais. Ramassant un stylo comme si elle s'apprêtait à se mettre au travail, elle sourit avec décontraction.

— C'était bien agréable, mais il faut vraiment que je me remette au travail, lâche-t-elle.

— Quoi ?

Je n'avais pas l'intention de paraître aussi brusque, mais y en a marre. À quoi joue-t-elle ? Elle m'a énervé au point de tout bousiller et elle se remet au travail ?

Quelques secondes plus tard, je suis toujours planté là, essayant de saisir ce qui vient juste de se passer. Elle lève les yeux de son bloc-notes, apparemment surprise de me voir encore là.

— Je suppose que je vais te voir demain, dis-je en m'écartant de son bureau.

— Et pourquoi ça ?

— Je fais de la peinture avec Rocky.

— On fait de la peinture seulement une fois par semaine. Il n'y aura pas de matériel demain.

Je me contente de sourire.

— Tu n'es pas autorisé à venir ici, poursuit-elle, en soupirant. Il y a un protocole à suivre, Landry, même pour toi.

— Alors, une chance que je suis moi, fais-je avec un clin d'œil en sachant que je la fous en rogne. Je vais demander à mon bureau d'appeler le tien, et je te vois demain matin.

— Je n'ai pas de bureau, grince-t-elle entre se dents. Je suis le bureau.

— Ça me va. Tu vas les adorer. Je travaille avec des gens bien.

Nous nous écartons, chacun de nous aussi déterminé que l'autre d'arriver à ses fins. Elle plisse les yeux. J'étire mon petit sourire. Elle ramène ses épaules vers l'arrière, je hausse les miennes. Ce petit jeu l'agace, la met en colère. Si je ne me comportais pas en vrai gentleman, je l'avertirais que la voir en rogne ne fait qu'attiser mon désir pour elle.

Une bonne chose que je ne le sois pas.

6

Danielle

L'eau éclabousse les bords de ma tasse à thé favorite. Je la tiens sous le robinet, regardant le reste de mon thé chai couler dans l'évier. Je la dépose sur l'égouttoir et traverse à pas feutrés la petite cuisine, décorée de tournesols, pour passer dans le salon bien rangé. Malgré tous les efforts que je fournis pour m'y sentir chez moi, ça ne fonctionne pas. Il y manque une touche de chaleur ou de confort que je ne pourrais pas créer même avec tous les coussins décoratifs et les bougies du monde.

Je jette un coup d'œil aux quelques photos encadrées sur le manteau de la cheminée. Il y en a deux de moi et de Macie à l'université. Une de moi et Pepper, qui a été prise par un journal qui faisait un article sur le Smitten Kitten. L'autre est de moi avec mes parents, prise le jour de ma remise des diplômes du secondaire. C'est l'une des seules photos que j'ai de nous trois. Je l'ai regardée pendant des heures au fil des ans, disséquant quelle sorte d'image nous projetions à l'extérieur. Nous sourions tous, les bras de mon père sont passés autour de ma mère et moi. Nous semblons normaux. Si seulement c'était vrai.

Le bourdonnement commence dans ma poitrine, et je regarde ma main se tendre vers le téléphone. Mon cerveau dit à ma main d'arrêter. Il avertit mon cœur de ne pas nourrir l'espoir de voir ma mère répondre. Mais si ça arrivait, d'avoir une bonne conversation avec elle.

Cet avertissement donné, je compose le numéro et attends pendant que ça sonne un coup, deux coups, trois coups avant qu'elle réponde.

— Allô ? murmure-t-elle dans le combiné.

— Bonjour, maman. C'est moi.

Mon cœur remonte dans ma gorge et je peux sentir mon pouls à mes tempes. Ma bouche devient sèche et j'attends de voir ce qu'elle va dire.

Elle prend une respiration vive et la laisse fuser de façon lente et traînante.

— Bonjour, Ryan.

— Comment ça va ?

— Je vais bien. Ryan, je vais devoir te rappeler dans un petit moment. Ton père va arriver bientôt, et il faut que je sois prête. Tu sais comment il déteste attendre.

Forçant les mots à quitter mes lèvres et ma main à ne pas laisser tomber le combiné, je lui dis que ça va et réussis même à émettre un petit rire. Et avant de m'en rendre compte, je suis assise sur le sofa à regarder les ombres passer sur le mur dans le soleil couchant. Elle ne me rappellera pas. Pas ce soir. Pas demain. C'est un fait, mais ça ne veut pas dire que ça ne me fait plus souffrir. J'aimerais que ça ne fasse plus mal, je me dis que ça ne m'atteint plus, mais je mens.

Attrapant la télécommande, j'ouvre la télé et passe d'une chaîne à l'autre jusqu'à ce que je tombe sur une téléréalité idiote. Le bruit aide à remplir la maison et me tient compagnie pendant que je me rends à la cuisine pour me verser un grand verre de vin rouge.

Après une gorgée, je jongle avec l'idée d'aller en ville pour prendre un verre dans un endroit public. Sortir. Prendre un bol d'air frais et tout ça. Pendant que j'y songe, je me glisse sous une couverture sur le sofa et me verse un autre verre.

L'émission à la télé met une famille dysfonctionnelle en scène. Je l'ai déjà vue. Ils se battent continuellement, mais à la fin de chaque épisode, ils se réconcilient. Ils se demandent pardon et reforment une famille. Et, comme à chaque fois que je l'écoute, je me demande ce que ça fait. Même les disputes me semblent attrayantes parce qu'ils sont ensemble. Regardant la photo de mes parents, puis le téléphone, cela me frappe à nouveau : *je suis seule.* Je pourrais mourir ce soir et il faudrait des jours avant que quelqu'un me trouve. Pepper enverrait probablement la police parce qu'elle a besoin de mes commentaires sur sa soupe.

— Dedans, dehors, fais-je en respirant, emplissant mes poumons d'oxygène et fermant les yeux.

Aussitôt que je le fais, je vois Lincoln Landry. Sa mâchoire carrée, la façon dont ses yeux flamboyants s'illuminent quand il me taquine. La façon dont sa main imposante tient son menton tandis qu'il attend que je saisisse une insinuation, me fait frissonner malgré le pyjama en flanelle que je porte.

« Je mérite un cupcake pour ça », dis-je à haute voix, tout en me donnant mentalement une tape dans le dos pour lui avoir tenu tête. Peut-être même deux.

Il y a un je-ne-sais-quoi dans sa façon de me regarder qui me montre très clairement qu'il serait à surveiller de très près s'il y avait une ouverture et de l'intérêt. Pas que ça m'intéresse vraiment, parce que je ne le reverrai probablement jamais, mais je dois garder ma porte close.

Comme s'il n'attendait que ça, son petit sourire surgit dans mon esprit. Je jette la couverture et dépose mon vin sur la table devant moi.

« Pourquoi, mon Dieu ? demandé-je en regardant le ciel. Pourquoi n'aurait-il pas pu tourmenter quelqu'un d'autre aujourd'hui ? »

Marchant d'un pas lourd vers ma chambre, je dois prendre les choses en main. Sinon je risque de bondir littéralement sur son corps irrésistible la prochaine fois que je le croiserai.

Lincoln

— Salut, dis-je d'une voix traînante et aussi désinvolte que possible.

Ma main se resserre autour des poignées en plastique du sac de la boutique d'artisanat. C'était ma première et ma dernière visite à cet endroit. À côté des millions de pots de peinture et de pinceaux, il y a presque autant de types de mamans qui savent apparemment qui je suis.

Je veux dire, c'est sûr qu'elles le savent, et je ne suis pas contre un peu d'action avec une maman bonne à baiser. Mais toutes en même temps sans aucune sécurité ? J'en ai eu des sueurs froides pendant un moment.

Danielle lève les yeux de son agenda et retire une paire de lunettes à monture noire. Mon cerveau s'emballe, alors que je l'imagine étendue sur mon lit, ses cheveux ramenés en un chignon désordonné sur le dessus de sa tête, comme en ce moment, et ne portant rien d'autre que ces petites lunettes.

— Je peux entrer ? demandé-je la gorge un peu sèche.

Je dépose le sac sur la chaise devant moi et observe Danielle. Elle est un heureux mélange de sophistication et de sex-appeal, quelque chose qu'il est difficile de réussir mais qu'elle projette à la perfection. Elle pourrait poser pour un gala de charité avec l'une de mes sœurs, ou pour une couverture de magazine en maillot de bain. Un magazine que je m'empresserais d'acheter.

— Je suis en avance, dis-je.

— Tu n'es pas en avance, fait-elle avec un sourire tout en se redressant. Tu n'es pas à l'horaire d'aujourd'hui.

— Peut-être pas le tien. Mais j'ai un rendez-vous avec Rocky.

Je lui adresse un sourire éclatant qui me permet toujours d'obtenir ce que je veux.

— Je croyais t'avoir dit que nous n'avions pas de matériel de peinture aujourd'hui.

— C'est vrai. C'est pourquoi j'en ai apporté.

Je plonge la main dans le sac et en ressors trois trousses de peinture à doigts.

— Tu vois ? continué-je. Une de mes meilleures qualités est que je suis toujours préparé.

— Je me trompais peut-être à ton sujet.

— Comment ça ?

— Tu ne cesses de faire allusion à tes qualités, et parmi celles-ci se trouvent des choses comme *préparation.* Je t'ai peut-être sous-estimé.

Il me faut trois grosses secondes pour retrouver ma voix. D'habitude, c'est moi qui ai l'avantage de la conversation.

— La préparation n'est que la moitié du travail, madame Ashley.

— Mais pour terminer l'autre moitié, il faut aller jusqu'au bout.

— Fais-moi confiance, ma jolie. Je vais au bout des choses. Il n'y a rien que j'aime plus que me donner à fond pour sortir tous les autres du match. Enfoncer le clou. Être si bon que le seul nom qu'ils retiennent est le mien.

Je fais une courte pause pour épier sa réaction.

— Si tu veux voir mes meilleurs atouts, je serais plus qu'heureux de te les montrer, ajouté-je.

— Je n'en ai aucun doute, dit-elle d'une voix pantelante. Mais tu sais, j'ai aussi des forces.

— J'en suis certain, murmuré-je.

— L'une d'elles est la même que la tienne.

— Je n'en doute pas, grogné-je presque, le sac craquant sous mon poing pendant que je l'écrase dans l'excitation.

— Je me suis préparée… à te faire escorter hors d'ici.

Mes traits se décomposent.

Les siens s'illuminent devant ma réaction.

— Je plaisante, dit-elle en poussant sa chaise pour se lever. Tu peux rester. Mais seulement parce que j'en ai décidé ainsi.

— Oh, c'est comme ça ? fais-je en riant.

— Hun-hun. Je prends les décisions. C'est ma spécialité.

— Hé, fais-je en levant les mains en l'air. Je n'ai rien contre le fait d'être dominé. Je pense que c'est sexy. C'est comme tu voudras.

— Tu es ridicule, rit-elle, alors que sa respiration saccadée la trahit.

Le chemisier en soie rouge cerise qui se tend sur sa poitrine fait presque sauter les boutons lorsqu'elle inspire. C'est drôlement sexy.

— Je dois dire que je suis plutôt impressionnée que tu sois venu, ajoute-t-elle.

Mes sourcils se rejoignent pendant que j'essaie de comprendre ce commentaire.

— Comment ça ?

Elle sourit avec douceur, ses traits se détendent. La petite diablesse qui me donne du fil à retordre n'est plus là. C'est une autre facette d'elle, qui sera probablement plus difficile à oublier. Les diablesses sont monnaie courante. Ce côté d'elle ? Pas du tout.

— Des célébrités passent souvent ici en faisant des promesses aux enfants, me raconte-t-elle. La plupart ne les tiennent pas. Je ne m'attendais pas à te voir ici aujourd'hui.

On sent du chagrin dans sa voix que je ne peux identifier. Mais il est bien là. J'en ai la certitude.

— Je ne peux pas dire ce que font la plupart des gens, énoncé-je, mais j'honore ma parole. Merci de m'avoir laissé venir aujourd'hui.

— Tu ne m'as pas donné le choix.

— C'est vrai, fais-je en souriant. Mais tu aurais pu me renvoyer, et tu ne l'as pas fait.

Elle s'apprête à dire quelque chose, mais se ravise. Après avoir repensé à ce qu'elle allait dire, elle sourit.

— Tu as raison, et je ne le ferai pas. Mais peux-tu me dire quelque chose ?

— Bien sûr.

— Pourquoi es-tu ici, Lincoln ? Tu es passé ici par hasard, et tu as dit à un enfant que tu serais là le lendemain comme si tu n'avais rien d'autre à faire. Je sais à quoi doit ressembler ton horaire, et je n'arrive juste pas à me faire à l'idée que tu es venu.

Je hausse les épaules en riant.

— Je n'avais peut-être rien de mieux à faire.

— J'en doute.

— J'aime peut-être les enfants.

Cela la fait sourire, ce qui me fait aussi sourire.

— J'avais peut-être envie de te voir aussi, proposé-je avec prudence.

Au lieu de répondre, elle passe à côté de moi, me faisant signe de la suivre en bougeant le doigt. Quelques minutes plus tard, je suis assis à une table en face du seul et unique petit Rocky. Il commence à jacasser au sujet des Muggies, et avant de m'en rendre compte, j'ai une tache de peinture blanche et Danielle est introuvable.

Nous peignons pendant presque une heure, d'autres jeunes viennent s'ajouter ou partent. Les gamins sont excités, mais je continue de chercher Danielle. Elle ne se montre jamais. Finalement, après avoir peint tous les animaux de la ferme auxquels je pouvais penser, je suis soulagé de voir que les paupières de Rocky s'alourdissent.

Je soulève sa dernière peinture, une forme indistincte en rouge et jaune. Si j'avais pris quelques bières, le truc au milieu pourrait ressembler à une balle de baseball. Peut-être. Mais probablement pas. Regardant mon nouveau copain du coin de l'œil, je souris.

— Tu penses que je peux l'avoir ? Elle serait géniale dans ma maison.

— Je ne sais pas, répond-il en bâillant. Ma mère aime vraiment mes peintures. Je ne veux pas la rendre triste.

— Tu sais quoi ? lâché-je en me levant et en déposant la feuille devant lui. Prends toujours soin de tes amis, et ta maman restera toujours ton amie.

Ses grands yeux se lèvent vers moi.

— As-tu une maman ?

— Tu parles ! Et même si je suis un adulte aujourd'hui, techniquement, ma mère prend toujours soin de moi.

Rocky se lève aussi, ses traits s'adoucissent dans un effort pour rester calme. C'est un air que je peux reconnaître partout, un air que j'ai souvent pris pour empêcher les autres de deviner à quoi je pensais. Une fois que j'ai été repêché dans la ligue, j'ai appris rapidement qu'il ne faut jamais baisser la garde. Il faut garder ses foutus sentiments pour soi-même, sinon on se fait exploiter.

— Tu es un joueur de baseball. Ta mère fait encore des trucs pour toi ?

— Fiston, il vaut mieux l'apprendre tout de suite, dis-je en gloussant. Tu auras toujours besoin de ta maman. Même quand tu seras un adulte et que tu auras ta propre maison, ta mère est parfois la seule sur qui tu peux compter. Par exemple, si tu ne sais pas comment faire du macaroni au fromage au micro-ondes. Elle est la seule personne sur qui tu peux compter, alors assure-toi de prendre bien soin d'elle.

Son regard s'attarde sur le linoléum.

— Les docteurs disent que peut-être je ne pourrai pas me rendre à l'âge adulte. Le truc que j'ai en moi résiste aux médicaments.

J'ai le souffle coupé, de la même façon que lorsque mon frère, Ford, fait l'idiot et me plaque quand on joue au foot lors des barbecues de famille. Seulement, cette fois, il n'y a pas de main pour m'aider à me relever. Juste un gamin qui me regarde et qui attend que je dise quelque chose. Que je sois l'adulte.

— Rockster, je…

Je m'accroupis à sa hauteur, certain qu'il peut remarquer la boule dans ma gorge. Il me fait penser à Huxley, bientôt le beau-fils de mon frère Barrett, dans la façon qu'il a de me regarder comme si je pouvais faire des miracles. Si seulement je le pouvais…

— Les docteurs ne savent pas tout, exprimé-je enfin.

Il pose sa main sur mon épaule.

— J'ai aimé faire de la peinture avec toi aujourd'hui.

— Et j'ai aimé faire de la peinture avec toi aussi.

Les mots sont sortis spontanément de ma bouche, mais pendant qu'ils résonnent dans la pièce, je réalise à quel point ils sont vrais.

— Bonjour les gars.

La voix de Danielle remplit la petite pièce à l'écart du couloir central, et Rocky la regarde par-dessus mon épaule.

— Salut, Danielle, dit-il.

Je me tourne de côté, toujours accroupi, et lève les yeux vers elle. Même depuis ce point de vue, elle vaut le coup d'œil. Une beauté discrète, de jolis traits, avec un magnétisme si mystérieux qu'elle capte toute mon attention. Comme je me lève, un grand sourire éclaire son visage.

— On dirait que vous avez passé un bel après-midi tous les deux, affirme Danielle en mettant un pied devant l'autre. Qu'en penses-tu, Lincoln ?

En tenant avec une main l'épaule osseuse de Rocky devant moi, j'ébouriffe ses cheveux avec l'autre.

— Je pense que ce gars est le prochain Van Gogh.

Le rire de Danielle danse jusqu'à mes oreilles.

— C'est bon à savoir. Prêt pour le déjeuner, Rocky ?

— Oui, de la pizza !

Il m'adresse un signe de la main et file à travers la porte, renversant presque une Danielle hilare.

— C'est un gamin super, dis-je quand elle me regarde enfin.

Ses joues prennent la couleur de son chemisier tandis qu'elle lisse sa robe comme le fait ma sœur Sienna, lorsqu'elle est nerveuse avant un défilé de mode.

— Oui.

— Je pense qu'il me trouve assez cool.

J'essaie de ne pas rire tandis qu'elle se demande si je suis sérieux ou non.

— C'est subjectif, réplique-t-elle enfin en reculant vers la porte. J'ai besoin que tu signes une autorisation, si ça ne te dérange pas. Même si tu es ici pour la journée seulement, j'aurais dû te la faire signer avant de commencer.

J'ignore délibérément les mots « pour la journée seulement » et je la suis dans le corridor. Pendant que nous approchons de l'ascenseur, la cloche tinte et un homme en blouse d'hôpital en sort.

— Danielle, dit-il d'un ton joyeux, *trop joyeux,* tout en tendant la main.

Un sourire décontracté effleure les lèvres de Danielle tandis qu'elle dépose la main dans la sienne.

— Comment allez-vous, Dr Manning ? s'enquiert-elle, très à l'aise avec ce type, que je ne suis pas du tout sûr d'aimer.

Je pourrais même le détester.

— Très bien. Je passais juste voir votre patronne. Gretchen est au bout de ce couloir, n'est-ce pas ?

— Oui, confirme Danielle. Je ne sais pas si elle est dans son bureau par contre. Notre département est en pleine réunion budgétaire.

— Je comptais aller me chercher un café dans un petit moment. Est-ce que je peux vous apporter quelque chose? offre-t-il en faisant un pas vers elle.

J'en fais un aussi.

— Non, merci, répond-elle poliment. De l'autre côté de la rue, ils servent un excellent espresso, si vous avez besoin de quelque chose de fort et rapide.

J'ai un serrement de gorge. L'enfoiré hoche la tête avec une lueur dans le regard qui me donne envie de faire valoir mes droits sur Danielle. Pendant que je me creuse les méninges pour sortir quelque chose, il fronce les sourcils.

— Vous me semblez familier, lâche-t-il à mon adresse.

— C'est le visage, dis-je en suivant Danielle dans le couloir.

— Vous ne seriez pas Lincoln Landry, par hasard?

Danielle s'arrête sur ses pas et tourne la tête vers moi. Ses dents mordillent sa lèvre inférieure. Je cherche ses yeux, un tourbillon de bleu qui pourrait m'engouffrer si je la laissais faire. Et je voudrais diablement la laisser faire, mais je suis sûr que ce sera aussi difficile que de frapper une balle rapide de notre lanceur partant.

— Moi? fais-je en riant. Bon sang, non. J'ai entendu dire qu'il est beaucoup plus grand et plus beau que moi.

Je sens Danielle laisser fuser de l'air juste avant que ses talons se remettent à claquer dans le corridor. Sur un petit salut au docteur, je la suis.

— Tu lui as menti, dit-elle sous sa barbe tandis qu'elle entre dans son bureau avant moi.

— Aurais-tu préféré que je lui dise qui je suis et le voir rappliquer pour jacasser avec moi ?

— Non, répond-elle rapidement.

J'ignore l'idée qu'elle pourrait être encline à bavarder avec un docteur et je continue.

— Moi non plus.

Elle rit.

— Comment ça, Landry ?

— Je pense que c'est un enfoiré.

— Pas du tout ! s'exclame-t-elle. Il est venu de Phoenix pour suivre une formation. Il part la semaine prochaine.

Il est évident que je me détends, mais peu importe.

— Très bien.

— Lincoln Landry, serais-tu un peu jaloux ?

— De ça ? Je t'en prie, pouffé-je.

Elle secoue la tête, et un petit rire lui échappe à son grand regret. Au lieu de me répondre, elle fouille dans un tiroir et en sort une chemise. Elle glisse une feuille sur le bureau avec un cercle rouge vif griffonné au centre et un X marqué au bas.

Elle soutient mon regard et ne dit rien pendant un long moment. L'atmosphère entre nous s'échauffe, et alors que je retire ma casquette, elle tire sur le collet de son chemisier. Nous le remarquons tous les deux, mais n'évoquons pas le sujet. Au lieu de ça, nous échangeons un sourire entendu.

— Peux-tu remplir ça ? demande-t-elle en retenant son souffle.

— Bien sûr.

Je l'examine rapidement avant de tendre le bras à travers le bureau pour ramasser un stylo près de son bras. Mon avant-bras effleure l'intérieur de son poignet. Son hoquet troublé résonne dans la pièce et fait vibrer mon membre.

Je ne la regarde pas. Je ne veux pas l'embarrasser. Je ne veux pas qu'elle sache non plus à quel point j'ai envie d'elle, et si je le regarde en ce moment, elle le saura. C'est écrit partout sur mon fichu visage.

Et au niveau de mon entrejambe, dans le but de rajuster mon membre, je glisse une main dans une poche et essaie discrètement de me mettre plus à l'aise. Lorsque je ressors ma main, je prends mon portefeuille et le dépose sur son bureau comme si c'était le but de mon geste. Et c'est à la vitesse de l'éclair que je remplis la partie encerclée, signe le document et le fais glisser vers elle.

– Landry, murmure-t-elle juste comme le téléphone de son bureau se met à sonner.

Elle pince les lèvres, cherchant manifestement ses prochains mots.

– Prends-le, dis-je avec un petit sourire. Je m'en vais de toute façon.

– Je… commence-t-elle pendant que je lui tourne le dos et sors, la laissant en suspens.

Voyons voir comment tu te débrouilles au marbre, Dani.

7

Danielle

Je tourne le coin et ignore une voiture avec un chauffeur qui écrase le klaxon. Je continue sur le trottoir pavé et entre au Smitten Kitten. Pepper lève les yeux tandis que la cloche l'avertit de mon arrivée.

— J'espère que tu veux de la soupe, dit-elle en déposant un sac de papier sur le comptoir. La nuit dernière, j'ai rêvé à cette chaudrée de palourdes. C'est bizarre, je sais, mais je me suis réveillée et il fallait que je l'essaie, et c'est extra. Je ne mens pas.

Laissant tomber mon sac sur le plancher devant le comptoir, je tends ma carte de crédit.

— Je n'en doute pas.

— Non, celle-là est la bonne, Danielle. Les saveurs se marient si bien. J'espère que tu vas l'aimer.

— Je n'ai jamais goûté une soupe de Pepper que je n'ai pas aimée.

Elle passe ma carte dans la machine, puis file réchauffer le café d'un client. Fouillant dans mon sac à main, je trouve mon portefeuille… juste à côté de celui de Lincoln Landry.

Ma main s'immobile au-dessus des deux, sous les clés de ma voiture.

Son cuir brun luxueux repose à côté de mon motif floral rose est jaune. Ils se touchent à peine mais je ne peux m'empêcher de penser à toutes les métaphores qu'on pourrait en tirer.

Je glisse ma carte dans le mien, effleurant ainsi la texture veloutée de celui de Lincoln. Il est doux sous ma peau, le matériel luxueux transpire l'opulence. C'est le meilleur cuir. Mon père en a un semblable.

– À demain, dis-je à Pepper avant d'ouvrir la porte, mon esprit toujours fixé sur le joueur de baseball.

J'ai essayé de le rattraper aussitôt que j'ai aperçu son portefeuille discrètement dissimulé derrière un porte-photo sur mon bureau, mais il était parti. J'ai songé à le laisser à la sécurité, mais il suffirait que quelqu'un se rende compte à qui il appartient vraiment et qui sait ce qui pourrait arriver. Je ne pouvais pas non plus le laisser sur mon bureau de crainte qu'il se fasse voler. Alors, je l'ai fourré dans mon sac à main. Maintenant, il représente à la fois une responsabilité et une opportunité, alors que je le trimballe dans le stationnement jusqu'à la banquette arrière de ma voiture.

Lorsque je m'engage sur la route, un appel sonne dans la voiture. J'appuie sur le bouton du volant pour répondre.

– Allô ? dis-je.

– Salut, toi ! chante la voix de Macie. Comment ça va ?

– Bien. Je viens juste de ramasser mon dîner et je me dirige vers chez moi.

– Smitten Kitten ?

– Oui, fais-je en riant.

— Sérieusement, Danielle, élargis un peu tes horizons, dit Macie en se moquant.

— J'aime ça, répliqué-je en faisant la moue. Ça rentre dans ma routine. Je connais Pepper. J'aime sa cuisine.

— Es-tu bien assise ? demande Macie.

— Tout à fait.

— Eh bien, j'ai quelque chose pour te faire sortir de ta zone de confort.

Le ton de sa voix provoque un nœud dans mon ventre.

— Mon amie, Julia, est en train de démarrer une entreprise à but non lucratif ici à Boston. Je lui ai parlé de toi et de ton expérience en management, avec les enfants, la planification et ces trucs-là.

Dirigeant ma voiture dans mon allée, je rentre dans le garage et coupe le moteur.

— Comment va-t-elle ?

Je repense aux histoires que Macie m'a racontées au sujet de Julia Gentry et sa famille. C'est fou tout ce qu'ils ont traversé, mais elle ne lâche pas. J'aimerais avoir la moitié de son courage.

— Elle va bien. Elle va toujours bien. C'est la femme la plus forte. Je lui ai dit que tu serais peut-être intéressée à travailler pour elle.

— Peut-être. Nous avons une réunion budgétaire qui s'en vient, et il faut envisager cette possibilité, grimacé-je. Je pense que nous allons perdre du financement et personne n'est à l'abri quand ça arrive.

— Je lui dirai que je t'en ai parlé.

— Bon, lâché-je pour changer de sujet. Il m'est arrivé quelque chose d'intéressant aujourd'hui, et j'aurais besoin de ton avis.

– Vas-y.

Je l'imagine assise confortablement dans son fauteuil, attendant que je lui donne des détails sur ma vie. Je ris. La lumière de la cuisine est vive lorsque je pose mon sac sur le comptoir.

– OK, alors Lincoln est revenu aujourd'hui, dis-je.

– Si tu voyais mon visage, tu verrais que je suis complètement verte d'envie ! Je ne le dirai jamais à Will parce qu'il ferait une crise de mâle alpha si je parlais d'un genre de laissez-passer. J'avoue que Lincoln est mon type d'homme. C'est pas ma faute, mais j'ai passé les 24 dernières heures à regarder ses photos sur Internet.

La chaise grince sur le plancher pendant que je la tire de la table et m'affale dessus. Je me représente son compagnon, Will Gentry, un homme que je n'ai rencontré qu'une fois, apprendre que Macie aimerait avoir un laissez-passer avec Lincoln Landry. Je ris avant de pouvoir me contenir.

– Quoi ? s'enquiert-elle.

– Je m'imagine le visage de Will s'il surprenait cette conversation.

– Il me prendrait sur ce fauteuil. À bien y penser, je devrais peut-être le laisser écouter…

– De toute façon, Lincoln est revenu aujourd'hui pour peindre avec un petit garçon nommé Rocky.

Si une épingle était tombée à l'autre bout, je l'aurais entendue.

– Macie ? Es-tu là ?

– Ouais, répond-elle lentement. J'essaie de comprendre pourquoi un homme comme lui a fait de la peinture avec un gamin aujourd'hui. À un jour d'avis.

— Je me suis posé la question aussi, soupiré-je. Mais sérieusement… Macie, il a été tellement fantastique avec lui. Avec tous les enfants, vraiment.

Mon cœur se gonfle tandis que je me souviens de lui, avec sa carrure imposante, assis sur une chaise miniature. J'ai jeté un coup d'œil de l'autre côté du corridor à quelques reprises et j'ai presque fondu en une flaque d'eau.

— Il n'y a rien comme un homme avec un gamin, fredonne Macie.

— Ce n'était pas juste ça, dis-je en essayant de formuler ma pensée. Oui, le voir avec ces gamins était super mignon. Mais c'était plus que ça. C'est la journée qu'il a passé avec eux. Avec moi, il est amusant et sexy, et genre imbu de sa personne. Mais lorsqu'il était assis à cette petite table, couvert de peinture, flanqué par deux enfants qui lui cassaient les oreilles, tu n'as pas idée comment il était super. Vraiment.

Je ne peux m'empêcher de sourire. Cette scène était l'une des plus émouvantes que j'ai vues durant ma carrière. Habituellement, les célébrités arrivent et font semblant, mais Lincoln a fait plus que ça. Il est resté longtemps. Il n'a pas demandé d'aide. Il n'a pas semblé s'ennuyer et ne s'est pas fâché quand les enfants le salissaient. Il semblait vraiment s'amuser.

— Est-ce qu'il va revenir ? demande-t-elle.

— Peut-être, dis-je en soupirant. Il a oublié son portefeuille sur mon bureau.

— Et pourquoi a-t-il sorti son portefeuille ?

— Va savoir. Peut-être qu'il pensait avoir besoin de ses pièces d'identité pour remplir le formulaire ? Je ne sais pas.

— Où était le portefeuille ? demande-t-elle en faisant claquer sa langue.

— Derrière un porte-photo.

— Hum…

Elle reste de nouveau silencieuse, ce qui me va parce que plus j'y pense, plus j'ai de la difficulté à respirer.

— Donc, il l'a laissé pour que tu le trouves, conclut-elle.

— Tu penses ?

— Bien sûr. Un homme comme lui avec une carte de crédit sans limite ne va pas sortir son porte-monnaie pour le laisser là. Peu importe qui il est, Danielle. Ça n'arrivera pas.

Un long soupir fuse de mes lèvres.

— Pourquoi soupires-tu ? rigole-t-elle. Tu vas devoir rencontrer monsieur Sexy et lui rendre son portefeuille. Pauvre toi !

— Je pense que je vais simplement le laisser à la réception.

Un soupir d'exaspération bourdonne dans le téléphone et je me prépare pour l'assaut qui va suivre.

— Ryan Danielle, commence-t-elle en utilisant mon prénom complet pour accentuer l'effet. La seule chose que je n'aime pas chez toi, hormis ta capacité de t'empiffrer sans engraisser, est la façon dont tu classes les gens dans la même catégorie. Ce n'est pas juste.

— Ce n'est peut-être pas juste, mais c'est logique.

— Bon, tous ceux que j'ai rencontrés avant Will et qui avaient les yeux verts étaient des monstres. Que serait-il arrivé si je n'étais pas sortie avec lui ?

— Tu aurais trouvé quelqu'un d'autre ? proposé-je juste pour l'irriter.

Elle grogne.

— Écoute, Macie. Personne ne connaît les athlètes, spécifiquement les joueurs de baseball, aussi bien que moi. Ils forment un groupe typique de gens superstitieux et qui aiment…

– Le baseball plus que tout le reste, dit-elle en finissant ma phrase à ma place. J'ai déjà entendu ça.

– Ce serait beaucoup plus facile s'il n'était pas aussi sexy, grommelé-je en ramassant une serviette de table sur la table. C'est comme si le diable m'envoyait ces hommes juste pour me torturer. Que penses-tu que j'ai pu faire dans une vie antérieure pour mériter ça ?

– Peu importe ce que c'était, réplique Macie, j'espère que je vais le trouver pour pouvoir le faire dans cette vie-ci.

Lincoln

Est-ce ainsi que vit le reste du monde ?

Assis sur le comptoir de ma cuisine, une pomme à la main, je la lance en l'air et l'attrape. Une fois, deux fois, trois fois. Lorsque je la rattrape une quatrième fois, je la fais tourner et la lance dans la poubelle. Au lieu d'atterrir dans le sac, elle frappe le mur au-dessus. Le jus et la pulpe rejaillissent partout.

– Et c'est pourquoi je ne joue pas au basketball.

J'écoute l'horloge au-dessus de l'évier faire tic-tac. Pourquoi est-ce que je remarque seulement aujourd'hui à quel point ce bruit est énervant ? Sautant du marbre gris, je bondis sur le comptoir et la décroche. Les piles sortent en faisant un bruit sourd.

Le silence. C'est un soulagement pendant environ 50 secondes.

— Merde, lâché-je en redescendant sur le sol. Merde, merde, merde.

Je fredonne un air de la radio afin que ça ne semble pas aussi vide ici, tout en me rendant à pas feutrés dans le salon. Je ne sais pas pourquoi. Il n'y a rien à faire là non plus. J'ai cessé de jouer aux jeux vidéo depuis longtemps. Il n'y a personne que j'ai envie de voir, aucune fête où je voudrais me rendre. J'irais juste à Savannah si je n'avais pas ma rééducation.

Testant la rotation de mon épaule, je la sens tirer douloureusement. Le craquement qui accompagne habituellement ce mouvement ne se produit pas, mais quand même, ça fait toujours mal.

— Est-ce à ça que je dois m'attendre ? Être un estropié ?

Il n'y a personne à part moi pour répondre à mes questions, et je suis drôlement certain de ne pas connaître les réponses. Je ne sais plus rien : ce que me réserve l'avenir, ce que font mes amis, qui a décidé qu'une couverture orange fluo était mon style, ou ce que Danielle Ashley porte sous sa jupe rouge. Je ne sais plus foutrement rien.

Mon téléphone se met à sonner. Je pense un instant ne pas répondre, mais je m'ennuie trop pour ne pas le faire.

— Allô ?

— Salut, Lincoln. C'est Danielle Ashley.

Sa voix est plus douce au téléphone qu'en personne, et elle me prend au dépourvu. Même si j'espérais qu'elle appelle, je ne m'attendais vraiment pas à ce qu'elle le fasse, même si j'ai écrit mon numéro en gras sur le formulaire qu'elle m'a fait remplir. Elle est trop imprévisible. Le fait que j'écoute sa respiration discrète à l'autre bout du fil est, pour employer un euphémisme, une belle surprise.

— Eh bien, voyez qui est là, blagué-je. Comment ça va ?

— Bien, répond-elle. Rocky a passé l'après-midi à m'expliquer à quel point tu es formidable.

— Heureux d'apprendre que j'ai fait bonne impression, dis-je en riant. On a eu beaucoup de plaisir. Merci de m'avoir permis de rester.

Elle attend un moment avant de répondre.

— Merci d'être venu. C'était très gentil à toi.

— Tu me laisseras peut-être revenir, suggéré-je. J'ai beaucoup de temps libre ces jours-ci.

— On verra.

Je le prends pour ce que ça vaut et passe à l'attaque.

— Alors, m'appelles-tu pour me remercier d'être passé aujourd'hui ?

— Je vais te faire plaisir en t'apprenant que tu as oublié ton portefeuille sur mon bureau.

— Vraiment ? Très irresponsable de ma part.

— Hun-hun, rit-elle. J'ai aimé la façon dont ton numéro de téléphone était entouré d'un gros cercle noir. Très subtil.

— Hé, ça t'a permis d'appeler, non ?

Elle rit, mais ne répond pas. Je sais qu'elle sait que je l'ai fait à dessein et ça me fait un peu plaisir qu'elle n'en soit pas offusquée.

— Je suppose que je dois maintenant négocier un moyen de le récupérer, proposé-je.

— Tu le trouveras à la réception demain.

Marchant jusqu'à la grande fenêtre du salon, je contemple Memphis. La ville est magnifique à cette heure du jour. Les bâtiments sont éclairés par le soleil de début de soirée, qui est en arrière-plan. Quelque chose dans le paysage me donne envie de l'admirer, de me plonger dedans. C'est peut-être ce dont j'ai besoin.

— Je craignais de le laisser là toute la nuit, poursuit-elle. Alors je l'ai ramené à la maison. Je vais le laisser au rez-de-chaussée lorsque je me rendrai au travail demain.

Ding ! Ding !

— Ah, c'est gentil à toi, Dani…

— C'est Danielle.

— … mais j'ai des projets ce soir et j'ai vraiment besoin de mon portefeuille.

Aucune réponse. Pas de réplique spirituelle ou de grognement comme quoi je suis fou. Je considère que c'est bon signe.

— Est-ce que je devrais passer le récupérer ? insisté-je.

— Non, répond-elle précipitamment. Je suis désolée que tu aies des projets. Je suppose que tu devras les annuler.

Grimaçant en voyant qu'elle interprète mal ma proposition, j'essaie de faire marche arrière.

— Je peux les changer, dis-je.

— Fais ce que tu veux. Il sera à la réception demain.

— Penses-tu vraiment ce que tu dis ? demandé-je avec un sourire.

— Quoi ?

— Que je peux faire ce que je veux ?

Elle rit, sachant où je m'en vais avec ça.

— Non, non, pas du tout. J'arrive au bureau à 8 h 30, tu pourras le récupérer n'importe quand après ça.

— Alors, je te verrai autour de 8 h 30. Je t'apporterai du café. Comment le veux-tu ?

— Je n'en veux pas, merci.

— Oh, je te jure que si.

La petite aspiration d'air frissonne dans le téléphone, et chaque cellule de mon corps la ressent. Je peux imaginer son visage, ses joues roses s'accordant au chemisier qu'elle portait hier. Ses longs cils qui s'écartent pendant qu'elle saisit l'insinuation que je viens de glisser. Avant que je m'en rende compte, ma respiration est aussi saccadée que la sienne.

— Lincoln…

— Retrouve-moi ce soir. Si tu ne veux pas que je me rende chez toi, ça va. Mais retrouve-moi quelque part.

— Où ? murmure-t-elle presque.

— Au Riffle Steakhouse.

— On ne va pas dîner, insiste-t-elle, c'est seulement pour te rendre ton portefeuille.

— Le dîner, c'est pour te remercier.

— Si tu le veux ce soir, alors pas de dîner.

— Oh, je le veux ce soir, lâché-je avec un petit sourire en choisissant de simplement mettre cartes sur table. J'ai envie de toi depuis que je t'ai vue, et je suis pas mal certain que toi aussi. J'ajouterais que j'aime la façon dont tu négocies, blagué-je.

— Que veux-tu dire ?

— Elles veulent toujours dîner avant.

— Landry, tu es terrible, fait-elle en pouffant.

— Connais-tu Freeman Park ? demandé-je. C'est sur la 57e Avenue.

— Oui.

— Sois là dans une heure.

— D'accord.

Je m'apprête à couper la communication, mon corps est en état d'alerte, lorsque j'entends qu'elle essaie de parler.

— Hé…, commence-t-elle à dire, mais je raccroche avant qu'elle puisse changer d'idée.

8

Danielle

Ma voiture s'engage près d'un gros chêne avec un écriteau qui détaille la faune du parc Freeman. De cet angle, je peux voir la majorité des espaces verts protégés par une rangée de conifères géants. Le parc est presque niché entre les arbres, avec des champs de verdure s'étendant sur des hectares. Il y a quelques tables et abris, et des aménagements sportifs disséminés un peu partout.

Je sors de la voiture et cherche Lincoln. Après quelques longues minutes, mon regard tombe sur une table à pique-nique près d'un petit étang dans le coin au fond. Un homme est assis dessus, me tournant le dos. Ce n'est pas n'importe quel homme. Avec un chandail en coton qui moule son large dos et quelques mèches de cheveux châtain clair pointant sous une casquette de baseball mauve, c'est Lincoln. C'est immanquable. Aucun autre ne peut sembler aussi séduisant et naturellement sexy.

Qu'il aille au diable.

Je force mes pieds à continuer d'avancer. C'est dangereux. *Il* est dangereux. Ma volonté s'efface, s'effrite à chaque interaction, et je me sens très vulnérable.

Tu dois être forte. Ne cède pas à la tentation. Ne cède pas…

Il lève le bras au-dessus de sa tête, son chandail se soulève pour me montrer la peau de ses côtes. Les muscles saillants de ses bras se contractent et ondulent pendant qu'il bouge.

Je suis foutue. Non, je ne le suis pas. Je lui remets son portefeuille et je rentre chez moi. Pas de sexe. Eh bien, peut-être. Non ! Pas de sexe, Danielle.

Je ne suis pas foutue, mais je suis sur le point de me faire baiser.

Comme s'il avait tout le temps du monde, il regarde par-dessus son épaule. Petit à petit, son visage se montre à moi. Ses pommettes proéminentes sont relayées par sa mâchoire carrée ombrée d'une légère repousse. Je vois d'abord ses lèvres, puis ses yeux ténébreux qui s'illuminent en croisant les miens quelque part au-dessus du gravier qui nous sépare.

— Salut, dit-il.

Sa voix est douce et accueillante, mais il ne bouge pas.

— Bonsoir, dis-je.

J'essaie d'aspirer de l'air pour retrouver mon sang-froid, mais je suis enivrée par son parfum et j'expire à la place. Ça n'aide pas.

— J'ai ton portefeuille, annoncé-je.

Mes mots trébuchent hors de mes lèvres. Le voir dans un lieu où je ne détiens pas l'avantage me rend un peu nerveuse, ma confiance habituelle chancelle sur les ondes du lac Freeman. Il faut que je la retrouve. C'est la seule arme que j'ai contre la force qui est assise devant moi.

Je regarde autour de moi dans le parc, pour m'apercevoir qu'il est vide. Des teintes d'un mauve foncé et d'un rose vibrant barbouillent le ciel tandis que le soleil caresse la cime des conifères en descendant.

Me tournant pour lui faire face, je tends l'objet en cuir. J'attends qu'il le prenne. Ce qu'il ne fait pas. Après quelques instants, ma main retombe à mon côté, et il se glisse sur la table pour me faire de la place.

— J'aime ça ici, raconte-t-il en observant les canards qui se balancent sur l'eau. Cela me rappelle un lac chez moi. Mes frères et moi avons appris à y nager.

— Combien de frères as-tu ?

— Trois. Tous des enfoirés, répond-il ironique, avant de baisser les yeux vers la table à pique-nique. Tu vas t'asseoir ou quoi ?

Mes sourcils se rejoignent et j'ai envie de dire non, qu'il devrait prendre son portefeuille et que je devrais m'en aller. Je me vois grimper sur le banc pour m'installer à côté de lui. Du coin de l'œil, je remarque la satisfaction qui s'étale sur son visage.

— Je blaguais en traitant mes frères d'enfoirés. Ce sont tous de braves types. Mon père nous botterait le derrière si on ne l'était pas.

— Eh bien, mon père, lui, est un enfoiré, maugréé-je sans même réfléchir, tout en tripotant son portefeuille. Je pense qu'il a été tellement déçu d'avoir une fille, qu'il a eu peur de recommencer, continué-je. Pas facile de grandir en sachant ça.

— Peut-être pensait-il avoir touché le gros lot et qu'il a eu peur d'être déçu au deuxième tour.

J'essaie de lui rendre son sourire, ma tentative étant dénuée de toute sincérité. Il n'y a rien qui me fait sourire quand il est question de mes parents. Lincoln le remarque, m'observant avec curiosité.

— Je vais t'éviter la peine de deviner, proposé-je. Mon père voulait un garçon plus qu'il n'a jamais voulu autre chose dans sa vie. Il m'a nommée Ryan Danielle. Ça montre à quel point il voulait un fils.

— Ryan, c'est plutôt sexy, murmure Lincoln.

Je hausse doucement les épaules en essayant de ne pas penser que c'est effectivement sexy provenant de sa bouche. J'essaie également de passer outre ce petit fait que je suis assise à côté de lui pendant que nous parlons de nos familles.

— Peu importe. Je le déteste, lancé-je. J'ai grandi en sachant que je ne serais jamais assez bonne pour mes parents, et mon nom n'est qu'un autre rappel de ça.

— C'est pourquoi tu me corriges toujours lorsque je t'appelle Dani ? Parce que tu penses que c'est un prénom de gars ?

Quand je ne réponds pas avec des mots, juste avec un air sévère, je remarque que sa gaité s'estompe.

— Foutaises, grommelle-t-il. Ton nom, c'est qui tu es. Tu ne devrais pas recevoir des ondes négatives chaque fois que quelqu'un le dit.

— Eh bien, c'est plus fort que moi.

Ses lèvres se pincent, son pied tape sur le banc. Nous restons assis en silence pendant un moment, le vent d'automne m'oblige à serrer ma veste en tricot contre moi. J'ai ce réflexe car il fait sans doute froid et que c'est ce que je devrais faire. Par contre, je ne ressens que la chaleur d'être assise à côté de Lincoln.

Voilà qui est inattendu. Le flirt, les blagues, ça je m'y attendais. Mais ce côté de lui ? Le côté sérieux, cet aspect de sa personnalité qui me donne presque l'impression de le connaître depuis toujours, fait que les murs autour de mon cœur s'écroulent. Il est aussi facile de parler avec lui de ses choses douloureuses que ce l'est de faire des blagues sur son corps. C'est à la fois surprenant et stressant.

— Je vais continuer de t'appeler Dani. Tu dois accepter qui tu es. Et…ajoute-t-il en se penchant si près de moi que je peux sentir la chaleur de son haleine sur ma joue… tu es drôlement sexy.

Un sourire étire mes joues avant que je puisse le contenir. Il se réjouit de ma réaction, lui-même arborant un grand sourire. Je dépose le portefeuille dans ses mains et je ris, incapable de le regarder.

— Que ton père aille au diable, dit-il comme s'il blaguait tout en enfonçant le portefeuille dans sa poche.

Mais je ne suis pas sûre à cent pour cent qu'il blague. Qu'importe, ses paroles heurtent mes oreilles et mon cœur.

— Tu ne dirais probablement pas ça si tu le connaissais.

— Tout homme qui fait sentir sa fille ainsi, il aurait beau être le pape, je te garantis que je ne l'aimerais pas.

— Il n'est pas le pape, fais-je en riant, mais c'est quelqu'un d'important. Les gens adorent mes parents.

— Pas moi. J'aime…

Il se penche vers l'avant en écarquillant les yeux, guettant ma réaction. Pendant que je me recule, il murmure :

— J'aime la crème glacée ? T'en veux ?

Mon rire se mêle au sien, mais lorsque son épaule frôle la mienne, je peux à peine respirer. Lincoln s'approche d'un mouvement désinvolte et gracieux.

— C'est un oui ? demande-t-il.

— Non. Je devrais rentrer, dis-je en coinçant une mèche de cheveux derrière mon oreille. J'espère que tu pourras faire ce que tu voulais avec ce portefeuille que tu *devais récupérer* ce soir.

Il hausse les épaules en serrant les lèvres d'un air malicieux.

— J'espérais dîner avec une dame légèrement contrariante que j'ai rencontrée sur le mauvais étage.

— Légèrement contrariante ? C'est ainsi que tu la décrirais ? demandé-je en haussant un sourcil.

— Très bien, soupire-t-il en faisant rouler des yeux. Elle est plutôt une source de contrariété modérée.

Il m'adresse un doux sourire, d'où est absente toute trace de taquinerie ou de blague.

— J'aimerais vraiment aller dîner avec toi un de ces jours, déclare-t-il.

L'eau clapote sur la berge devant nous. Je ferme les yeux et inhale l'air frais mélangé au parfum de Lincoln et sens mes épaules relâcher un peu de tension.

— Tu as été super avec les jeunes, aujourd'hui, lui avoué-je.

Lorsque je regarde par-dessus mon épaule, il m'observe attentivement.

— Rocky a adoré passer du temps avec toi, continué-je. Tu as été si patient avec lui.

Il hausse les épaules comme si c'était peu de choses.

— Ouais, eh bien, ce n'est pas la pire façon de passer un après-midi.

C'est à son tour de regarder au-delà du lac, ses pensées errant ailleurs.

— Les enfants sont si authentiques, poursuit-il. Il voulait un peu de mon temps et m'a rappelé de lui apporter un poster, rit-il. Mais c'est tout. Ils n'ont pas besoin de tous ces trucs que les gens demandent.

– J'imagine.

Mon cœur se serre un peu pour lui, mais je ne sais pas pourquoi. Il affiche un air sombre, pensif, et je suis sûre que les pensées qui le traversent, peu importe lesquelles, ne sont pas les plus heureuses. Ma première réaction serait de le prendre dans mes bras comme je le ferais avec un des jeunes, ou avec Macie ou Pepper. Mais je ne le fais pas.

– Ça fait partie de la vie, soupire-t-il. Je suis chanceux de jouer au baseball. Je le sais. Mais il y a des aspects de ça qui semblent parfois…

– Peu sincères ? proposé-je.

Il me regarde, la tête penchée sur le côté.

– Ouais, dit-il en plissant les yeux.

Avant qu'il ait la chance de poser des questions, je le relance.

– L'autre jour, tu te dirigeais vers l'étage des soins. Tu vas bien ?

– Peut-être. Mon épaule est salement amochée. Je fais tout ce que je peux pour la guérir et pourvoir revenir au jeu ce printemps.

– J'espère que ça fonctionnera pour toi.

– Moi aussi.

Il joint les doigts et les pose sur ses genoux.

– Et toi, Dani ? s'enquiert-il. Que veux-tu réaliser ?

– Dans quel domaine ? demandé-je la gorge serrée.

– N'importe quel domaine. Quels sont tes buts ? Que veux-tu accomplir dans ta vie ?

M'éloignant légèrement de lui, j'essaie de réfléchir à cette question. Il y a tant de choses que je souhaite accomplir. Je veux faire tant de choses, mais je ne sais pas comment les verbaliser.

Lorsque je comprends qu'il ne parlera pas tant que je n'aurai pas répondu, je prends une grande inspiration.

— Vraiment, Lincoln? Je veux juste être heureuse.

— Tu n'es pas heureuse en ce moment?

— Oui et non, je suppose, dis-je avec un rire nerveux. Je fais ce que j'aime. J'adore travailler avec les enfants et pouvoir faire une différence d'une certaine façon. Mais je veux plus, tu comprends? Je veux fonder une famille un jour. Je veux une stabilité que je n'ai jamais vraiment connue. C'est important pour moi.

Ses lèvres se serrent pendant qu'il reçoit cette information. Son regard se détourne de moi et se pose de nouveau quelque part sur l'eau.

Nous restons assis en silence pendant un long moment, les oiseaux échangent des cris et un poisson saute de temps à autre hors de l'eau. Je me perds tellement dans cette tranquillité que je ne remarque pas que Lincoln s'approche doucement de moi.

— Tu as froid? demande-t-il.

En regardant mes bras croisés sur ma poitrine, je me rends compte que je frissonne.

— Je pense que oui, dis-je en riant.

Avec prudence, il passe son bras autour de mon épaule. À ce contact, mon souffle se coince dans ma gorge. Il est si chaud, si fort, et je ne me suis jamais sentie aussi enveloppée et protégée de toute ma vie.

— As-tu toujours souhaité ces choses? interroge-t-il enfin d'une voix rocailleuse qui résonne en moi. Ou tes souhaits ont-ils changé?

— Je pense que j'ai toujours voulu ça. J'ai voulu faire différentes choses dans ma vie, pas nécessairement l'emploi que j'occupe, mais je pense que ça fait partie de la vie. Vouloir de nouvelles choses, évoluer.

— Probablement, fait-il en hochant la tête.

Le soleil commence à plonger derrière les arbres et une brise frisquette souffle sur l'eau.

— Il vaut mieux que j'y aille, lui dis-je. Je déteste conduire quand il fait noir.

— Dois-tu aller loin ?

— Pas vraiment.

Ses doigts appuient légèrement sur mon bras avant qu'il enlève son bras d'autour de moi. Prenant ma main, il m'aide à descendre de la table de pique-nique. Je m'attends à ce qu'il la lâche pendant que nous marchons jusqu'à la voiture, mais il ne le fait pas. Ma paume s'ajuste si confortablement dans la sienne, sa peau rêche contre la mienne. Nous ne parlons pas jusqu'au parc de stationnement.

— Merci d'être venue, dit-il en ouvrant la portière pour moi.

— Ce n'était pas grand-chose.

— Veux-tu dîner avec moi demain ?

Je ne devrais pas accepter. Je pourrais être aspirée dans ce tourbillon plus vite que je ne l'imagine si je ne prends pas garde.

— Je ne sais pas trop pour le dîner, lui dis-je.

— OK, répond-il la gorge serrée. Et si… on se lançait la balle ?

— Quoi ? rigolé-je.

— Rejoins-moi ici demain, fait-il en souriant, on va jouer à la balle. Tu peux même considérer ça comme un rendez-vous, fait-il remarquer comme je m'apprête à objecter quelque chose. Je vais apporter deux gants et une balle et tu n'auras qu'à te présenter.

J'ai envie de dire non, en quelque sorte. Mais à l'air qu'il affiche, il n'y a pas moyen de dire non.

– À quelle heure ? demandé-je.

– 16 heures 30 ?

– Très bien, on se voit demain, dis-je en me glissant sur le siège du conducteur avant d'accepter quoi que ce soit d'autre.

Pendant que je m'éloigne, je reconnais dans le rétroviseur le Lincoln Landry parfaitement satisfait de lui-même.

9

Danielle

— Je ne peux pas croire que je fais ça.

Sortant de la voiture, j'essaie de réprimer l'excitation qui a tiraillé mon ventre toute la journée. J'ai pensé à lui depuis que je suis partie d'ici hier soir. La façon qu'il m'a touchée, comment il me souriait, et son intérêt sincère face à mes propos. Je sens que je suis dans le pétrin. Un gros pétrin.

Le repérant près de la table à pique-nique d'hier soir, je ne peux effacer le sourire sur mon visage en approchant. Il porte un gant de baseball dans une main et lance une balle en l'air de l'autre. Lorsqu'il me sent arriver, son sourire s'agrandit.

— Je commençais à penser que tu avais changé d'avis, dit-il en riant.

— Dans tes rêves, l'agacé-je en tirant sur mon chandail à capuchon. Est-ce que quelqu'un t'a informé de mes talents ?

— Je n'ai besoin de personne pour me dire que tu as du talent, blague-t-il en se penchant pour m'embrasser sur la joue. Maintenant, mets ce gant et allons-y avant que je commence à penser à tous tes talents.

Il s'installe à quelques mètres de moi et me lance la balle. Le cuir craque pendant que je l'attrape et la renvoie vers lui en la faisant siffler. Son regard s'illumine.

— Tu ne blaguais pas. Tu as déjà joué avant?

— Ouais, rigolé-je en faisant rouler des yeux. J'ai joué pendant quatre ans dans la première équipe au secondaire.

— Impressionnant.

Il me renvoie la balle et je la lui relance.

— Qu'as-tu fait d'autre au secondaire? demande-t-il. Je t'aurais classée avec les meneuses de claque.

— Mon Dieu, non, rigolé-je. J'ai joué au softball et au volleyball. Je n'aimais aucun des deux, pour être honnête, mais mes parents insistaient pour que je m'occupe.

— Comment peux-tu ne pas aimer le baseball? Ou le softball, je présume.

Je hausse les épaules en attrapant un lancer plus raide. Il semble surpris.

— Je pense que j'aurais aimé ça si on ne m'avait pas mis de pression pour être performante, dis-je. J'ai eu des entraîneurs privés, des camps et des formations. C'était trop.

— Qu'aurais-tu préféré faire?

— Peindre, peut-être. J'ai toujours voulu essayer la natation. J'adorais regarder leurs compétitions. J'aurais été nulle par contre. Mes seins sont trop lourds.

— C'est un beau problème, blague-t-il en me faisant de nouveau rire.

— Et qu'en est-il de toi? Tu n'aimais que le baseball?

Il réfléchit à la question, ses traits s'assombrissent pendant un long moment.

— J'aime le baseball depuis toujours. J'aimais le football aussi mais c'est trop physique et je ne voulais pas abîmer mon corps prématurément.

– Ça aurait été dommage, lâché-je avec un petit sourire.

Il attrape mon lancer et grimace un peu.

– De toute façon, j'étais meilleur au baseball. C'était mon truc. Dans ma famille, il faut être reconnu dans quelque chose, et le baseball était vraiment tout ce que j'avais.

– Alors, dans ta famille, si quelqu'un est une grosse tête, mais qu'il n'est bon à rien d'autre, qu'arrive-t-il ?

– Ça c'est Graham.

Ce doit être un genre de blague, parce qu'il éclate de rire. Même si je ne sais pas pourquoi, je ris aussi. Nos voix s'entremêlent dans l'air : lui avec son léger accent du sud et moi avec mon gloussement de fille, et j'adore le bruit que ça produit.

Une fois calmés, nous continuons de nous lancer la balle. Celle-ci fait des allers-retours, tandis qu'un silence paisible s'installe entre nous. Après le cinquième ou le sixième lancer, je remarque que des plis se forment autour de ses yeux.

– Hé, lâché-je en retenant la balle. Est-ce que ton épaule te fait mal ?

– Ça fait toujours un peu mal.

– Arrêtons si c'est pénible pour toi.

Un sourire timide effleure ses lèvres. Il me regarde d'une façon totalement inusitée, comme si quelque chose avait changé entre nous.

– C'est la meilleure thérapie que j'ai eue jusqu'à maintenant.

– Si tu parles de pratique, c'est mauvais, insisté-je. Pas si ça fait mal.

Je ne sais pas trop ce que j'ai dit, mais il rit.

– Il faut parfois endurer la douleur, Dani.

– Et tu dois parfois te reposer aussi, Landry, soupiré-je.

Il lève son gant et je lui renvoie la balle, plus doucement cette fois. L'idée de le voir faire ces mouvements en endurant la douleur me donne un pincement au cœur. Je me demande combien de fois il a dû jouer, malgré les blessures et l'inconfort, pour un autre match ou une autre victoire.

Il secoue la tête comme s'il lisait dans mes pensées.

— Je connais mes limites. Je me donne à fond et j'arrête quand il le faut. C'est un jeu d'équilibre parce qu'on sait qu'on a des limites physiques, mais il y a aussi toutes ces attentes, dit-il la gorge serrée. Ça fait partie du job.

Il déchiffre mon expression et ses traits s'illuminent.

— Par ailleurs, je me suis préparé à ça toute ma vie, ajoute-t-il.

— Je vois ce que tu veux dire, fais-je en repensant aux attentes de mon père pour que je sois la meilleure.

Mais si je pense aux années de sa vie à frapper 200 balles tous les jours sans faillir et aux heures incalculables avec des entraîneurs, des diététistes, des moniteurs de culture physique, tout ça afin d'atteindre le but qu'il s'était fixé. Pas moi.

— Je connais la pression qu'il faut pour exceller dans un domaine, continué-je. Je déteste ça.

— Je ne déteste pas ça, commente-t-il. C'est juste que j'ai trois grands frères qui excellent à leur manière. C'est dur de ne pas se montrer à la hauteur.

— Je peux imaginer.

— As-tu des frères et sœurs ?

J'attrape son lancer et tiens la balle dans mon gant devant moi.

— Il n'y a que moi.

— On doit se sentir seul.

— En effet. C'est pourquoi je veux dix enfants.

— Dix gosses ? répète-t-il, les yeux exorbités.

— Peut-être pas dix, rigolé-je, mais un tas. Je n'ai pas vraiment de famille, alors j'aimerais fonder la mienne un jour.

Ses traits se tordent, et je ne sais pas comment l'interpréter. Avant que j'aie le temps d'y penser trop longtemps, il s'approche de moi. Se tenant tout près, il enlève une mèche de cheveux de mon visage.

— Tu es si belle, murmure-t-il. Je ne sais pas comment une femme peut avoir l'air aussi magnifique avec un chandail et un pantalon de sport, qu'avec une robe et des talons hauts, mais c'est ton cas.

— Alors, tu n'aimes pas mes robes, l'agacé-je.

— Oh, oui. Crois-moi. Vraiment. Mais j'aime te voir au naturel comme en ce moment. C'est si…

— Ennuyant ?

— Intéressant.

— Peu importe, fais-je en riant. Quel charmeur tu fais.

Il prend ma main et m'attire vers la table de pique-nique d'hier soir, et nous nous assoyons à la même place qu'avant.

— Je t'aime mieux comme ça, note-t-il.

— Comme quoi ?

— En dehors de ton domaine, comme tu dis. Quand on est tous les deux sur le même pied d'égalité.

— Va te faire foutre, Landry, rigolé-je.

— Oui, fais-le, s'il te plaît.

C'est tout ce qu'il faut pour que tout change entre nous. Contrairement à l'hôpital, nous sommes seuls. En quelques mots, le ton badin change. Notre respiration est aussi saccadée que si nous venions de courir deux kilomètres. En me servant de la moindre parcelle de maîtrise de soi que je possède, ce qui est un tour de force, je détourne mon regard du sien. Ma tête est tournée de façon à ce qu'il ne puisse voir mon visage. Je plisse des yeux dans l'attente de ce qui va suivre, parce que si je sais quelque chose, c'est qu'il va y avoir une suite.

Son toucher, à la fois ferme mais respectueux, se pose dans le bas de mon dos. Je suis consciente d'aspirer brusquement de l'air à ce contact, mais il ne s'en moque pas et ne fait aucune taquinerie. Alors que je regarde un oiseau se poser sur l'eau, je me donne quelques secondes pour décider de la tournure que ça va prendre. Est-ce que je veux que ce moment dure ou pas ?

Posant mon menton sur mon épaule, je le regarde à travers mes cils.

— Qu'est-ce que tu fais, Landry ?

— Je ne sais pas trop.

Mon sang circule frénétiquement dans mon corps, comme s'il faisait une course dans mes veines. C'est étourdissant. Puis je regarde dans ses yeux, ces tourbillons verts, profonds et intenses, et c'est tout ce que je peux faire pour ne pas tomber sur le dos.

Les lumières s'allument tout autour du parc tandis que le soleil continue de décliner derrière l'horizon. Les bavardages qui ricochaient entre les arbres, entretenus par les autres visiteurs, se sont tus. Tout est tranquille, comme si le monde attendait la suite avec la même fébrilité que moi.

— Je peux t'embrasser ?

C'est la simplicité de sa question, la délicatesse de sa proposition, qui me gagne. Je suis foutue, comme de la pâte à modeler entre ses grandes mains puissantes, et sûrement très expertes.

— J'espère bien, dis-je.

Le coin de sa bouche se contracte pendant qu'il se penche et pose ses lèvres sur les miennes. Mes os se transforment en gelée, ma température corporelle me fait fondre depuis l'intérieur. Le goût de sa bouche, tandis que ses lèvres écartent les miennes et les caressent, est chaud et sucré, rempli de tout ce que je ressens. Il respire dans ma bouche, me remplissant d'un tel besoin charnel de le sentir de toutes les façons possibles.

Ses mains trouvent ma taille et il me tire plus près de lui, le bout de ses doigts s'enfonçant de façon possessive dans mes hanches. Alors que je gémis dans sa bouche, il serre davantage mes côtes, ses lèvres cherchant les miennes avec une nouvelle urgence. Il serre son poing dans mes cheveux, créant un nœud, et il le tient à la base de mon cou. L'utilisant pour positionner mon visage comme il le désire, il fait passer ses baisers de mes lèvres à ma joue et derrière mon oreille.

Ses baisers sont doux sur ma peau et ils réclament une réponse. Comme si j'avais le choix. Lorsque sa repousse du soir gratte dans mon cou, je gémis plus fort que je ne le voudrais.

Il glousse, son haleine est brûlante sur ma peau.

— Chut…

— C'est de ta faute, répliqué-je d'un ton empreint de gaieté. Tu as choisi le parc.

— Parce que c'est le seul endroit où j'ai pu te convaincre de me rencontrer.

— Parce que je ne voulais pas qu'on en arrive jusque là.

Il rit plus fort, s'écartant de moi.

— Ne te raconte pas d'histoire, mon chou. C'est la seule raison pour laquelle tu es venue ici.

— Menteur ! gloussé-je.

— Oh, tu es venue ici parce que tu voulais vraiment jouer à la balle, c'est ça ?

— Peut-être.

Il met les mains dans son dos et bombe le torse.

— Je voulais t'inviter à dîner quelque part, puis chez moi pour le dessert. Tu n'as pas voulu, alors je suis passé au plan B.

— Qui était ?

— Te rencontrer dans un endroit où il n'y a pas de lit.

Je fais un petit sourire.

— Tu vas vraiment te laisser arrêter par ça ?

Il grogne en se rapprochant. J'ai le souffle coupé en voyant la lueur prédatrice de son regard. Toute espièglerie s'est dissipée, remplacée par une atmosphère si intense, si avide que j'en frissonne pour vrai.

Je pense qu'il va m'embrasser, mais ce n'est pas le cas. Au lieu de ça, ses mains enveloppent ma taille et il me déplace afin de que je sois devant lui. Mon corps obéit, comme s'il avait déjà abdiqué.

C'est peut-être le cas.

Je me suis tournée face à la table à pique-nique et assise sur le rebord du banc. Ses jambes sont de chaque côté de moi, mon dos contre sa poitrine. Ses lèvres appuient sur mon oreille, susurrant quelque chose que je ne peux entendre dans l'excitation de ce qu'il va faire.

Il se penche vers l'arrière juste un peu et je m'étends contre lui. Ses mains trouvent l'extérieur de mes cuisses, les pressant. Je frissonne impitoyablement, chaque synapse s'enflammant en même temps alors qu'il approche la taille de mon pantalon d'entraînement. Ses mains entrent en contact avec ma peau, ne la quitte pas d'un seul centimètre, tout en glissant le long de mon ventre.

Je sens son membre se durcir contre mon dos. Je voudrais tendre la main derrière moi et le tenir, le caresser à travers le tissu de son pantalon, mais cela demanderait plus de coordination que je ne peux en offrir pour l'instant. Sa main droite trouve la dentelle de ma petite culotte. Un long doigt passe du dessous mouillé jusqu'au haut près de mon nombril.

– Mon Dieu, fais-je la gorge serrée, prête à supplier d'en avoir plus.

Je me réprimande mentalement de ne pas l'avoir laissé simplement venir chez moi, tout en essayant de garder ma respiration régulière.

– Landry ? ajouté-je.

– Ouais, mon chou.

– Fais-moi jouir.

– Merde, grogne-t-il, la réverbération dans son torse me faisant mouiller davantage.

Ses doigts glissent sous le rebord de ma petite culotte, passant cette fois sous la couture et glissant de mon clito jusqu'à mes fesses.

– J'avais raison, ajoute-t-il.

– À quel propos ? grimacé-je en soulevant les hanches pour accentuer le contact.

– Tu as envie de moi autant que j'ai envie de toi.

– Tu penses ?

J'essaie de ne pas m'impatienter, mais c'est vraiment difficile avec son doigt qui glisse le long de ma fente pendant que son sexe se presse contre moi. Lorsqu'il glousse à ma réponse, le besoin de m'emporter prend le dessus.

– Si tu ne peux pas faire le travail, je peux m'en occuper moi-même, lancé-je.

Je n'ai presque pas le temps de prononcer ces mots avant que son doigt s'enfonce dans mon corps, m'arrachant presque un cri.

– Ah !

Je gémis en me cabrant contre sa main.

– Chut… murmure-t-il en déposant des baisers sur le côté de mon visage. Ne fais pas de bruit.

– Je m'en fiche, hurlé-je.

– Je vois ça.

Il glousse de nouveau, ajoutant un autre doigt au premier.

Sa main libre appuie sur mon ventre, me tenant fermement contre lui. Ma tête se renverse vers l'arrière. Mes yeux se ferment en papillotant pendant qu'il fait aller ses doigts en moi.

J'écarte les jambes autant que possible, exprimant mon envie, mon besoin irrésistible, implorant un plus grand contact avec lui. Je gémis tandis que les coussinets de ses doigts frôlent mon clitoris.

– Landry… baise-moi.

– Je t'aurais déjà baisée si tu n'avais pas été aussi têtue, chuchote-t-il à mon oreille.

Ses doigts roulent encore et encore sur mon bouton gonflé.

– C'est ce que tu veux vraiment, hein ? poursuit-il. Tu imagines ma queue, celle qui est incroyablement dure derrière tes fesses, entrer en toi. Tu penses à la sensation qu'elle produirait en se gonflant pendant qu'elle est enfoncée dans ta chatte.

— Va te faire foutre, lâché-je en balançant mes hanches pour rencontrer sa main.

— La prochaine fois. La prochaine fois, je le promets.

Ma vision est embrouillée, tout s'accélère pour me mener au paroxysme. J'avale brusquement de l'air.

— C'est si bon de te sentir sous mes doigts, ajoute-t-il à mon oreille. Tu es tellement mouillée. Je ne peux imaginer ce que ça ferait sur ma queue.

Je gémis de nouveau.

— Ah.

Il caresse une dernière fois mon clito avant d'enfoncer de nouveau ses doigts dans ma fente. Il ne perd pas de temps avant de faire des va-et-vient en moi, au même rythme que mon halètement. Mes mains agrippent les côtés de ses cuisses musclées. Elles se durcissent tandis que mes doigts fouillent à travers le coton, puis la chair musclée qui se trouve en dessous.

— Landry.

— Jouis pour moi, ma belle, gronde-t-il à mon oreille.

— Juste comme ça ? Le faire juste comme ça… Ah !

Ma tête tombe brusquement sur le côté tandis que mon corps se resserre autour de ses doigts. Une dizaine de lumières explosent dans mon champ de vision. Il maintient son rythme et j'explose.

— Je ne peux pas ! Lincoln ! Je ne peux pas ! Mon Dieuuuuu…

Je sens une sorte de grondement dans son ventre et j'imagine qu'il rigole de ma pâmoison, mais je ne peux l'entendre à cause du sang qui bat dans mes oreilles. Lentement, je commence à redescendre sur terre. Comme s'il comprenait mon corps, il ralentit son tempo, pendant que je m'immobilise contre lui.

Mes cheveux sont ébouriffés, ma tête enfouie sous son menton. Je suis parfaitement satisfaite, si magnifiquement épuisée, que j'ai envie de me rouler sur ses genoux pour m'endormir. Il écarte doucement les cheveux de mon visage et dépose un baiser sur mon front.

Après tout ce qui vient de se passer, c'est ce qui me ramène à la réalité : le baiser sur mon front. Ce baiser, tendre et délicieux envoie des signaux d'avertissement à mon cerveau. Même alors, il faut vraiment que je compte mentalement jusqu'à trois avant de me redresser et de lisser mes vêtements pour redescendre de la table à pique-nique.

Lorsque je tourne sur moi-même, il est assis à la même place. Les coudes sur les genoux, il est penché vers l'avant.

— C'était bon ?

— Si tu demandes si j'ai aimé ça. Oui, déclaré-je en souriant.

— Je le savais déjà, fait-il en rigolant. Je demande si ça va maintenant.

— Pourquoi ça n'irait pas ?

— Appelle ça une supposition.

Soupirant, je pose une main sur ma hanche, espérant que ça me donne un air nonchalant.

— Je vais bien. Délicieusement épuisée après cette petite séance d'entraînement.

Je jette un œil entre ses jambes, puis je reporte mon attention sur lui.

— Et toi, ça va ? demandé-je.

Il bondit de la table pour venir se planter à côté de moi.

— Super.

— Mais tu es encore bandé, dis-je en pointant la bosse dans son pantalon. J'ai comme l'impression que je devrais m'excuser. Ou, tu sais, rendre la politesse.

Je salive à l'idée de le prendre dans ma bouche, de lui porter la même attention qu'il vient de me porter. Mais mon vœu s'anéantit lorsqu'il secoue la tête.

— Nan. C'était parfait.

— Mais…

— Il se trouve que c'est la plus belle chose que je n'ai jamais vue.

— Oh, allez, rigolé-je en me dirigeant vers ma voiture.

Je ne comprends pas pourquoi je rougis en ce moment, après ce qu'il vient juste de me faire.

— Je peux te revoir ?

Je regarde par-dessus mon épaule. Ses joues sont rosies et sa casquette est posée de travers sur sa tête.

— Est-ce que je t'ai dit que le Dr Manning est venu dans mon bureau pour me demander si je savais qui tu étais ? fais-je

— C'est qui ce Dr Manning ?

— Le type qui est sorti de l'ascenseur, en tunique d'hôpital. Tu t'en souviens ? Il a demandé si tu étais Lincoln Landry ?

— L'enfoiré, fait-il avec un rictus. Je vois.

— Ouais, et il était pas mal excité de t'avoir rencontré, même si tu as prétendu ne pas être toi.

— Oh, c'est un fan ?

— Je ne pense pas, dis-je en riant. C'est un médecin très en vue.

— Les docteurs sont des fans. Fais-moi confiance, lâche-t-il en faisant un clin d'œil. Maintenant, je t'ai demandé si je pouvais te revoir.

Je garde les yeux rivés sur lui. Je ne sais pas quoi dire. Oui, il est amusant. Et taquin. Et sexy. Et plein d'égards. Il m'a fait prendre mon pied comme personne ne l'a fait avant. Mais ça ne fonctionnera pas. Ça ne peut pas. Je ne veux pas.

— J'ai besoin d'y penser.

— Et pourquoi ça ? demande-t-il en sourcillant.

— Un tas de raisons

— Qu'est-ce que tu veux au juste ? dit-il en glissant les mains dans la poche avant de son chandail à capuchon. Tu veux une romance ? Je peux te conter fleurette si tu veux.

Je ne peux m'empêcher de rire.

— Ce n'est pas ça.

— Alors, qu'est-ce que c'est ?

Il semble être vraiment préoccupé, ou curieux. Peut-être un mélange des deux.

— Quelqu'un t'a vraiment maltraitée, non ? C'était qui ?

— Personne. C'est juste que je connais ce qui motive des gars comme toi, et je ne sais pas si je peux y faire face, si tu veux savoir la vérité.

Il caresse son menton, m'examinant en plissant les yeux. Tout ce à quoi je pense est l'effet que ferait cette repousse entre mes jambes.

— Ce mec jouait au baseball ? Au football ? Putain, ne me dis pas que tu étais en amour avec un joueur de basketball !

— Landry ! pouffé-je.

— Il jouait au basketball, hein ? Bon sang, Dani, je pensais que tu étais plus intelligente que ça.

J'ouvre la portière de ma voiture et mets la clé dans le contact.

— Il ne jouait pas au basketball. Je n'aime même pas le basketball.

— Ouf, soupire-t-il. Mais il y avait quelqu'un.

— Je n'ai pas dit ça exactement.

— Il ne joue pas pour les Arrows, hein ?

— Pourquoi ?

— Il faut répondre par oui ou non, Dani.

Je ris, incapable de ne pas sourire à cet homme foutrement séduisant qui me questionne. Je devrais être mécontente, mais ce n'est pas le cas. J'ai juste envie de l'embrasser encore, ce qui est exactement pourquoi je ne peux pas.

— Non. Il ne joue pas pour les Arrows.

— Bien, fait-il en respirant bruyamment. Ç'aurait été embarrassant.

— Comment ça ?

— C'est comme sortir avec la copine de son meilleur ami. On ne peut pas faire ça.

— Hum, à ce que je sache, on ne sort pas ensemble.

— Comme c'est dommage, fait-il remarquer en se penchant vers l'avant, une main sur ma voiture. On devrait remédier à ça, n'est-ce pas ?

— Non, répliqué-je fermement, en essayant de nous convaincre tous les deux.

— Allez, essaie-t-il de m'amadouer. Tu n'es même plus désagréable avec moi. Je suis en train de t'avoir à l'usure. Je le sens.

Faisant rouler des yeux, je mets la main sur le bras de vitesse. Il faut que je fuie cette conversation pendant que j'en suis encore capable. Pendant qu'il me reste un peu de bon sens.

— Il faut que j'y aille.

Une lueur passe dans son regard tandis qu'il s'écarte de ma voiture. Ça ne sera pas aussi facile.

— Comme tu voudras, dit-il avec un large sourire.

— À la prochaine, Landry. Et merci pour l'orgasme.

– Tout le plaisir était pour moi, réplique-t-il en riant. Enfin, pas vraiment, mais ça valait le coût.

Je referme la portière en secouant la tête et mets la voiture en marche arrière. Je recule pour m'en aller, jetant un dernier coup d'œil à cet homme torride dans le parc de stationnement, qui me regarde partir.

10

Lincoln

Le téléphone sonne via le haut-parleur de Bluetooth lorsque je tourne à droite sur l'autoroute. Il interrompt le poste de hip-hop avec sa sonnerie perçante, m'apprenant qu'il s'agit de Graham.

Je presse le bouton sur le volant.

— Salut, Graham !

— Pourquoi as-tu l'air aussi pimpant ?

— Pimpant ? Je ne suis pas sûr qu'il s'agit du bon mot, rigolé-je. Qu'est-ce qu'il y a ?

— J'appelais juste pour m'informer de ton épaule. Papa a dit qu'il a essayé de t'appeler plus tôt aujourd'hui et que tu n'as pas répondu.

— Je l'ai envoyé sur la boîte vocale, lâché-je.

— Gonflé, rit-il.

— Ouais, dis-je en haussant les épaules, je dois être dans le bon état d'esprit pour lui parler. Tu sais comment ça se passe entre nous.

— Comme chien et chat ?

— Nan, pas à ce point-là. Plutôt comme les Cardinals et les Cubs.

— Toujours les références au baseball, fait-il en ricanant.

— Hé, on se réfère à ce qu'on connaît. Je connais le baseball.

— Parlant de ça, comment va ton épaule ?

— Je n'irai pas par quatre chemins, dis-je en naviguant entre les voitures avant d'atteindre ma sortie, mon épaule va atrocement bien en ce moment.

Graham soupire au téléphone. Je peux y percevoir de l'inquiétude, et je sais qu'il imagine un million de scénarios pour expliquer pourquoi je ne lui donne pas le récit détaillé de ma douleur. Il doit penser que j'ai eu recours aux médicaments. Enfoiré.

— Peux-tu être plus précis ? demande-t-il.

— Elle était tellement mouillée, dis-je en tambourinant sur le volant. Et lorsqu'elle est venue, sa chatte s'est resserrée comme un étau sur mes doigts. Je ne peux qu'imaginer ce que ça ferait sur mon membre.

— J'aurais dû m'en douter…

— Dis la vérité, tu pensais que j'étais drogué ou quelque chose comme ça, hein ?

— Avec toi, Linc, je ne suis jamais sûr de rien.

— Et c'est pourquoi tu m'aimes. Barrett et Ford sont ennuyeux. Mais toi, je sais te distraire.

— Hé, parlant de Barrett, il va au Tennessee dans quelques jours. Il y a un congrès… mais je ne me rappelle pas de la journée, et comme je conduis, je ne peux pas consulter mon agenda. Il sera au Tennessee pour une journée. Il a mentionné qu'il aimerait te voir tandis qu'il est dans le coin.

– Est-ce qu'il emmène Alison ? blagué-je.

Graham pouffe de rire, puis débite un chapelet de grossièretés à l'adresse d'un conducteur qui n'utilise pas ses clignotants. Il prend quelques secondes pour retrouver son calme avant de revenir sur la ligne.

– Tu t'emballes trop pour rien, fais-je remarquer. Tu vas faire une crise cardiaque avant 40 ans. Et je vais te dire, en tant que deuxième frère le plus intelligent, je n'ai pas envie de reprendre ton boulot. Alors règle ce truc, OK ?

– Tu peux pas faire mon travail, goujat.

– Tu parles si je suis capable !

J'y réfléchis pendant un moment.

– Ouais, je n'en serais probablement pas capable. Tu as raison. En plus, je devrais voir papa tous les jours, et j'aurais envie de me griller la cervelle.

Il glousse.

– Tu sais, j'aurais probablement besoin d'une secrétaire bientôt. La mienne s'absente de plus en plus souvent, et je prends davantage de retard.

– Vire-la, dis-je avec désinvolture. Donne-lui sa prime de départ et dis-lui adieu.

– As-tu déjà viré quelqu'un ?

– Nan.

– Ouais. Alors ferme-la, rigole-t-il. Il va falloir que je fasse quelque chose. Mais je déteste le changement.

– Tu vas survivre.

Je guide mon VUS dans l'entrée de mon secteur privé et compose le code. La barrière se lève et j'entre.

– Je suis presque rendu à la maison, Graham, alors il y faut que j'y aille. C'est bon ? T'as besoin de quelque chose ?

– Nan. Donne des nouvelles au sujet de ton épaule. Et je t'en prie, vieux, appelle papa demain.

– On verra.

– On se reparle plus tard.

– À plus.

Je me range dans le garage, coupe le moteur et bondit hors de la voiture. Sautant par-dessus des haltères, je grimpe les escaliers qui mènent à la buanderie. Il y a du pep dans ma démarche, que même moi je remarque, un petit sautillement qui me fait rire de moi-même.

Je ne me suis pas senti comme ça depuis longtemps. Simplement heureux. Pas submergé par un million de soucis et de trucs à régler. Avec elle, c'est… facile. Aucune discussion de contrats, de plans de rechange ou de montants d'argent. Je ne suis même pas sûr que ça l'intéresse. Bon sang, je me demande même si elle a envie de me revoir. Ce qui est précisément pourquoi je dois la revoir.

Danielle Ashley, dis-je en laissant tomber mes vêtements avant de les mettre dans le panier à linge sale pour Rita. *Vous êtes une femme intrigante.*

Danielle

La serviette atterrit dans la corbeille à linge avec un floc. J'ai toujours son odeur sur moi. Elle est dans mes cheveux, sur ma peau, et maintenant sur la serviette dans le panier à linge sale après m'être lavé l'entrejambe.

Je devrais prendre une douche, mais non. Pas tout de suite. Je veux juste baigner dans cette sensation un peu plus longtemps. Je pensais que lorsque j'enlèverais mes vêtements pour passer un peignoir, ça s'en irait, mais non. Je suis encore couverte de l'odeur de Lincoln Landry.

Mon téléphone sonne dans la cuisine, je serre le cordon autour de ma taille et je bondis presque jusque-là. Je fais glisser mon doigt en souriant lorsque je m'aperçois que c'est Macie.

— Salut, dis-je avec bonne humeur.

— Wow, qu'est-ce qui nous vaut ça ?

— Qu'est-ce que tu veux dire ?

— As-tu baisé ?

Mon rire confirme que c'est quelque chose du genre, mais je m'en fiche. J'essaie de garder pour moi certains de mes moments intimes, même avec Macie, mais pas celui-là. Il doit être célébré.

— Tu l'as fait ! s'exclame-t-elle. C'était avec le dieu du baseball, j'espère ? S'il te plaît, dis que c'était avec le dieu du baseball ! Et j'espère que tu as pris des photos, parce que je veux voir son corps. Je veux dire, je l'ai vu sur Internet sans son tee-shirt, mais il y a des choses que j'aimerais savoir, et je ne suis même pas gênée de dire ça à propos de ton mec potentiel parce que *wow*.

— Respire, rigolé-je.

— Je respire. Parle.

— OK, c'était Lincoln. Mais on n'a pas fait l'amour. Il m'a juste branlée.

— Comme au collège ? glousse-t-elle.

— Ça n'avait rien à voir avec ça, fais-je remarquer. Pas de tâtonnements, pas de gestes maladroits à la recherche de mon clito. Lincoln savait exactement ce qu'il faisait, dis-je d'un ton rêveur sans pouvoir m'en empêcher. Je veux dire, c'était le truc le plus spontané, le plus érotique que j'ai fait depuis longtemps.

– Des détails ! Balance tout, Danielle.

– Lincoln m'a invitée à dîner et j'ai dit non. Puis il a proposé qu'on se lance la balle et je ne voyais aucune raison de ne pas revoir Lincoln…

– Tu te rends compte que tu as dit son nom au moins cinq fois au cours de cette conversation, hein ?

– Oh que non !

– Oh que si ! dit-elle en claquant la langue. Tu en es rendue là, à ce stade où tu veux juste prononcer son nom dans une phrase.

– Ce n'est pas vrai.

– C'est trop, trop vrai, rit-elle. En fait, c'est mignon.

J'y réfléchis un moment. Si c'est vrai, comment vais-je me sentir lorsque l'excitation sera retombée ? Je ne peux pas me permettre de perdre la tête ici, et je me rends compte à quel point ce serait facile de le faire. C'est comme ça que je procède. Je m'engage rapidement. Lorsque j'étais plus jeune, mon thérapeute m'a dit que je cherchais quelqu'un à aimer parce que je me sentais négligée par mes parents. Que j'avais besoin de quelqu'un pour me protéger d'eux, pas physiquement, mais émotionnellement. Je ne pense pas que c'est vrai. Je ne cherche pas d'amitiés ou de relations. Est-ce que j'aimerais sortir avec quelqu'un ? Absolument. Mais est-ce que je vais me mettre en quatre pour ça ? Non. Parce que quand je m'engage et que j'entre dans ce terrier de lapin, je sombre dans l'obscurité sans parachute. Je ne pourrais pas survivre à Lincoln Landry.

– Alors… les détails ! insiste Macie.

Je la mets au courant de tout ce que je peux décemment dire à voix haute, ce qui l'amuse beaucoup.

— Je savais qu'il saurait comment s'y prendre, sacrée chanceuse, dit-elle.

Je laisse fuser une expiration et me calme un peu.

— Tu sais ce qui est le plus inquiétant ?

— Quoi ?

— C'est agréable de discuter avec lui, confié-je. Il ne se prend pas trop au sérieux, il pose des questions et semble s'intéresser à ce que je dis. Il… est dangereux pour mon bien-être, fais-je en riant.

— Je pense qu'il est parfait pour ton bien-être. Tu mérites de t'amuser, Danielle. Lincoln Landry semble être la solution à tes problèmes.

— Ou représenter plus de problèmes, soupiré-je.

J'ai déjà envie de le revoir. Je veux entendre sa voix, sentir son parfum et l'entendre rire. Je veux sentir son toucher et le faire sourire, mais ce… n'est pas bon.

— Tu es toujours là ? demande Macie.

— Ouais je suis là. Qu'est-ce qui se passe avec toi aujourd'hui ? demandé-je en mordillant un ongle cassé.

Elle fait une pause, comme si elle se demandait si on devrait poursuivre sur ce thème ou changer de sujet. Heureusement, elle me répond.

— Pas grand-chose. Will donne une formation ce soir. Ils ont un nouveau type qui s'appelle Pike et qui vient quelque part dans le Sud. Quel accent ! signale-t-elle. De toute façon, il se perfectionne pendant quelques semaines seulement. Ils pensent qu'il va devenir quelqu'un d'important, je suppose. C'est tout ce que je sais pour l'instant.

– C'est mieux que le baseball.

– Vrai, rigole-t-elle. Alors, quels sont tes projets pour l'Action de grâce ?

– Probablement les mêmes que d'habitude, dis-je en haussant les épaules.

– Tu veux venir à Boston ? Julia et moi, on va préparer le menu et on en fait toujours trop.

– Non, merci quand même.

– As-tu réfléchi à cet emploi ? Tu sais, à la fondation avec Julia ?

– Honnêtement, je n'y ai pas pensé beaucoup. Est-ce que c'est pressant ?

– Je ne pense pas. Elle est juste en train de s'organiser.

– OK, eh bien, laisse-moi voir ce qui se passe avec les rencontres budgétaires et on partira sur cette base.

– C'est une bonne idée, répond-elle en bâillant. Je vais aller prendre une douche et me coucher. On se rappelle.

– Oui.

– Bye.

Je coupe la communication mais garde le téléphone dans ma main. Pour une raison ou une autre, je n'ai pas envie de le déposer. Réalisant comment je dois avoir l'air stupide en train de fixer l'écran debout dans le salon, je m'apprête à le déposer lorsqu'il vibre. Mon cœur bondit alors que je regarde l'écran.

Lincoln : Je voulais juste vérifier si tu es bien rentrée. Confirme-le-moi quand tu auras le temps.

Je glisse les doigts rapidement sur l'écran.

Moi : je suis arrivée il y a un moment. Je me suis déjà lavée et me prépare à faire du thé.

J'attends sa réponse, mais elle ne vient pas tout de suite. Juste comme je commence à perdre patience, l'écran s'illumine.

Lincoln : Merci d'être venue ce soir.

Moi : C'est une insinuation ?

Lincoln : Peut-être. ;)

Moi : Eh bien, merci de m'avoir fait venir. ;)

Lincoln : Tout le plaisir était pour moi. Attends, on échange des sextos maintenant ?

Moi : Je pense que les sextos incluent des photos de bites.

Lincoln : Je préfère que tu la voies en personne. Par contre, sens-toi libre de m'envoyer des photos de toi nue. ;)

Moi : Ouais… Il n'y a pas de photos de moi nue qui se promène dans l'univers virtuel et je pense que je préfère que ça reste comme ça.

Lincoln : De la classe. J'aime ça.

Moi : Je dois me rattraper pour t'avoir laissé me branler sur une table à pique-nique aujourd'hui.

Lincoln : J'espère que tu blagues. C'est la meilleure chose que j'ai faite depuis très longtemps. Tu es spéciale, Dani.

Moi : C'est Danielle. Grrr…

Lincoln : J'aime ça quand tu grognes. Et quand tu gémis. Et ton attitude autoritaire quand tu es excitée et perturbée.

Moi : Je pense que je vais devoir aller au lit. MDR

Lincoln : Pour rêver à moi ?

Moi : Il y a de bonnes chances puisque j'ai toujours ton odeur sur moi.

Lincoln : C'est trop torride. Je suis de nouveau bandé.

Moi : Fais de beaux rêves, Landry.

Lincoln : Bonne nuit, Ryan.

Moi : Hum… Bonne nuit.

Lincoln : MDR

11

Danielle

Je tape les derniers mots du courriel avec un grand geste et appuie sur « envoyer ». Il m'a fallu toute la matinée pour arriver à me concentrer, mais j'ai finalement réussi à trouver le rythme. Du moins, jusqu'à ce que je me souvienne de la sensation créée par ses mains ou le magnétisme de son regard.

Prenant un stylo, je le fais cliquer sur le dessus de mon bureau. Le bruit se répercute dans la pièce, tout comme les images de Lincoln se bousculent dans ma tête.

Je suis toute à l'envers. Ce type me met le feu au corps. Ma cervelle est en alerte. Mon cœur crève d'envie de ressentir la chaleur et le vertige d'avoir un homme dans ma vie.

– Ça ne peut pas être lui, murmuré-je en faisant rouler le stylo sur mon agrafeuse. Je ne peux pas faire ça avec lui.

– Tu ne peux pas faire quoi avec qui ?

Je tourne brusquement la tête vers l'ouverture de la porte où se tient ma patronne, Gretchen. Elle me regarde avec curiosité.

— Bon après-midi, dis-je en joignant les mains devant moi comme si je n'avais rien à cacher. Comment ça va aujourd'hui ?

— Aujourd'hui, je me sens curieuse. Qu'est-ce qui se passe avec toi ?

— Rien, dis-je en mentant.

— Hum…

Elle entre dans mon bureau et dépose une pile de dossiers devant moi.

— Regarde ça quand tu auras un moment, demande-t-elle. C'est le budget proposé. C'est un beau gâchis, Danielle. Si ça passe, je crains pour la survie de notre programme.

— Je ne vois pas comment ils peuvent réduire notre budget de façon aussi drastique. Cet hôpital est connu en partie grâce à ce programme. Est-ce qu'ils réalisent qu'on ne peut pas offrir tous les services que nous donnons sans argent ?

— Apparemment non.

— Je vais regarder ça dans un moment, assuré-je. J'ai quelques courriels à lire et un problème d'horaire pour la semaine prochaine, puis je vais y jeter un coup d'œil.

Avec un hochement de tête et un sourire hésitant, elle repart en coup de vent. Je me reconnecte à mon ordinateur lorsqu'un coup à la porte attire mon attention.

Lincoln semble presque bon à croquer dans son ample short noir et son tee-shirt gris à manches longues. Il porte une montre en argent autour de son poignet épais, ce qui ajoute une touche de sophistication à son apparence autrement nonchalante.

Ciel, je veux mourir.

— Salut, dit-il d'une voix traînante, alors que son accent typique du Sud me frappe de plein fouet.

— Salut, dis-je.

— Je peux entrer ?

— Bien sûr.

Il se pointe comme s'il était chez lui. Chaque mouvement est si fluide, si gracieux, que je ne peux qu'imaginer ce qu'il pourrait faire sur moi. Sous moi. Derrière moi.

Lorsque je le regarde avec ses joues rouges, il fait un petit sourire.

— À quoi pensais-tu ?

— Que tu n'es pas censé être ici aujourd'hui, lâché-je pour détourner la conversation.

Il s'assoit face à moi après avoir poussé la porte. Ses pieds sont placés à égalité de ses épaules, ses bras posés sur les accoudoirs.

— J'ai oublié, dit-il.

— Non, rigolé-je. Tu fais toujours ce que tu veux.

Il se penche vers l'avant, déplaçant ses coudes sur ses genoux. Il me fixe de l'autre côté du bureau, ses yeux devenant un mélange saisissant de teintes de vert et de bleu.

— Crois-moi quand je dis que je ne fais pas toujours ce que je veux.

— Tu y arrives, fais-je en haussant les épaules. Tu trouves un moyen de toujours arriver à tes fins.

— Si c'était le cas, tu serais en ce moment étendue sur ton bureau avec tes chevilles derrière mon dos, en train de lâcher tous ces petits cris érotiques que je ne peux me sortir de la tête.

Je veux détourner les yeux. Il le faudrait. Mais il me cloue sur place avec son regard, me confortant même quand j'ai l'impression d'être sur le point de m'effondrer.

— Dîne avec moi ce week-end, exhorte-t-il.

— Ça ne ressemble pas à une question.

— Est-ce que ça aiderait si je le formulais comme une question ?

Je lui adresse un regard qui le fait sourire.

— Je ne pense pas, conclut-il.

— J'ai du travail à faire, tu sais.

— J'ai une table à réserver. Où veux-tu aller ?

Soupirant, je me cale dans ma chaise.

Pour être honnête, j'aime sa détermination. Je ne comprends juste pas *pourquoi.* Il ne cherche rien de plus qu'une distraction dans sa vie en ce moment. C'est la saison morte. Il a du temps à tuer. C'est comme ça que ça marche. Ce n'est rien de plus qu'une petite récréation sexuelle, et je sais que ça ne pourrait être que ça avec lui. Je ne peux pas courir ce risque.

— Pourquoi fais-tu ça ? demandé-je.

— Faire quoi ?

— Ne pas lâcher.

Un rire décontracté flotte au-dessus du bureau et vient chatouiller mes oreilles.

— Parce que je n'en ai pas envie.

— Tu es impossible, lâché-je en essayant d'avoir l'air irritée mais sans y parvenir.

— Que veux-tu, Danielle ?

— Finir mon travail.

Il fait tss-tss.

— Je ne partirai pas avant que tu m'aies répondu pour vrai.

— Je veux…

Je prends une inspiration profonde. Je sais exactement ce que je veux, mais ce n'est pas quelque chose que je peux expliquer en cinq minutes. Et je ne crois pas que ça importe non plus.

— Vraiment, c'est plutôt ce que je ne veux pas, déclaré-je.

Il me regarde, tenant son menton dans sa main droite.

— Eh bien? J'attends.

— Tu sais ce que je ne veux pas? Je n'ai pas envie de me laisser prendre dans quelque chose qui ne mène nulle part.

— C'est honnête. Alors, sors dîner avec moi. Dans un endroit public, un endroit où je ne pourrai pas te tripoter.

— J'aimerais peut-être que tu me tripotes, fais-je remarquer en pinçant les lèvres.

— Tu n'as aucune idée combien j'aimerais te tripoter tout de suite, dit-il avec le regard assombri.

Il se cale dans sa chaise, son menton pointant vers le plafond.

— Mais voilà le problème, Dani, poursuit-il. Autant j'ai envie de te tripoter, autant j'ai envie de parler avec toi. D'entendre ton rire. De voir ton sourire. Tu me mets sens dessus dessous.

Mes joues me font mal à force de sourire tandis que j'essaie de ne pas lui succomber.

— Tu es trop fort pour ton propre bien, lui dis-je.

— Tu n'as encore rien vu.

— Hors d'ici, rigolé-je, sentant ce qui me reste de contrôle sur moi-même fondre.

— Très bien, très bien.

Il se soulève de la chaise en un mouvement souple.

— Alors, je préfère t'avertir : sois chez Spora's à 20 heures samedi. Mon ami, Fenton Abbott, est le propriétaire et je vais nous réserver une table. Et n'oublie pas, Dani, je vais me pointer ici tous les jours si tu ne viens pas. Je peux être un emmerdeur de première.

Puis, il sort avant que je puisse glisser un mot.

12

Danielle

C'est salle comble chez Spora's. Situé sur un promontoire avec vue sur le fleuve, c'est le restaurant le plus couru de la ville. J'y suis venue une fois, alors que mes parents visitaient Memphis pour la première fois. Ils n'étaient pas venus pour moi mais pour assister à un congrès de trois jours.

La façade est sombre avec des lumières vives qui clignotent à l'avant sous un panneau où le nom du restaurant est écrit en rouge. Mes talons claquent sur le trottoir lorsque j'arrive à la porte. Un homme en uniforme l'ouvre.

Les lumières au plafond ont une apparence industrielle et vintage, et les ampoules projettent une lueur jaune sur le bois sombre à l'intérieur. J'ai l'estomac noué lorsque je m'approche de la réception.

– Je crois qu'il y a une réservation au nom de M. Landry.

La femme écarquille les yeux :

– Oui. Un instant, je vous prie.

Elle appelle d'un geste un homme au comptoir qui longe le mur à droite.

– Pouvez-vous l'escorter au balcon ?

– Suivez-moi, dit-il en me guidant le long d'un passage à l'avant du restaurant jusqu'à un petit ascenseur caché à l'autre bout.

Il pousse sur un bouton et les portes coulissent. Nous entrons, et pendant que je lutte pour ne pas laisser la nervosité prendre le dessus sur moi, elles s'ouvrent de nouveau. Nous sommes dans un autre corridor avec six portes à distance égale les unes des autres. Nous marchons vers la première à droite et il cogne doucement. Il attend quelques secondes avant de la pousser.

Mes mains sont moites tandis que je me prépare à voir Lincoln. Nous avons échangé des appels et des textos au cours des derniers jours. C'était léger et amusant, et j'ai remarqué que je riais plus, que je souriais plus, même quand je n'étais pas avec lui. C'est l'effet Landry. Je ne cesse de me rappeler que c'est pour le plaisir, pour la saison morte, afin de garder les choses en perspective. Mais Lincoln rend cette tâche particulièrement difficile.

Inspectant rapidement ma tenue, je suis contente de la robe que j'ai choisie. Une dentelle bleu marine recouvre le haut en soie, le dos nu met en valeur le galbe de mes bras. La façon dont le bas de la robe tombe à mi-cuisse lui donnera, espérons-le, des idées.

Remplissant mes poumons d'air précieux, je m'efforce de garder mon calme. J'ai presque annulé ce rendez-vous 100 fois depuis que j'ai quitté mon bureau. Je ne devrais pas être ici, ça ne peut mener qu'à une déception.

Mon souffle se coince dans ma gorge lorsque je l'aperçois. Tu parles. Je vais avoir un orgasme et il n'aura même pas besoin de me toucher.

Il est debout près de la table, tenant à la main un verre contenant un liquide clair. Il porte un pantalon étroit kaki, avec une ceinture en cuir brun foncé qui entoure sa taille fine. Une chemise noire, les manches roulées jusqu'aux coudes et les deux boutons du haut détachés. J'ai envie de le dévorer. De le plaquer au sol et de me jeter sur lui.

Je me demande vaguement si la pièce est insonorisée pendant qu'il s'approche de moi. Il marche sans se presser, comme s'il savait que chaque seconde où j'anticipe son étreinte ou son baiser sur la joue, je suis sur le point de m'embraser. La porte se referme tandis que le serveur quitte la pièce. Je me force à déglutir, ma bouche semble sèche et chaude. La lumière se reflète sur le cadran de sa montre, ce qui ne fait qu'amplifier l'impression de le voir sortir tout droit d'un tournage au cinéma.

Doux Jésus.

Le verre n'est plus dans ses mains lorsqu'il arrive à mes côtés, et je ne sais pas où il est passé. Tout ce que je peux voir est son bras qui se tend vers moi, et je retiens mon souffle alors qu'il me touche.

Sa main droite se pose au creux de mes reins tandis qu'il se penche pour m'embrasser sur la joue. Lorsqu'il se recule, ces deux parties de mon corps semblent immédiatement se refroidir.

— Tu es superbe, déclare-t-il.

Reculant d'un pas pour mieux me regarder, je sens son regard dessiner un trajet brûlant de mes yeux à mon cou, passant sur mes seins jusqu'à mes pieds.

— Tout simplement superbe, Dani.

Je ne le contredis même pas. J'en suis incapable. J'ai perdu la voix.

C'est la première fois que je le vois dans autre chose qu'un pantalon de sport ou un short. J'aurais pu penser que j'étais préparée, mais non. Il est divin. Chic. Sophistiqué. Tout en restant un peu canaille.

Il prend ma main dans sa paume large et chaude, et me guide vers la table. Il tire ma chaise comme un gentleman, attendant que je m'assoie. Une fois que je suis installée, il disparaît pendant un instant pour reparaître avec un bouquet de roses blanches.

– Lincoln ! Elles sont magnifiques, m'écrié-je en prenant les fleurs de ses mains.

Quand je me penche pour les humer, je remarque une fleur rose pâle au milieu des autres de couleur blanc crème. Je le regarde. Il sourit.

– Pourquoi y en a-t-il une de teinte rose ?

– Parce qu'il y a en toujours une qui se démarque du lot, tout comme toi.

Ma mâchoire tombe pendant que je me pâme.

– Oh, rigolé-je. C'est bien.

Son rire se mêle au mien pendant qu'il s'assoit en face de moi.

– N'est-ce pas ? Mais je ne peux pas prendre le crédit. J'ai appelé ma sœur, Sienna, et elle m'a proposé ce bouquet. J'espère que ça n'enlève pas la beauté du geste, ajoute-t-il en fronçant les sourcils.

– Pas du tout, affirmé-je en humant de nouveau les fleurs. Merci.

Une serveuse entre et dépose le vase sur un comptoir pour prendre nos commandes. Une fois le vin servi, nous nous retrouvons seuls.

– J'avais peur que tu ne viennes pas, dit-il avec un pétillement dans le regard.

– Tu savais que je viendrais.

– Je savais que tu viendrais, si tu le voulais.

Nous échangeons un regard plein de désir. Il tire le col de sa chemise.

— Tu es vraiment superbe, Dani. Je regrette de ne pas être allé te chercher pour avoir le privilège d'entrer ici avec toi à mon bras.

— Ça aurait mis trop de pression que tu viennes me chercher, rigolé-je. Une étape à la fois.

— Une étape à la fois, répète-t-il. Comment s'est passée ta journée ? Est-ce que cet enfoiré de médecin est passé te voir ?

— Non, gloussé-je. Mais qu'est-ce qu'il t'a fait ?

— Il pense qu'il a une chance avec toi, fait-il en inclinant la tête.

— Toi aussi, fais-je remarquer avec une pointe de provocation dans la voix.

— Ça, c'est sûr, dit-il sans aucune espièglerie dans la voix. Je la mérite.

— Tu la mérites ? demandé-je. Vraiment, Landry ? Explique-moi pourquoi tu mérites une chance avec moi.

Il se penche vers l'avant, ses traits semblent plus marqués, plus nobles sous l'éclairage.

— Je veux tout savoir à ton sujet. Ce que tu ressens sous mes mains quand je suis enfoncé en toi. Mais je veux aussi savoir ce qui te fait vibrer. Comment te faire rire. Pourquoi parfois tu ne dors pas la nuit. Ce qui te fait sourire.

Comment répondre à ça. Il touche une corde sensible, tandis que j'essaie de composer avec sa déclaration directe de ce qu'il veut. Je n'ai même pas essayé de me préparer à ça. S'il n'était pas si sincère, ça aiderait. S'il pouvait seulement me laisser voir l'athlète en lui, ça aiderait. S'il n'était pas aussi vachement sexy, ça aiderait vraiment, vraiment beaucoup.

— Si c'est ta sœur qui t'a conseillé de dire toutes ces belles choses, elle devrait vraiment tenir un courrier du cœur, rigolé-je pour éviter d'avoir à réagir spécifiquement à ses propos.

— Nan, fait-il en souriant. Elle m'a aidé pour les fleurs. J'improvise le reste, en misant sur le bon vieux charme Landry.

— Ça fonctionne pour toi.

Je prends une gorgée de vin et remarque qu'il grimace en levant son verre.

— Comment va ton épaule ? demandé-je.

— Honnêtement, dit-il en soupirant, ça fait un peu mal. Je n'ai pas lancé de balle depuis j'ai eu cette luxation à l'épaule, alors c'est un peu raide.

— Oh! m'exclamé-je. On n'aurait pas dû se lancer la balle. Maintenant je me sens coupable.

Son rire vibre au-dessus de la table.

— Je peux honnêtement dire que je n'ai pas eu autant de plaisir depuis longtemps à lancer la balle.

— Je vais me sentir mal si ça nuit à ta rééducation.

— Ça ne nuira pas.

Il prend une longue gorgée.

— Est-ce que Rocky s'est ennuyé de moi aujourd'hui? interroge-t-il.

Je ne peux m'empêcher de rire.

— Oui. Il t'a fait un dessin, mais je l'ai oublié sur mon bureau. Il s'agit d'un oiseau et d'un cochon, je pense. Mais ta référence à Van Gogh induisait un peu en erreur.

— J'étais sur Internet vraiment tard hier soir parce que je ne dors pas beaucoup ces temps-ci, fait-il avec un rictus.

— Tu penses à moi ? dis-je en battant des cils.

— Un peu, fait-il avec un clin d'œil. J'ai trouvé un cours de peinture à l'autre bout de la ville le samedi après-midi. As-tu déjà pensé à en suivre un ?

Je n'en crois pas mes oreilles. Ma main s'immobilise sur le pied de mon verre à vin et je lui souris.

— Qu'est-ce qui t'a fait penser à ça ?

— Tu as dit que tu aimais peindre ou que tu aimais ça quand tu étais plus jeune, dit-il en rougissant. C'était peut-être stupide comme idée.

— Ce n'était pas stupide du tout, murmuré-je d'une voix remplie d'émotion. Je n'arrive pas à croire que tu te sois souvenu de ça.

Il hausse les épaules comme si ce n'était rien, mais semble quand même embarrassé. Je tends la main et la pose sur la sienne. Ce contact attire son regard vers le mien.

— Merci, lui dis-je en espérant que mon sérieux lui communiquera ce que j'essaie de dire.

— De quoi ?

— De m'écouter.

Il rit, entrelaçant ses doigts aux miens. Nous regardons tous deux nos mains sur la table, les faisant bouger sous la lumière des bougies. Sa paume enveloppe la mienne, la rugosité de la sienne faisant un contraste avec la douceur de la mienne. Il attire mes mains vers lui et les embrasse.

— Tu sais, depuis ma blessure, j'ai galéré, dit-il en s'éclaircissant la gorge. J'étais un peu perdu. Je veux dire, je joue au baseball. C'est ce que je fais. Ou ce que j'ai toujours fait, dit-il d'une voix distante. J'en bavais vraiment. Mais depuis que je suis sorti de cet ascenseur et que je t'ai poursuivie jusqu'à ton bureau, les choses ne semblent plus aussi terribles.

— Tu dois te consacrer au rétablissement de ton épaule et laisser le temps faire le reste, dis-je.

Mais aussitôt que les mots sortent de ma bouche, je me rends compte que ce n'est pas ce que Lincoln voulait dire.

— La vie ne semble pas si terrible, précise-t-il. Non pas qu'elle semblait dure avant, mais j'en avais assez de tout ça. Les fêtes. Les voyages. Tout ça, dit-il en rougissant un peu.

— Tu veux dire, les photos nues?

Il éclate de rire.

— Ça aussi. En fait, j'ai fermé mon 'téléphone de baseball'. C'était comme couper une partie de moi et je ne savais plus comment occuper mon temps.

— Alors, tu l'as occupé comment?

— Avec des trucs, fait-il en souriant. Des idées. Des pensées.

La serveuse revient et dépose une assiette devant chacun de nous. Elle remplit nos verres et s'en va.

La lune brille derrière Lincoln, l'illuminant presque. Une brise fraîche entre par les portes vitrées ouvertes, mais nous n'avons pas froid. Je ne sais pas si c'est à cause de l'excitation d'être avec lui ou parce qu'il y a un appareil de chauffage quelque part. De toute façon, c'est tellement confortable, si douillet dans cette petite pièce que je n'ai pas envie de partir. Je veux juste rester ici à contempler cet homme séduisant.

Il coupe son bifteck et pique un morceau avec sa fourchette.

— Tu veux y goûter?

Je n'en ai pas vraiment envie, mais je ne laisserai pas passer l'occasion de le voir me nourrir.

— Bien sûr, dis-je en ouvrant légèrement la bouche et en me penchant vers l'avant.

Il déglutit, sa pomme d'Adam sautillant tandis que la fourchette passe par-dessus les bougies au centre de la table.

Mes lèvres se referment autour de la bouchée, et je garde les yeux fixés sur lui. Ses pupilles se dilatent pendant que je me recule un peu et que j'humecte ma lèvre inférieure.

— Continue comme ça, avertit-il en déposant sa fourchette à côté de son assiette.

— Et quoi ?

— Et on va sauter au dessert, tout de suite, ici même.

L'autorité de son ton fait directement frémir le haut de mes cuisses. Je peux sentir mes muscles se contracter, ma petite culotte se mouiller.

— Des promesses ?

Il tire sa lèvre entre ses dents, riant sous cape d'un air malicieux.

— Prudence avec ce que tu souhaites, ma belle.

— Je suis pas mal certaine de savoir ce que je souhaite, dis-je d'un air moqueur. Ça implique ta langue qui passe sur…

— Stop, rit-il en secouant la tête. Même si on partait maintenant, il me faudrait dix minutes pour régler la note, et je vais avoir besoin de te sortir d'ici beaucoup plus vite que ça.

Souriant, je pique une tomate et l'apporte à mes lèvres.

— Alors, je demanderais l'addition tout de suite si j'étais toi.

— Bon sang, lâche-t-il en bondissant sur ses pieds.

La porte s'ouvre et se referme derrière moi, et pour la première fois depuis que je suis entrée dans cette pièce, je prends une longue et profonde respiration.

Je peux deviner ce qui s'en vient et en même temps, je n'en ai aucune idée. Où irons-nous ? Que fera-t-il ? Tout ce que je sais, c'est que je veux avoir la réponse à ces deux questions. Et si je devais le regretter à long terme, tant pis. J'ai juste envie de baiser tout de suite.

Le bruit de la porte qui s'ouvre résonne dans la pièce et ses mains sont sur mes épaules.

– Allons-y.

– Tu as déjà réglé la note ?

– Bon sang, oui. Tu veux me suivre jusque chez moi ou monter avec moi ?

Je me lève et ramasse le vase, regardant l'homme le plus éblouissant que je n'ai jamais vu.

– J'aurai tout le loisir de monter sur toi… Alors, je vais te suivre.

Lincoln

« Ralentis », me rappelé-je. Jetant un coup d'œil dans le rétroviseur, je la vois faire teuf-teuf derrière moi, aussi lente qu'une tortue. Je ne peux m'empêcher de rire devant son petit côté respectueux de la loi.

Mes doigts tambourinent sur le volant pendant que je fredonne avec la radio. J'ai une règle quand il s'agit d'emmener les femmes chez moi. Je ne le fais tout simplement jamais. Je vais chez elles ou à l'hôtel parce qu'on ne sait jamais ce qui va se passer après. Mais l'idée d'inviter Dani chez moi me semble aller de soi.

Je suis terrorisé. J'ai déjà eu des relations amoureuses avant. De sérieuses, même. J'y réussis plutôt bien, si je peux dire. Ma mère et mes sœurs m'ont appris un truc ou deux sur les filles. Mais avec mes anciennes copines, je ne me suis jamais senti comme ça. Avant, elles faisaient leurs trucs et je faisais les miens. J'envoyais des fleurs lorsque nécessaire et m'assurais qu'elles aient une belle robe à porter lors d'une soirée, mais c'était tout. Je n'avais pas le désir d'apprendre vraiment à les connaître. En fait, je ne suis pas sûr qu'il y avait grand-chose à connaître d'elles.

Dani n'est pas comme ça. C'est plus facile d'être avec elle que loin d'elle. Elle n'est pas dépendante, et j'aime ça. Elle pose des questions, mais pas comme si elle cherchait à soutirer des informations. C'est comme si elle n'en avait rien à foutre.

Nous avons parlé tard tous les soirs cette semaine, et quand on coupait la communication, j'avais envie de la rappeler tout de suite. Je lui ai raconté des trucs sur mes frères et sœurs, et sur mon enfance à Savannah. Elle m'a parlé de son bénévolat dans un hôpital pour enfants lorsqu'elle étudiait à l'université et qu'elle nourrissait l'espoir de faire quelque chose de plus important dans la vie que du neuf à cinq.

J'aime ça. Je respecte ça. J'admire ça.

Je l'admire, elle.

Je suis peut-être cuit.

13

Danielle

Il m'attend dans l'allée, appuyé contre son VUS gris, tout en faisant tournoyer ses clés dans les airs.

— Tu es la conductrice la plus lente du monde, rigole-t-il pendant que je sors de ma voiture.

— J'ai dû excéder de 25 km la limite de vitesse pour arriver *presque* à te suivre.

Je lui donne une tape lorsque je le rejoins.

— C'est quoi l'urgence, Landry ? ajouté-je.

Ses bras passent autour de moi, ses mains se joignant dans le creux de mes reins. Il m'attire contre lui.

— C'est toi l'urgence, murmure-t-il. La prochaine fois, on voyagera ensemble.

Nous échangeons un regard et j'y vois ce qu'il pense vraiment : qu'il ne veut pas précipiter les choses, même s'il les pousse un peu. Je ressens exactement la même chose. Le trajet jusqu'ici m'a donné un peu de temps pour reprendre le contrôle et je veux le garder. Au moins pendant un moment.

Il entrelace ses doigts aux miens et me guide vers la porte d'entrée. Il tourne la clé dans la serrure et nous entrons.

— Ça fait garçonnière, commenté-je, en observant l'intérieur.

Des murs blancs nus et un tapis or pâle se marient à des lattes foncées et du carrelage blanc éclatant. C'est un décor onéreux avec tout le cachet tendance, mais qui ne donne pas l'impression d'être vraiment habité. Même les photos éparpillées sur les murs semblent avoir été accrochées là simplement pour remplir des vides.

— Je ne suis pas souvent ici, dit-il en haussant les épaules. Je suis sur la route la moitié de l'année, et l'autre moitié, je suis habituellement avec des amis ou dans ma famille.

Il hausse de nouveau les épaules.

— Il n'y a pas de touche personnelle, noté-je. Ça ne te ressemble pas, Landry.

— Qu'est-ce qui me ressemblerait ? demande-t-il en inclinant la tête.

— Eh bien…

Je déglutis en regardant de nouveau autour de moi.

— Quelque chose de plus masculin. Des couleurs plus chaudes, peut-être. Je m'attendais à voir des œuvres d'art quelque part.

— Je suis d'accord, fait-il en souriant.

Il se détourne et se dirige vers la cuisine :

— Tu veux boire quelque chose ?

— Euh, bien sûr.

Je le suis dans une pièce à l'arrière de la maison. Réfrigérateur en inox de marque Viking, comptoir en marbre, c'est une cuisine de rêve. Mais je suis pas mal sûre qu'elle ne sert pas vraiment.

Après m'avoir présenté un choix de boissons, il me tend un verre. Nous prenons chacun des gorgées, nous évaluant mutuellement. Je brise enfin la glace.

— Qu'est-ce que tu fais quand tu es à la maison? J'ai entendu dire qu'un tas d'athlètes jouent à des jeux vidéo ou s'entraînent pendant des heures et des heures. C'est quoi ta tasse de thé?

— Je fais des haltères un peu. Je cours un peu. Je joue un peu aux jeux vidéo, mais j'ai un peu passé ce stade. Certains gars y jouent tout le temps. Je ne sais pas comment ils y arrivent.

— Je n'ai jamais connu tout ça, dis-je. J'ai entendu dire que le yoga est vraiment bon pour les athlètes. C'est génial pour les étirements.

— Je voudrais être ton professeur de yoga, déclare-t-il en grimaçant. Pour t'étirer de toutes les façons possibles.

Je lui donne une tape avec espièglerie, ce qui le fait rire.

— Pas de yoga, ajoute-t-il. C'est une affaire de fille. À moins que tu le fasses quand je me tiens juste derrière toi.

— Oh, j'aimerais bien t'y voir! Mon derrière dans la position du chien.

Son regard devient intense.

— J'aimerais te voir sous tous les angles possibles.

Ma bouche devient sèche devant son regard. C'est le moment que j'attends depuis des jours maintenant, l'objet de tous mes fantasmes. Alors que je tremble légèrement, je tends la main vers sa ceinture et commence à la détacher.

Ses yeux deviennent plus vifs, ce qui me met au supplice. Je pousse un petit cri lorsque ses mains trouvent mes hanches et que je me sens soulevée en décrivant un demi-cercle pour me retrouver sur le comptoir de marbre froid. Ses mains sont de chaque côté de moi et m'emprisonnent.

— Qu'est-ce que tu attends? demandé-je d'une voix pantelante en tenant son visage entre mes mains.

Ses joues sont rugueuses et sa repousse pique ma peau. Il m'observe, son regard pénétrant le mien.

— C'est différent cette fois, tu ne penses pas ?

— En quoi ?

— Je connais tes réactions à mon toucher, les bruits que tu fais et ton goût.

— Comment sais-tu ça ? haleté-je.

— Tu penses que je ne t'ai pas goûtée avec mes doigts avant ?

— Ah, mon Dieu, dis-je en gémissant.

— Mais ce soir, je veux le faire pour vrai. Te sentir. Te goûter directement. Te voir mouiller dans ma bouche.

— Arrête, dis-je comme si j'avais couru deux kilomètres.

— Écarte tes jambes, beauté.

Sans hésiter, j'écarte les jambes tandis que ses mains viennent tenir mes fesses et qu'il me fait glisser jusqu'au bord de la surface de marbre. Il ne perd pas de temps à introduire sa langue dans ma bouche, caressant la mienne. J'oublie mes jambes écartées jusqu'à ce que ses doigts frôlent la peau sensible de l'intérieur de mes cuisses. Je frissonne.

Sa main gauche est posée à l'arrière de ma tête, l'empêchant de s'éloigner de lui. Je n'arrive plus à me contenir, trop de feux d'artifice explosent dans différentes parties de mon corps.

Je caresse ses joues avec mes pouces avant de trouver les mèches soyeuses de ses cheveux. Y emmêlant les doigts, je tire un peu. Cela lui arrache un gémissement de la gorge et fait de même pour moi. Je suis tellement mouillée, que je peux sentir la cyprine couler sur mes jambes. Il le sent aussi parce que ses yeux émettent une lueur vive pendant un bref instant, et on peut y lire un désir sexuel torride. Et lorsqu'il se rend compte que je ne porte pas de petite culotte, je le sens se coller contre moi.

Il glisse un premier doigt, puis un deuxième, en moi. J'aspire une goulée d'air qu'il capte immédiatement par ses baisers. Il fait aller et venir ses doigts en moi en faisant passer son poids d'un pied à l'autre.

Juste comme il trouve un rythme régulier, il s'arrête. Avant que je puisse protester, je me sens soulevée par la taille. Mes jambes s'enroulent instinctivement autour de lui. Ses mains se posent sous le galbe de mes fesses. Ma peau brûle presque tandis que ses doigts massent ma chair.

Je ne sais pas où nous allons, et je ne peux même pas voir autour de moi à cause de l'assaut féroce de ses lèvres. Nous nous cognons contre les murs, les coins, et avançons dans un couloir sombre.

Lorsque nous prenons un coin trop serré, un cadre tombe du mur et se brise par terre. Essoufflée, je suis déposée sur un lit avec des draps en soie gris argenté. Je me rassois et j'essaie de descendre aussi vite que possible ma fermeture éclair dans le dos, lorsque j'entends sa voix grave et rauque.

— Laisse, dit-il.

Je m'immobilise. Il baisse les yeux sur moi, un petit sourire aux lèvres. Il pose un genou sur le matelas, puis l'autre. Il est derrière moi en un éclair. De façon délicate, il ramène mes cheveux sur une épaule et tire sur la fermeture éclair à mon cou.

Je frissonne, plus à cause de son contact que de l'air qui touche ma peau nue. Regardant droit devant, je sens la fermeture glisser lentement vers le creux de mes reins. Elle arrive finalement au bout. Ses mains, si rudes et fermes, écartent le tissu aux épaules et le laissent tomber à ma taille. Je sens ses lèvres déposer un baiser à la base de mon cou.

Regardant par-dessus le coin de mon épaule, je l'observe déboutonner sa chemise. À mesure que chaque centimètre de peau se dévoile, je sens mon cœur s'accélérer jusqu'à ce que sa chemise se retrouve sur le plancher, et je suis au bord de la crise cardiaque.

Il se lève du lit et ôte ses souliers et son pantalon. Je me tortille pour sortir de ma robe et la jette par terre, me figeant lorsque je remarque son regard fixe.

— Quoi ? demandé-je, me sentant pour la première fois gênée.

— Bon sang, ma belle.

— Quoi ? demandé-je de nouveau alors que je sens mes mamelons durcir sous son regard.

— Tu me donnes envie de rester planté là à te contempler. T'es tellement belle.

— Arrête, Landry, fais-je en rougissant. Non pas que je m'oppose à apprécier la vue de ton corps, parce qu'il est sérieusement… T'es incroyable.

— Je sais, dit-il.

J'éclate de rire en pointant mon doigt.

— Mais ce n'est pas le temps pour ça. J'ai besoin de baiser.

Utilisant ses talents de joueur étoile, je me retrouve sur le dos et il se penche sur moi avant de le voir venir.

— Il était temps, haleté-je en glissant ma main entre nous deux pour agripper son membre. Exactement comme je pensais.

— Quoi ?

— Du 48.

— Quoi !

— Oublie ça, ricané-je. Je veux te sentir en moi.

— Toi, susurre-t-il la bouche contre mon oreille, tu finiras par me tuer.

— Je t'en prie, ne meurs pas avant de m'avoir baisée.

Il mordille le lobe de mon oreille m'arrachant un cri perçant et me faisant tortiller sous lui. Il utilise mes gestes contre moi, ou pour moi, c'est selon, et je sens son sexe à l'entrée de ma chatte.

Je me fige en retenant mon souffle. Ses bras, nerveux et musclés, m'emprisonnent de chaque côté de ma tête. Un petit sourire pervers flotte sur ses lèvres tandis qu'il ondule ses hanches et passe sa bite sur ma chatte mouillée. Je remue, essayant d'obtenir un peu de friction sur mon clito affamé. J'enfonce mes ongles dans son cul pour le convaincre d'y aller.

— Est-ce qu'il faut que je mette un condom ? demande-t-il.

— Je suis clean et je prends la pilule.

— Je passe des dépistages tous les six mois. Je suis clean.

— Alors, passons aux choses sérieuses, Landry, je…

Ma phrase est coupée par un cri tandis qu'il entre en moi d'une longue poussée brusque et possessive.

— Ah ! couiné-je, haletante.

— T'aimes ça ?

— Bon Dieu, oui, soufflé-je, mes yeux se révulsant.

Il m'observe et j'aimerais être capable de tenir mon bout pour le dévisager, mais je ne peux pas. C'est impossible. Il le sait. Il aime ça, le salaud.

— T'es trop sexy, gronde-t-il presque en plongeant sa bite aller-retour dans ma chatte. Bon sang, Dani. Être en toi est encore mieux que tout ce que j'ai pu imaginer.

— Vraiment ? demandé-je en tendant les mains derrière moi pour agripper les oreillers. Est-ce que je t'excite, Landry ?

— Tu sais que oui. Tu sens à quel point ma queue est dure.

— Pour moi ?

— Oui, pour toi.

— Ah ! Oui ! Comme ça !

Je gémis tandis qu'il pousse plus fort.

Tout mon corps est en feu, mes seins rebondissent à chaque coup. Il s'enfonce en moi, heurtant ce point au fond de mon vagin, qui déclenche des orgasmes.

— Je vais jouir, m'exclamé-je.

— Viens sur ma queue, gronde-t-il.

— Merde !

Je crie et mon champ de vision se remplit d'éclats de couleurs. La montée se forme dans ma chatte et se répand, comme de la lave, à travers mon corps. En quelques secondes, je sens l'énergie palpiter dans mes orteils et sur le dessus de ma tête.

— Lincoln !

Il ne ralentit pas et continue de masser ce point avec son gland gonflé. Lorsque j'ouvre de nouveau les yeux, je vois que la sueur perler sur sa peau.

Retirant son membre afin que juste le bout repose à l'ouverture de ma chatte, il sourit.

— Debout, exhorte-il en se redressant sur ses talons.

Confuse et toujours essoufflée, j'essaie de me rasseoir. Il se plie pour poser ses lèvres sur les miennes, avant de passer un bras autour de ma taille pour me faire tourner sur les mains et les genoux. Une tape résonne sur mes fesses nues.

— Accroche-toi, ma belle, dit-il.

Avant que je puisse m'accrocher ou récupérer mes esprits, il plonge de nouveau dans ma chatte.

— La vache, grincé-je entre mes dents.

Une main agrippe la courbe de ma hanche, l'autre est posée en bas de ma colonne. Son pouce masse mon cul, appliquant une pression délibérée sur l'ouverture arrière.

— Je ne peux pas, grogné-je.

Mais je sais très bien que je le peux, et j'en ai envie.

— On garde ça pour un autre jour, fait-il en gloussant derrière moi.

— Un jour…, commencé-je avant d'être interrompue par une autre claque sur les fesses. Landry !

Il rit de nouveau, ses deux mains me tenant les hanches, tandis qu'il me fait monter avec des coups rapides et puissants.

— C'est si bon d'être en toi, grogne-t-il en trouvant de nouveau ce point. Je ne pourrai pas me retenir longtemps.

J'attends quelques coups pour être sûre que l'orgasme s'en vient. Une fois qu'il s'enclenche dans mon corps, je crie :

— Je viens !

Il grogne derrière moi, y allant plus fort qu'avant. L'entendre venir ne fait qu'ajouter à l'intensité de ma propre jouissance. Mes bras n'en peuvent plus, et je ne réussis qu'à tenir jusqu'à son dernier spasme avant de m'effondrer sur le ventre.

En un instant, il se pelotonne derrière moi et m'attire contre lui.

Je vais devoir me lever et me laver bientôt. Mais pour l'instant, je reste exactement où je suis, nichée en toute sécurité dans les bras de cet homme délicieux.

14

Danielle

Je me colle un peu plus, un bras traversant sa poitrine et se balançant de l'autre bord. Ce n'est pas l'heure des câlins, non, je devrais être dans ma voiture en route pour la maison. Hélas, je suis encore ici. Blottie contre lui. Le sentant dessiner avec le bout du doigt dans mon dos ce que je crois être des balles de baseball.

— J'ai faim, dit-il.

— Eh bien, je ne cuisine pas.

— Ce n'était vraiment pas mon intention.

— Et pourquoi ça ?

— J'ai eu toute la peine du monde à t'emmener dans mon lit. Je n'ai pas envie que tu perdes du temps dans ma cuisine.

Je me serre juste un peu plus contre lui.

— J'aime ça quand tu te colles contre moi, admet-il. Ça me rend… heureux, je pense.

— Tu penses que ça te rend heureux ? C'est bizarre de dire ça.

— Peut-être, fait-il en embrassant le dessus de ma tête. Tout me semble différent ces jours-ci.

— Comment?

Sa poitrine se soulève tandis qu'il inspire.

— Je n'en suis pas certain, dit-il enfin. Avant cette blessure, je n'avais pas beaucoup le temps pour réfléchir. Je faisais juste passer d'un match à un entraînement, à un match et à un party. Je ne restais pas couché à contempler le monde, tu comprends?

— Alors, tu restes étendu ici à réfléchir à la paix dans le monde? le taquiné-je. C'est bon à savoir.

— La seule chose à laquelle je pense en ce moment est celle-ci, dit-il en se tournant sur le côté pour plonger son regard dans le mien. C'est que j'ai eu enfin du temps à moi, sans rien à faire. Ça m'a permis de réfléchir à des choses.

— C'est inquiétant.

— N'est-ce pas?

Il m'adresse un sourire que je n'ai jamais vu avant. Il est tendre et doux, et j'ai envie de me soulever pour déposer un baiser sur ses lèvres écartées. Ce que je fais.

Me blottissant de nouveau contre lui, je finis par craquer comme je pensais que j'allais le faire. C'est trop facile d'être avec lui : il est trop gentil, trop sexy, trop doux. Je pourrais faire comme si je ne m'en rendais pas compte, mais ce serait un bon gros mensonge. Je ne sais pas si c'est de l'amour ou un désir sexuel débridé, mais peu importe ce que c'est, ça me tient prisonnière.

— Tu sais que je n'ai pensé qu'à toi, hein? murmure-t-il.

Mon cœur se fige. Je laisse glisser mes doigts sur ses biceps dans un mouvement de va-et-vient, regardant les poils se dresser sur leur passage.

— Ça semble normal, blagué-je.

— Qui est prétentieuse en ce moment ? demande-t-il en rigolant.

— Prétentieuse ? J'appelle ça logique. Tu penses à moi. Ça arrive. Mais prépare-toi, tu vas penser à moi de plus en plus maintenant que je suis dans le décor.

— C'est vrai.

Je le sens s'immobiliser contre moi, sa paume reposant sur le haut de mes fesses. Ça prend de longues minutes avant qu'il se mette à dessiner ce que je pense être des bâtons de baseball.

— On en est où alors ? demande-t-il.

Il y a de l'espoir dans sa question, ce qui touche directement mon cœur.

Je m'éloigne et le regarde dans les yeux. Mon propre espoir renferme beaucoup d'attentes et je dois me montrer fine.

— Prenons ça un jour à la fois.

— Je te l'ai dit, énonce-t-il, que j'ai toujours une longueur d'avance. Au baseball, on appelle ça une échappée.

Il pose sa tête sur l'oreiller en duvet et m'attire de nouveau sous son menton.

— Pourquoi tu n'admets pas simplement que tu veux être avec moi ? ajoute-t-il.

— Je vais l'admettre, dis-je simplement. J'ai envie d'être avec toi.

— Tu es la femme la plus déconcertante que j'ai jamais rencontrée.

— Je ne suis pas déconcertante, fais-je en souriant. Je suis plutôt simple, en fait.

— Alors, j'ai besoin de ton aide, mam'zelle Simplicité. Si tu sais que tu veux être avec moi, et qu'il est évident que je veux être avec toi, dit-il en collant ses hanches contre moi afin que je puisse le sentir, pourquoi on n'est pas ensemble ?

— On est ensemble, fais-je en balançant une jambe par-dessus sa hanche. Tu me sens ? Je suis là. Avec toi. Ensemble.

Il soupire de frustration.

— OK, posons ça d'une autre manière. La plupart des femmes me harcèlent.

Je roule des yeux, même si je suis sûre que c'est vrai.

— Je n'y peux rien, fait-il avec un clin d'œil. Mais toi… j'ai l'impression que je recherche ta compagnie plus que tu ne recherches la mienne, et c'est complètement bizarre.

— Je ne pense pas que ce soit vrai. C'est arrogant de ta part, mais pas vrai, rigolé-je.

— Alors, peux-tu aider un gars ? grogne-t-il. Soigne mon ego.

— Ton ego va bien.

— Mais tu cherches à te défiler, chérie.

Je roule à l'écart de lui afin qu'il puisse voir mon visage.

— Tu abordes des sujets brûlants, voilà ce qu'il y a, lui dis-je.

— Continue…

— Si je m'engage avec toi, je sens que je vais devenir un peu plus comme ma mère, et je me suis promis de ne jamais être comme elle.

Je n'avais jamais admis ça à voix haute avant et c'est un truc drôlement personnel à déballer devant un homme qui vient probablement d'une famille parfaite. Et c'est embarrassant aussi.

— Hé, dit-il en passant un bras autour de moi, c'est quoi tout ça ? Tu ne veux pas être comme ta mère ? Qu'est-ce que ça a à voir avec moi ?

— Mon père a fait carrière dans le sport, expliqué-je. Ma mère a fini par le perdre et par se perdre elle-même au profit du sport. Les athlètes professionnels sont ce qu'ils sont parce que c'est leur passion, la chose qui importe plus que tout. Tu ne serais pas rendu là où tu es si ce n'était pas vrai.

— Dani…

Je me tourne afin de pouvoir le regarder par-dessus mon épaule.

— Je me suis promis que je ne serais jamais comme eux. Je ne ferai jamais passer ceux que j'aime après le sport, et je ne laisserai jamais quelqu'un d'autre faire passer le sport avant moi.

— Je ne fais rien passer avant personne.

— Mais tu le feras, répliqué-je, essayant d'empêcher ma voix de casser. Je comprends. Je respecte même ça. Tu as un talent que seule une poignée de gens au monde possède. C'est un grand privilège pour toi. Mais je ne veux pas être écrasée quand tu vas conquérir le monde.

— Je ne vais jamais t'écraser.

— Je sais que tu ne le ferais pas, dis-je en touchant sa joue. Du moins, pas intentionnellement. Mais c'est plus que ça.

Ma main tombe et je prends une grande respiration.

— Ce n'est pas seulement ça, continué-je, mais c'est aussi de ne pas mener une vie comme celle de ma mère. Attendre mon homme à la maison. Espérer qu'il appelle. Écouter les statistiques pendant le dîner et le supplier de me réserver un peu de temps à travers ses centaines de matchs. Ce n'est pas la vie que je souhaite. Cette vie a brisé ma mère, j'en ai été témoin. Je n'ai pas vraiment eu de parents à cause de ça. Ce que j'attends de la vie est aux antipodes.

Ses traits se plissent et son regard s'assombrit pendant qu'il m'écoute. La gravité de son expression me fait penser qu'il réalise à quel point j'ai raison, à quel point je sais à quoi ressemble sa vie. Et qu'une relation entre nous ne peut pas vraiment devenir sérieuse.

— J'aime comment les choses se passent entre nous, dis-je d'une voix plus douce. Tu es tellement amusant, brillant, sexy. Mais on doit vraiment essayer de s'en tenir à ce stade.

— J'ai l'impression que c'est totalement injuste, dit-il avec une sorte de raillerie dans la voix. De toutes les filles qui ont envie de moi, il fallait que je m'attache à toi.

Je donne une tape sur sa poitrine et nous rions tous les deux. Il me tire de nouveau près de lui. Il y a une tendresse dans son regard, qui touche ma corde sensible. Et si je n'y prenais pas garde, je pourrais m'enticher. Je sais aussi que je ne peux pas me le permettre. Peu importe la douleur que ça me causerait de ne pas m'investir dans cette relation.

— Ne le prends pas mal, Landry, mais ça serait dur pour toi de me voir partir.

— Tu n'aimes pas l'aspect de mon cul ? blague-t-il.

— Pas autant que l'aspect de ton visage.

Il prend une grande respiration, le regard troublé.

— Tu me plais, et foutrement. Tu m'aides à me rappeler ce que c'est que de… me surpasser.

— Tu n'as pas besoin de te surpasser.

Son sourire touche un point sensible au fond de mon cœur.

— Tu vois ? dit-il d'une voix douce. Exactement ça. C'est pourquoi j'ai envie de t'emprisonner.

Il scrute mon regard, comme pour appuyer sur ses mots.

— Bon sang, soupiré-je, en essayant de garder un ton léger avant de succomber à ses belles paroles. C'est si difficile de te résister.

— Alors, ne résiste pas.

J'y songe un moment.

— Tu connais Weston Brinkmann ?

Il fait une grimace comme s'il venait juste de mordre dans un citron.

— Pourquoi ?

— Il a voulu sortir avec moi il y a un an environ et j'ai refusé.

— Fille intelligente. C'est un enculé de merde.

Je ris en le serrant contre moi.

— Je l'ai repoussé même si je l'aimais bien juste parce qu'il joue au baseball. Pour les mêmes raisons dont je viens de te parler.

Il se contente de m'observer.

— Tu vois, c'est le problème, confié-je. Je l'ai repoussé. Je ne peux pas te dire non. Je ne sais pas ce que ça signifie exactement, mais ça m'effraie.

— Tu ne devrais pas avoir peur parce que tu es seule. C'est comme boire quand on est triste… Trouve-toi un partenaire, fait-il avec un clin d'œil. Pourquoi ne pas passer du temps ensemble ? On pourrait se pratiquer au bâton, dîner ensemble et même prendre des petits-déjeuners si ça se passe bien. Je promets d'utiliser mes bonnes manières du vieux Sud.

Ma jambe retombe par-dessus lui, cette fois de façon à ce que mon sexe soit aligné avec son membre.

— Je peux sentir ta chaleur, dit-il pendant que sa respiration s'accélère. Prête pour la deuxième manche ?

– Seulement si tu promets de ne pas utiliser ces bonnes manières du vieux Sud.

– Marché conclu.

15

Lincoln

Danielle est partie.

Lorsque je me suis réveillé, elle n'était pas à côté de moi. J'espérais qu'elle soit dans la douche ou le salon, ou la cuisine. Mais j'ai inspecté soigneusement chaque pièce et n'ai rien trouvé, sinon un petit mot écrit au dos d'un menu de mets à emporter.

Bon matin, Landry.

Merci pour hier soir. Et de rien, en passant. J'avais des trucs à faire ce matin, alors je suis partie. Tu vas probablement devoir aller à l'épicerie. Tu n'as pas de café. Qui es-tu ?

Xo

Danielle

« Bien sûr », me dis-je en tenant le mot dans ma main tout en sortant un carton de lait du frigo. Je renifle le contenu avant de boire directement du carton. « Tu es partie parce que tu avais des choses à faire. Exact. »

Elle est partie parce que l'idée d'avoir dormi toute la nuit dans mes bras l'embêtait. Qu'on a fait l'amour trois fois après avoir quitté le restaurant, jusqu'à ce qu'elle se pousse en douce d'ici, quelque part après six heures du matin. Qu'elle a aimé ça.

Si elle n'avait pas aimé ça, elle n'aurait pas souri dans son sommeil ou dormi comme un ange tout contre moi. Elle ne m'aurait pas laissé l'embrasser dans son sommeil ou n'aurait pas pris la fuite ce matin.

Elle est décourageante. Cette fille a vraiment un défaut après tout.

Souriant, je jette un coup d'œil au courrier de la veille. Une lettre de la direction des Arrows figure parmi la pile de factures et de courriers indésirables. Je la lis à voix haute :

« Blablabla », fais-je en cherchant des mots significatifs. « Nous attendons… blablabla… une évaluation définitive le mardi 25 novembre. Nous vous rencontrons au sujet de votre contrat après le congé de l'Action de grâce. »

Je teste mon épaule, la faisant rouler encore et encore. Elle va mieux, elle est plus forte. Mais pas assez forte pour lancer une balle sur une distance de 60 mètres. Pas assez forte pour chasser cette sensation de nausée qui me serre l'estomac.

« Putain », dis-je en repassant mentalement les dates et les heures de ma rééducation.

À quel point je peux encore pousser ? Est-ce que je peux accélérer tout ça d'une manière ou d'une autre ? Et si ça ne fonctionne pas ? Et si…

Le bourdonnement de mon téléphone interrompt le fil trouble de ma pensée, et je galope jusqu'à ma chambre pour le ramasser précipitamment. Je vois alors qu'il s'agit de Graham.

— Justement l'homme à qui j'avais envie de parler, dis-je en retournant vers la cuisine.

— Pourquoi est-ce que ça ne me rassure pas ?

— Parce que tu es intelligent, G. Super intelligent.

— Eh bien, laisse-moi parler d'abord, soupire-t-il. Ford a appelé ce matin. Il sera officiellement à la retraite et de retour à la maison pour de bon. Il veut mettre en place une nouvelle branche de la société de portefeuille Landry. Les détails n'ont pas encore été conclus, mais ça toucherait fondamentalement des valeurs pour les particuliers, les entreprises, des trucs comme ça.

— Ça me paraît brillant, déclaré-je en faisant un détour par le salon.

Je ramasse une balle de baseball sur une chaise à côté de la bibliothèque et la lance dans les airs.

— Pourquoi faut-il que je sache ça ? demandé-je.

— Puisque nous sommes tous actionnaires de la société Landry, nous avons tous une voix pour accepter ou non. C'est un risque potentiel, mais d'un autre côté, un gain potentiel, pour nous tous.

J'y songe un instant en relançant la balle en l'air.

— Je n'ai rien à objecter. Ford sait ce qu'il fait. Je dirais de le laisser faire. De nous tous, c'est probablement lui qui a le moins puisé dans notre héritage. Que disent les autres ?

— Barrett est d'accord. Je suis d'accord. Si tu es d'accord, on a la majorité. Mais je ne pense pas que Camilla sera contre, même si elle se conduit de façon un peu bizarre ces jours-ci.

Ça pique mon intérêt. Il ne se passe jamais rien avec Camilla. Elle est aussi ennuyeuse qu'un vulgaire pain blanc tranché. Ce n'est pas une mauvaise chose, je compte sur sa prévisibilité. Mais s'il est arrivé quelque chose à Miss Perfection, je dois entendre ça.

– Sienna sera d'accord, affirmé-je en parlant pour la sœur qui pourrait être ma jumelle morale. Mais dis-m'en plus au sujet de Camilla. Qu'est-ce qui se passe ?

Graham laisse fuser bruyamment de l'air, son siège de bureau grince en arrière-plan.

– Je ne suis pas vraiment sûr. Tu sais qu'elle est habituellement toujours là ? Toujours disponible ? Toujours aussi disciplinée que maman ?

– Ouais.

– Eh bien, ça s'est arrêté il y a quelques semaines. Elle n'est plus aussi souvent là et elle ne retourne plus ses appels. Je lui ai laissé un message au sujet de la société de valeurs et un autre sur un événement que maman planifie. Je lui ai dit que j'avais besoin de son avis, mais nada. Aucun retour d'appel, aucun texto. Rien.

– Elle va bien au moins ? Je veux dire, l'as-tu vue dernièrement ? Elle n'a pas été kidnappée ou un truc comme ça ?

– Elle vient dîner ce dimanche, répond-il en riant. Elle était là. Mais tiens-toi bien, notre petite sœur portait des espadrilles.

– Camilla ?

Mes traits se tordent de confusion tandis que j'essaie de l'imaginer rabaisser son standing.

– Es-tu sûr qu'il ne s'agit pas de Sienna ? rigolé-je.

– C'est foutrement bizarre, fait remarquer Graham. Mais c'est une grande fille. Elle a peut-être décidé qu'elle ne voulait pas devenir la potiche de quelqu'un après tout.

– Peut-être, concédé-je en montrant mon impatience. Mais c'est à mon tour d'annoncer des nouvelles. En fait, j'en ai deux.

— Super, fait mon frère.

— Ne t'excite pas trop.

— Fais-moi confiance. Je suis déjà sous le choc.

— Enfoiré, grommelé-je. Premièrement, j'ai reçu une lettre de la direction. Je vais passer une évaluation finale le mardi avant l'Action de grâce. Après ça, nous allons renégocier.

— D'accord…

— D'accord… tu pourrais me rassurer à ce sujet, non ?

Son rire éclate dans l'écouteur.

— Tu veux que je te dorlote ? Désolé, Linc. Ce n'est pas à moi de te mettre du baume au cœur.

— Je n'ai pas besoin d'être réconforté, maugréé-je. Dis-moi juste, de façon pragmatique, comment ça peut bien se finir.

Je roule des yeux en l'entendant soupirer, me sentant comme un enfoiré en manque d'affection. Finalement, après une pause assez longue pour me faire penser qu'il a peut-être raccroché, il parle.

— Comment va la rééducation ? Comment te sens-tu ? demande-t-il.

— Bien.

— Ça va bien aller. Tu es un athlète et tu sais que les blessures font partie du jeu. La direction le sait aussi. Continue ta rééducation et tu verras ce qui arrive.

— Et s'ils ne signent pas avec moi ?

— Il y a une chance, comme toujours, que tu changes de ville. Tu le sais.

— Ouais, ouais, dis-je dubitatif.

— Mais tu vas avoir un travail. Et, même si ce n'est pas le cas, je m'occupe de ton argent. Tu n'as pas à t'inquiéter à ce sujet.

Il a raison, mais ce n'est pas le problème. Ce n'est pas que j'ai peur de ne pas pouvoir me payer de la bouffe ou une maison. C'est plus comme… ce que je deviendrais si je ne jouais plus au baseball. C'est un sujet délicat. Je n'ai pas de diplôme en administration des affaires ou en marketing. Je serais juste un has-been de plus avant 30 ans et la plus grande déception de ma famille.

– OK, passons au prochain sujet, dis-je en m'affalant sur le sofa et en chassant le baseball de mes pensées. J'ai besoin d'un plan.

– Pour ton après-carrière ?

– Non, dis-je avec un serrement de gorge. Ne ris pas.

– Si ça vient de toi, je me réserve le droit de rire.

Ça va être dur à faire oublier, le fait que moi, le plus séduisant de la famille, a du mal à séduire la fille que je veux. Si je le dis à Graham, il le dira à Barrett et probablement à Ford, et puis je serai cuit. Les fêtes à la maison ne seront plus jamais les mêmes. Même si je sais que je risque de ruiner ma réputation avec Graham, j'ai quand même besoin de lui.

– Très bien, grommelé-je. J'ai rencontré une fille. Celle dont je t'ai parlé l'autre jour, tu t'en souviens ?

– Ouais, répond-il sur un ton babin.

– Elle ne veut pas me revoir.

J'attends l'éclat de rire à mon adresse en grimaçant. Il ne faut pas longtemps avant que Graham ricane à l'autre bout du fil. Lançant la balle sur le sofa, j'attends qu'il se lance.

– Désolé. Je pensais que je venais juste de t'entendre dire qu'elle ne veut pas te voir, lâche-t-il enfin.

– C'est ce que j'ai dit. Je ne veux pas dire qu'elle ne veut pas me revoir du tout, parce que je l'ai baisée trois fois la nuit dernière et qu'elle a dormi dans mon lit. Mais contrairement à la plupart des femmes qui collent le lendemain, elle n'est pas restée.

Ma voix s'étrangle pendant que mon esprit est envahi par de sinistres pensées.

— Est-ce à ça que va ressembler ma vie si je n'ai pas de nouveau contrat ? Est-ce que je vais devenir un raté ?

— Tu vas avoir un nouveau contrat, me rassure Graham.

— Mais si je n'en ai pas, est-ce qu'il faut que je m'attende à ça ? Avoir une vie comme la tienne ?

— Va te faire foutre, grogne Graham. Je te ferai remarquer que je n'ai aucun problème à avoir des filles. Je ne t'ai jamais appelé pour avoir des conseils, non ?

— C'est parce que tu as un plan pour à peu près n'importe quoi, rigolé-je. Tu suis tes propres conseils.

— C'est vrai. Maintenant de quel genre de conseils as-tu besoin avec Miss Je-Te-Fuis ?

— Tu n'as pas besoin de l'exprimer comme ça, enfoiré, l'avisé-je. J'ai besoin d'un plan pour la conquérir. Je pense que je dois la convaincre que je suis plus qu'un athlète. Elle est plutôt contre les dieux du baseball. Étrange, hein ?

La ligne devient silencieuse avant que mon frère formule sa proposition.

— OK, parle-moi d'elle. En dehors de ses attributs physiques, je te prie.

— Alors, tu penses que j'allais commencer par son corps sexy ?

— Absolument.

— Eh bien, tu t'es trompé. J'allais commencer par son sourire.

— Son sourire ? aboie Graham. Mais qu'est-ce qu'elle a fait à mon frère, bon sang ?

– Très drôle, dis-je en faisant rouler des yeux. Elle travaille auprès des enfants. Elle gère des activités et des trucs à l'hôpital où je reçois des soins. C'est tout ce que je sais vraiment à son sujet. Et qu'elle a un dédain pour les athlètes, de baseball spécifiquement. Elle ne s'est pas vraiment ouverte à moi.

J'entends la langue de Graham claquer pendant qu'il dissèque cette information. Son siège couine de nouveau en arrière-fond, avec un claquement plus éloigné.

Je marche en décrivant un cercle sur le tapis en laine bleu marine. Je regarde l'empreinte que laissent mes pieds nus dans la foulée, essayant de trouver un rythme dans mes pas.

– Tu as la fibre familiale. Alors, si elle aime les enfants, elle sera probablement attirée par ça, dit enfin Graham. Est-elle proche de sa famille ?

– Non, pas vraiment. Son père est un goujat et sa mère a l'air d'une sacrée mégère aussi, je pense.

– De mieux en mieux.

– Graham, il n'y a rien de bon là-dedans.

– OK, essayons ça.

Il se lève, je peux le déceler à l'accélération du débit de sa voix. Il a hérité de tant de tics de papa, et celui-là en est un.

– Ça va sembler fou…, poursuit-il.

– Ça commence bien, blagué-je.

– Les femmes aiment voir un homme avec des enfants. Surtout celle-là, je gage.

– Mais elle m'a déjà vu avec des enfants. J'ai fait de la peinture avec eux à l'hôpital. Ce n'est pas du nouveau.

– Tu me fais confiance ou pas ? demande-t-il en ricanant.

– Raconte.

— OK, lâche-t-il en m'avertissant de ne pas l'interrompre de nouveau. On doit redorer ton blason, un peu comme on l'a fait pour Barrett durant l'élection. Elle doit voir autre chose que le joueur de baseball qui meurt d'envie de la baiser.

— Putain, c'est ce que je veux.

— Voici ce que tu vas faire, dit-il en marmonnant pour lui-même. Je n'arrive même pas à croire que je te suggère ça.

— Vas-y, suggère, insisté-je.

— Utilise Huxley.

— Quoi ?

Je suis sûr d'avoir mal entendu. *Utiliser le fils de la compagne de mon frère ? Est-ce même moral ?* Je ris tout haut. *Est-ce que je m'en soucie ? Non. Non, pas vraiment.*

— Utilise Hux, répète-t-il.

Il semble aussi surpris par sa suggestion que je le suis moi-même.

— Penses-y, continue-t-il. Tu peux lui montrer que tu es un homme responsable capable de relations solides avec ceux et celles qu'il aime. C'est différent des jeunes à l'hôpital parce qu'elle peut penser que c'est de la comédie de ta part. Mais si tu as Huxley, c'est différent. C'est une facette de toi qui est indépendante d'elle. Tu saisis ?

— Ouais. Je vois, dis-je en réfléchissant à ça.

— D'ailleurs, je pense que Barrett est en route pour le Tennessee.

La beauté de son plan reluit devant moi comme une balle courbe qui tombe à point nommé. Si je peux la frapper, je vais faire un coup de circuit. Et ce circuit-là pourrait être plus gratifiant que tous ceux frappés dans un stade.

— Graham, tu es un génie.

– Ravi d'avoir pu être utile. Fais-moi seulement une faveur, veux-tu ?

– Quoi ? marmonné-je en essayant déjà de trouver comment le demander à Alison.

– Ne dis pas à Barrett que cette idée stupide était de moi.

Je jette un coup d'œil à mon reflet dans le miroir et souris.

– Graham, je dois y aller.

16

Danielle

Est-ce qu'on devrait se sentir honteuse lorsqu'on rentre discrètement après avoir découché ? Dans le passé, j'ai déjà eu ce sentiment de « ne me regardez pas comme ça » lorsque je revenais à la résidence universitaire ou à ma voiture. Ce matin, j'ai adressé un signe de main à ses voisins stupides.

Où est passée ma classe ? Où est passée ma dignité ? Je réprime un sourire en me rendant compte qu'elles sont restées coincées quelque part dans les draps de Lincoln roulés sur le plancher de sa chambre.

Douchée, les cheveux séchés et me sentant un peu raide, je remarque le sautillement dans ma démarche pendant que je tourne le coin en direction du Smitten Kitten. Chaque pas est accompagné d'une pulsation entre mes jambes. Je me demande quelle position exactement en est la cause. La cowgirl renversée ? Mes jambes sur ses épaules ? Sur son banc d'haltères ? Le tire-bouchon ?

Mon corps frissonne tandis que je me représente cette pause : moi reposant sur ma hanche et mon avant-bras près du rebord d'une chaise longe, les cuisses serrées ensemble, lui à califourchon derrière.

Je mouille de nouveau.

En entrant au Smitten Kitten, j'aperçois Pepper derrière le comptoir. L'endroit est rempli de clients qui dégustent des croissants et des sandwichs à la salade de poulet.

– Salut! dit-elle pendant que j'approche. Tu es de bonne heure.

– Vraiment?

– Pourquoi? questionne-t-elle en fronçant les sourcils.

Je me demande si je pourrais lui mentir sans qu'elle s'en rende compte. Il devient vite évident que non.

– Très bien, dis-je en fouillant dans mon sac à main comme s'il y avait quelque chose dont j'avais vraiment besoin, caché au fond. J'ai peut-être passé la nuit chez Lincoln.

– Pas vrai!

– Chut, dis-je en rougissant. C'est quelque chose qu'on ne peut pas crier sur tous les toits, Pepper.

Elle plaque la main sur sa bouche en regardant les clients autour d'elle.

– Désolée, s'excuse-t-elle d'un ton plus raisonnable. Mais que t'attendais-tu que je dise? Tu as passé la nuit chez Lincoln « lèche-moi » Landry.

– Chouette.

– Il l'a fait?

– Fait quoi?

– Te lécher.

La mâchoire me tombe pendant que j'ai un petit rire.

– Tu me donnes quelque chose à emporter ou je sors d'ici. Bon sang. Tu n'as donc aucune classe?

– Ça m'est déjà arrivé, rigole-t-elle.

— Disons que oui pour aujourd'hui. J'ai besoin d'un peu de temps pour me faire à ça.

— Est-ce que c'était incroyable ? demande-t-elle en se penchant. Réponds juste à celle-là. Donne-moi un os à ronger.

Je me penche aussi.

— C'était incroyable.

Son regard s'illumine tandis qu'elle donne un coup poing dans le vide.

— Dieu merci. Parce que s'il était médiocre au lit, tous les fantasmes que j'ai eus auraient été ruinés.

Elle disparaît à l'arrière du comptoir et revient avec un sac en papier.

— Et voilà.

Je lui tends ma carte de crédit et elle la fait glisser avant de me la rendre.

— Merci, dis-je en prenant la carte.

— Où est-ce que tu vas là ?

— À la maison.

— Je viens juste d'empaqueter un petit-déjeuner pour deux.

Jetant un coup d'œil dans le sac, je m'aperçois qu'elle n'a pas menti. Il y a deux chocolatines, deux contenants en styromousse et une boîte de fraises. Soupirant, je regarde son visage rempli d'espoir.

— Je rentre chez moi. Tu veux préparer un sac pour une personne ?

— Pourquoi rentres-tu chez toi, Danielle ?

— Parce que…

— Parce que ton Lincoln a un rendez-vous ce matin ?

— Quelque chose comme ça.

— Tu as tiré un coup et tu t'es tirée, c'est ça ?

— Mon Dieu, Pepper.

— C'est ça ? Bon sang, Danielle !

Le sac fait un bruit sourd en retombant sur le comptoir.

— Ne me donne pas du « bon sang, Danielle ». J'essaie de suivre le courant mais en gardant la tête hors de l'eau, ça va ? Il est comme une kryptonite. Séduisant, suffisant, confiant, adorable, génial au lit, et tout un joueur de baseball. Il incarne tous les péchés que j'ai envie de commettre, réunis dans un même corps alléchant.

— Alors, c'est quoi le problème ?

— Aie… maugréé-je. Est-ce que tu m'écoutes ? Tu ne me connais pas ?

Elle ne semble pas impressionnée par mon explosion.

— Je te connais, oui. C'est pourquoi ça me rend plus gaie qu'un pinson de te voir avec cette énergie en ce moment. De voir cette étincelle dans ton regard et ton sang bouillonner. Tu dois surmonter cette crainte ridicule que tes relations finissent toujours en peine d'amour.

— C'est pas ridicule. C'est plutôt…fais-je en regardant le plafond pour trouver l'inspiration. Imagine ça : tu grandis dans une famille qui aime le sucre. C'est leur faiblesse, OK ?

— Et c'est mon cas, réplique Pepper.

— Essaie de suivre, la réprimandé-je. Disons qu'ils en sont tellement dépendants qu'ils ne peuvent pas avoir de sucreries dans la maison. Car ils les mangent toutes. Sans laisser une seule graine. Rien.

— OK…

— Puis tu déménages. Tu ouvres ta propre pâtisserie. Tu es en sécurité parce qu'ils ne sont pas là pour manger tes sucreries, n'est-ce pas ? Puis imagine que tu craques pour un type. Il est parfait… sauf qu'il a aussi une dépendance au sucre.

Elle me regarde avec des yeux vides.

— Tu vois où je veux en venir ? demandé-je.

— Ouais, mais s'il a la gueule de Lincoln, je me contente de le menotter au lit.

Faisant rouler des yeux, j'attrape le sac et me dirige vers la porte.

— Hé, lance-t-elle derrière moi. Je veux des détails. Ne pense pas que tu vas t'en sortir aussi facilement !

La cloche tinte lorsque la porte se referme derrière moi. J'arrive à ma voiture en un temps record. J'ai besoin d'espace. J'ai besoin d'air. Je dois réfléchir.

Lorsque mon téléphone sonne avant que je sorte du stationnement, je sais que c'est Pepper et qu'elle ne lâchera pas tant que je ne lui donnerai pas quelque chose pour occuper son esprit.

— Très bien ! crié-je presque au téléphone. Sa queue fait environ 25 cm, et il m'a baisée dans à peu près toutes les positions possibles. Ma préférée reste le tire-bouchon. Tu ne sais pas ce que c'est ? Cherche sur Google.

Mon doigt s'apprête à pointer pour mettre fin à cet appel, quand j'aperçois le nom à l'écran et laisse tomber le téléphone.

— Merde ! m'écrié-je en fouillant sur le plancher du côté passager jusqu'à ce que je trouve l'appareil allumé.

Mon cœur bat fort pendant que je me demande si je coupe la communication ou si je parle à Lincoln. Humiliée, je le porte à mon oreille et ferme les yeux en les plissant. Il est silencieux.

Il n'a peut-être pas entendu. Seigneur, faites qu'il n'ait pas entendu.

— Allô ! dis-je sur un ton décontracté.

– Je dirais que 25 cm est correct et j'ai pris une note au sujet du tire-bouchon. Heureux d'avoir appelé, rit-il.

– Salut, Landry.

J'ai envie de m'enfoncer dans le siège et de me fondre au cuir.

– C'est une bonne façon d'apaiser ma déception que tu sois partie en douce.

– Je ne suis pas parti en douce. J'ai laissé un mot.

– Pour info, le mot n'a rien changé. Mais t'entendre parler de ma queue, oui. Vraiment. D'ailleurs à qui parlais-tu ?

– Va te faire voir, fais-je en souriant.

Prête à changer de sujet, je passe sur le Bluetooth et m'engage sur la rue.

– Pourquoi appelais-tu ? Tu espérais m'entendre me ridiculiser ?

– Chérie, il n'y a rien de ridicule à ce qu'un homme t'entende dire à quel point tu aimes passer du temps avec lui.

Je ne sais pas ce qui me fait pâmer le plus, qu'il m'appelle « chérie » ou le grain rauque de sa voix. Évidemment, il m'a déjà appelée ainsi, mais l'entendre quand il n'est pas en moi est différent. Plus significatif. Comme un choix de mots délibéré plutôt qu'une réaction.

Il s'éclaircit la gorge.

– Je t'ai appelé parce que j'ai besoin d'une faveur.

– Vraiment, Landry ?

– Vraiment, Dani, se moque-t-il. Mon frère a besoin de quelqu'un pour garder le garçon de sa compagne pour la nuit demain soir. Ils ont quelque chose à faire à Nashville et veulent emmener le jeune, mais il ne pourra pas les accompagner ce soir-là. Et Alison, la copine de mon frère, ne fait pas confiance aux baby-sitters.

– En quoi puis-je t'aider ?

— Viens dîner avec nous. Aide-moi à l'amuser. Il a 10 ou 11 ans, et il est pas mal cool. Il s'appelle Huxley et c'est un grand fan de baseball. Alors, évidemment, on s'est bien entendus tous les deux.

— Alors, pourquoi aurais-tu besoin de moi ? Tu me sembles être sur la bonne voie.

— Je ne suis jamais resté seul avec un jeune toute la nuit.

— Je ne resterai pas toute la nuit avec toi et ton neveu, Landry.

— Je ne te demande pas ça, dit-il en se moquant de nouveau. Je te demande de venir dîner, de regarder un film, de faire des legos ou n'importe quoi. Viens passer du temps avec nous.

Je laisse fuser une expiration en tournant sur ma rue. Encore une fois : kryptonite. Je ne peux pas dire non à cet homme. Même si je devais me détourner lentement du prédateur qu'il représente, je ne peux pas. J'aime être sa proie.

— À quelle heure ?

— 18 heures, répond-il.

Je sais qu'il sourit. Mais c'est correct. Je souris moi aussi.

17

Lincoln

En courant dans le corridor, mon poids fait trembler les photos contre le mur.

— J'arrive ! crié-je lorsque la sonnette retentit de nouveau.

J'ouvre la porte comme un jeune à la période de Noël.

— Salut !

— Oncle Linc !

Huxley se précipite sur moi et passe ses bras autour de ma taille.

Riant, je frotte mes jointures sur le dessus de la casquette des Arrows que je lui ai donnée. Puis je lève les yeux et adresse un clin d'œil à Alison.

— Pourquoi as-tu emmené ce type ? fais-je ironique.

— Parce que ce type est son fiancé, lâche Barrett d'une voix enjouée.

— Officiellement ?

— Non, soupire Alison en faisant rouler ses yeux. Il est mieux de faire sa demande bientôt, sinon je pourrais le quitter.

— N'essaie même pas, gronde Barrett, ce qui la fait rire.

Je me détache d'Huxley et fais une accolade à mon frère :

— Comment ça va ?

— Prêt à passer un moment sans interruption avec Alison, dit Barrett.

Nous nous tournons tous les deux vers la femme à ses côtés. Une robe rouge souligne ses courbes, ses lèvres sont de la même couleur. J'ai déjà vu ce style monochrome un million de fois, mais sur elle, c'est différent. Chic. Distingué. Mais elle n'est *pas à moi.*

C'est une vieille blague que j'ai le béguin pour la copine de mon frère. Mais *c'est* une blague. Je ne la toucherais pas, même si ma vie en dépendait. En fait, je démolirais n'importe quel crétin qui essaierait. Alison est différente. Elle est intelligente. Amusante. Inspirante. Elle ressemble beaucoup à Danielle.

— Que nous vaut cet air ? demande Alison juste avant de m'embrasser sur la joue.

Ses doigts touchent mon visage et elle essuie le rouge à lèvres.

— Quel air ?

— Cet air qui semble indiquer que tu penses à quelque chose ou à quelqu'un d'autre ?

Lui adressant un clin d'œil, j'écarte les bras pour l'inviter à suivre Barrett et Huxley dans la maison. Je referme la porte derrière nous.

— Est-ce que je peux visiter ? demande Hux dans le salon. S'il te plaît ?

— Vaux mieux pas, avertit Barrett en me guettant du coin de l'œil.

L'horreur potentielle qui teinte ses traits me fait rire.

— Vas-y, Hux.

— Youpi ! dit-il en filant.

— Ne touche à rien ! N'ouvre pas les tiroirs ! lance Barrett derrière lui.

— Et ne regarde pas dans son téléphone, ajoute Alison en me donnant un coup de coude dans les côtes. Lincoln Landry, tu n'as aucune idée de la conversation que j'ai dû avoir avec mon fils quand il a trouvé tes textos.

— C'était un seul texto, dis-je en grimaçant, et il n'y avait même pas de photo…

— C'était très, très imagé…

— Mais elle n'a jamais donné suite. Et ce n'est pas le point, fais-je avec un sourire. Huxley n'a même pas lu le passage intéressant. Je lui ai dit que ça parlait d'un chaton à la fourrière. Il l'a cru.

Alison pose les mains sur les hanches.

— Et j'ai dû acheter un chat !

— Et je déteste les chats, ajoute Barrett en secouant la tête. Garde simplement ce téléphone hors de portée. Pigé ?

— Ouais, ouais. Bon sang, on dirait que vous regrettez d'avoir accepté de me le laisser.

— On a accepté seulement parce qu'on a besoin d'une nuit à nous deux, soupire Barrett.

Sa main trouve la hanche d'Alison et il la tire contre lui, tandis qu'elle pose la tête sur l'épaule de mon frère.

— On n'a pas eu une nuit à nous depuis une éternité. On a besoin d'une pause.

Avec un petit sourire, je m'apprête à dire de quelle façon je passerais une nuit seul avec Alison si j'étais lui, mais je suis réduit au silence par le regard glacial d'avertissement de Barrett avant de pouvoir laisser sortir un mot. Au lieu de ça, je ris et me dirige vers la cuisine.

— Vous voulez quelque chose à boire ?

Ils déclinent mon offre, mais me suivent dans la pièce. Alors que je saute pour m'asseoir sur l'îlot, je regarde mon frère. Il me rend mon regard. Nous échangeons un sourire. Ce geste est chargé d'une émotion que je n'ai jamais pu trouver avec personne d'autre, sinon avec mes frères et sœurs. C'est un signe de réconfort, de compréhension qui signifie : « je ne sais pas ce que tu mijotes, mais je suis avec toi ».

Barrett regarde Alison de cette façon. Ford regardait sa copine comme ça avant qu'ils ne rompent lorsqu'il est parti à l'étranger. Je n'ai jamais ressenti un sentiment semblable avec quelqu'un qui n'était pas un Landry.

— Parle-moi d'elle, dit Alison d'une voix douce.

Je souris comme un dingue parce que Barrett fait rouler des yeux, ce qui lui vaut un coup dans les côtes de la part d'Alison.

— Elle…

Je regarde mes pieds nus se balancer. C'est facile de plaisanter au sujet des femmes avec mes frères. Je suis le pitre de la famille. Je peux tout ramener à une blague. Mais avec Alison, c'est différent. Elle en capte beaucoup plus. Elle a un détecteur à conneries qui fait bip dès que j'ouvre la bouche.

— Vas-y, m'encourage-t-elle.

— Elle s'appelle Danielle. Je l'ai rencontrée par hasard. Elle…

— N'est pas une pute ? propose Barrett.

— Elle n'est pas une pute. Elle est belle, brillante et drôle comme tout. Elle me fait beaucoup penser à toi, Ali.

— Mais elle semble aussi insensible à tes abdos, si je m'en réfère à Graham, intervient Barrett.

Alison rit en passant sa main autour du bras de Barrett tandis que je grimace.

— Que Graham aille au diable.

— Hé, fait Barrett en haussant les épaules d'un air amusé. C'est le bruit qui court.

— Je pense que c'est une très bonne chose, murmure Alison en frappant mon frère. Ne prends jamais au sérieux une fille qui ne s'intéresse qu'à tes abdos, Linc.

— Mais ils sont super. Tu veux les voir ?

— Non, elle ne veut pas, riposte Barrett en me foudroyant du regard.

C'est à mon tour de hausser les épaules.

— Je voulais juste être sympa. Elle est avec toi depuis un petit bout. Elle n'a pas vu des muscles comme ça depuis longtemps.

Barrett, un sourire aux lèvres, s'apprête à lancer une réplique quand Huxley revient tranquillement dans la pièce.

— C'est pas mal ici. J'ai mis mon sac à dos sur le lit avec des boîtes. On peut les déplacer ?

Fronçant les sourcils, je grimace :

— Ouais. Je me demande ce qu'il y a dans ces boîtes.

— Comment, tu ne sais pas ? interroge Alison.

— Rita a sa façon de faire le ménage et je préfère ne pas m'en mêler. Alors, je libère le passage.

— Mais c'est ta maison, fait remarquer Hux.

— Bizarre, hein ? fais-je en haussant les épaules.

Barrett tape sur sa montre.

— Il faut qu'on y aille. Troy nous attend dans la voiture. On va repasser demain en après-midi.

— D'accord, dis-je en les suivant jusqu'à la porte.

Ils disent au revoir à Huxley et se tournent vers moi.

— Je t'en prie, ne l'abîme pas trop, grommelle Barrett avant de regarder Alison. Es-tu vraiment sûre que c'est une bonne idée ?

Alison m'embrasse de nouveau sur la joue. Me regardant dans les yeux, elle dit :

– Je le suis. Je lui fais confiance.

– Tu vois ? Elle me fait confiance.

– Elle est superbe, mais clairement pas très futée, soupire Barrett.

– Voulez-vous y aller, s'immisce Huxley en sautant sur le bout de ses pieds.

Alison et Barrett rient. Ils ouvrent la porte et Alison souffle un baiser à son fils.

– On se revoit demain. Prends bien soin de lui, Linc.

– Soyons réalistes : prends soin de lui, Hux, lance Barrett par-dessus son épaule.

– Je gère. Amusez-vous bien, soupiré-je.

Ils s'en vont et Huxley se tourne vers moi.

– On fait quoi maintenant ?

J'aimerais bien savoir pourquoi je suis pris au dépourvu par un jeune. Parce que c'est le cas. Le gamin fait un petit sourire qui semble inverser nos rôles.

– Qu'est-ce qui te fait rire ? demandé-je en me dirigeant vers le salon pour m'affaler sur le sofa.

Huxley grimpe sur le coussin à côté de moi.

– Je ne ris pas. Je me demande juste ce qu'on va faire. C'est tout.

– C'est tout, hein ?

Un sourire qu'il semble avoir emprunté à Barrett, un petit rictus rusé qui le fait paraître bien plus vieux qu'il n'est, flotte sur ses lèvres.

– Eh bien, presque. Je veux dire, je veux savoir ce qu'on va faire. Mais pas parce que je m'ennuie ou rien comme ça.

— Alors, tu es méfiant ? le taquinai-je en posant mes pieds sur la table basse.

— Je suis un gars cool, rigole-t-il, mais ouais, je suis méfiant.

— Tes parents voulaient peut-être juste être seuls, répliqué-je en haussant les épaules.

Ses traits se tordent de dégoût.

— Ils s'embrassent… Tout le temps.

Ce n'est pas tout ce qu'ils font. J'ouvre la bouche pour lui faire la remarque, mais le bon sens prend le dessus, et je ferme ma trappe. Ce n'est pas si important. Il me jette un regard en coin qui me fait éclater de rire.

— Quoi ? le taquiné-je.

— Les adultes sont dégueulasses.

Il retire sa casquette, ses doigts jouant avec le rebord, avant de reprendre la parole.

— Je peux te poser une question, Linc ?

La question est aussi pleine d'insinuations que mon sexe quand je regarde les fesses nues de Dani. C'est vraiment au-dessus de mes compétences. Je veux dire, je peux lui… expliquer… des choses. Mais d'une façon que mon frère coincé et Ali vont apprécier ? Probablement pas tant que ça.

Pourtant, en regardant le jeune, je sais que je devrais dire quelque chose. Ça prend beaucoup de courage simplement pour évoquer le sujet et je ne voudrais pas qu'il pense qu'il ne peut pas me parler. Avec Barrett comme beau-père, le jeune peut se sentir mal à l'aise de parler de sexualité. Je ne pouvais pas interroger mon père. Non pas que j'avais besoin de poser des questions. Avec trois frères plus vieux, et la plus belle gueule de la famille, j'ai pigé le truc assez vite.

– Bien sûr, dis-je avec légèreté. Qu'est-ce qu'il y a ?

Il a un serrement de gorge, ce qui me donne un serrement de gorge.

– Je sais ce qu'ils font lorsque la porte est verrouillée, mais...

– Ouais ?

Nous échangeons un regard, en gigotant tous les deux. Je ne sais pas qui est le plus nerveux.

– Eh bien, je me demandais, tu sais, genre, qu'est-ce qu'ils font ?

– Oh, merde, marmonné-je en évitant de le regarder.

J'étire mes jambes devant moi en essayant de trouver comment expliquer le sexe à un jeune qui ne connaît même pas encore les jurons.

Lorsque mes yeux croisent enfin les siens, je vois le petit gars qu'il est. Pas le garçon qui est assis devant moi, mais le petit gars qui vit à l'intérieur de lui. Le petit gars de six ans qui vit en chaque homme, indépendamment de l'âge que nous avons en réalité.

C'est cette petite voix dans notre tête qui nous rappelle qu'on n'est pas à moitié aussi en contrôle qu'on le laisse paraître. C'est la voix qui questionne chacun de nos gestes. C'est le petit gars qui se cache dans tout homme avec la peur de quelque chose, qui nous rappelle notre vulnérabilité, que ce soit face au monstre dans le placard ou à une réprimande de notre patron. Ou, dans le cas d'Huxley, à une mère qui aime un autre homme.

C'est ce qu'il me demande. Ça n'a rien à voir avec le sexe, Dieu merci, mais beaucoup plus avec un sentiment d'insécurité. Ça, je peux le gérer.

– Laisse-moi te poser une question.

Je prends la casquette dans ses mains et la lance sur la table basse.

— Comment ça se passe avec Barrett ? Et tu peux être honnête avec moi. C'est mon frère, mais tu sais, *c'est mon frère,* précisé-je en faisant un clin d'œil. Alors, il y a des fois où je ne suis pas son plus grand fan.

Hux soulève et abaisse les épaules.

— Je l'aime bien. Il me demande toujours ce que je pense, dit-en se mordant la lèvre. Je pense qu'il m'aime bien aussi.

— Aucun doute là-dessus. Tu es le gars le plus cool du monde.

Il rougit, ses petites joues s'étirant en un sourire.

— Voici ce qu'il y a, Huxley, continué-je. Lorsque Barrett et ta mère passent du temps ensemble, ils apprennent à se connaître. Tu vois ? Tu sais que l'amour de ta mère pour toi ne changera jamais. Peu importe ce que tu fais, ce que tu brises ou ce que tu dis avoir vu sur mon téléphone…

Huxley éclate de rire dans la pièce tout en essayant d'éviter mon regard.

— Tu es une petite crapule, tu sais ça ? J'ai pris toute une claque à cause de ça, dis-je en riant aussi.

— C'est toi qui m'as prêté ton téléphone !

— Une fois. Je te l'ai prêté quand j'étais à demi endormi. Ça n'arrivera plus.

Hux attrape sa casquette et la remet sur sa tête. J'agite la mienne en attendant qu'il se rassoie avant de poursuivre mes explications.

— Toi et ta mère vous formez une famille, dis-je enfin. Elle t'a donné la vie, mais quand les adultes se marient, ils choisissent cette personne à aimer. C'est différent.

— Je comprends.

– Et ta mère a dû choisir avec plus de soin parce que celui qu'elle aime fera aussi partie de ta vie. Mais pour elle, tu es la personne la plus importante au monde.

Petit à petit, l'anxiété s'atténue dans son regard.

– Tu penses ?

– Je sais, affirmé-je.

Il soupire et se cale dans le sofa. Regardant par la fenêtre, il semble absorbé dans ses pensées. Lentement, il se tourne vers moi.

– Alors, à propos de ce qu'ils font dans la chambre à coucher…

– Tu veux vraiment le savoir ? rigolé-je.

– Nan.

– Dieu merci.

18

Lincoln

— Es-tu sûr qu'il faut tous ces trucs pour faire à dîner?

J'inspecte la cuisine. On dirait qu'on a déversé un rayon d'épicerie sur le plancher, les comptoirs et la table.

— Comment je le saurais? Je suis un enfant, répond Huxley.

— C'est toi qui as lu les ingrédients sur l'application. J'ai besoin d'être rassuré, Hux.

— Il y avait environ sept ingrédients sur la liste. On a...

Il regarde les sacs en plastique qui envahissent la cuisine.

— On a beaucoup plus que ça. On devrait commencer par ranger ça.

Je commence à ouvrir les armoires et regarde à l'intérieur.

— Qu'est-ce que tu fais Lincoln?

— J'essaie de trouver où vont ces trucs.

Je pense qu'il soupire derrière moi, mais je ne revérifie pas. On manque cruellement de temps. L'application dit qu'il faut presque une heure pour faire les pâtes. Je dois aussi m'assurer que le vin est frais. Et je veux mettre le gâteau sur une assiette décorative, comme le fait ma mère quand elle veut faire croire qu'elle l'a cuisiné.

— Je peux te demander quelque chose ? dit Hux.

— Bien sûr.

— Pourquoi tu te donnes tout ce mal pour faire un dîner à une fille ? Elle te plaît, ou quelque chose comme ça ?

Ma main s'immobilise sur le sac d'épinards surgelés.

— Oui. Elle me plaît beaucoup.

— C'est quoi son nom ?

— Danielle.

Il hoche la tête, plaçant tous les ingrédients de la recette à côté de la cuisinière. Ensuite, il commence à ranger les choses dans une armoire vide.

— Je vais avoir besoin de ton aide ce soir, dis-je en plaçant une boîte de café juste à côté de ma cafetière flambant neuve.

— Comment ?

— J'ai besoin de toi pour convaincre cette fille que je suis formidable.

Il me jette un coup d'œil par-dessus son épaule.

— Tu vas être mon bras droit, précisé-je.

— Ton bras droit ?

— Ouais. Mon bras droit, répété-je, en déposant différentes crèmes à café dans la porte du réfrigérateur. Ça veut dire que ta tâche consiste à être adorable et à dire de gentilles choses à mon sujet quand tu en as l'occasion. Mais tu sais, il ne faut pas trop pousser. Juste quand l'occasion se présente. Et ne dis rien au sujet des textos dans mon…

— J'ai compris. Tu as besoin de moi pour qu'elle tombe amoureuse de toi.

– Amoureuse de moi ? objecté-je. Non, non, non. Tu n'as rien compris.

La petite crapule m'adresse un sourire rusé. Si je ne le connaissais pas, je croirais que c'est le fils de Barrett avec cet air.

– Je pense que je saisis mieux que toi, déclare-t-il.

– Tu parles, soupiré-je, en ouvrant une boîte de grandes assiettes bleu marine.

– On devrait les laver d'abord, propose Huxley.

– Quoi ? m'écrié-je en le regardant. D'où tu sors ça ?

– De la vie. Tu n'as jamais déménagé ? Il faut toujours laver les trucs avant de les utiliser si on ne s'en est pas servi pendant un bout de temps.

Il me regarde avant de rire.

– As-tu acheté des verres aussi ? demande-t-il.

– Ouais.

– Tu n'avais pas de verres ?

– Je ne savais pas combien j'en avais.

Il jette un coup d'œil à l'horloge.

– À quelle heure elle arrive ?

– Dans environ une heure.

– Sais-tu faire à manger ? As-tu déjà cuisiné ?

– Un peu, dis-je sur la défensive. Écoute, c'est moi l'adulte ici. Tu es l'enfant. Tu ranges ces machins et je vais…

Je sors la recette sur mon téléphone.

– Je vais porter une grande casserole d'eau légèrement salée à ébullition, ajouter les pâtes et cuire de huit à dix minutes ou jusqu'à consistance al dente, peu importe ce que ça veut dire, puis égoutter et réserver.

Huxley soupire. Moi aussi.

Lincoln

Le gâteau a l'air appétissant sur l'assiette. Un peu de glaçage est tombé lorsque je l'ai retiré de sa boîte, mais j'ai arrangé ça avec mon doigt. Puis je l'ai léché. Cela m'a valu un regard désapprobateur de la part d'Huxley.

— Alors, tu te rappelles ce que tu dois faire, n'est-ce pas ? demandé-je en essuyant les verres pour les déposer sur la table à côté des bougies allumées.

— Oui. Être adorable. Dire des choses gentilles à ton sujet. Et ne pas parler de ce qu'il y a sur ton téléphone. Ou ne pas répéter ce que tu as dit à la fille au téléphone, après l'élection de Barrett, quand on était à la Ferme.

Je fouille dans mes souvenirs pour retrouver ce que j'ai pu dire.

— As-tu rapporté un bout de cette conversation à ta mère ?

— Non, fait-il en souriant. Mais j'ai cherché sur Google.

Lui faisant une prise de tête, je frotte mes jointures sur le dessus de sa tête.

— Tu vas me causer tellement d'ennuis.

— Hé, Linc ? Je pense que les saucisses brûlent.

Aussitôt qu'il le dit, je remarque l'odeur.

— Merde !

Je me précipite à travers la pièce et commence à tâtonner les boutons de la cuisinière.

— Cette huile chauffe trop vite.

— Enlève-les du feu pendant une minute, suggère Hux. C'est ce que fait ma mère quand les œufs commencent à brûler le matin.

J'essaie et ça fonctionne. Le crépitement s'arrête un peu, et lorsque c'est assez refroidi pour que je les remette sur le feu et commence à les défaire avec une grosse cuillère en plastique, ça ne semble pas si pire.

Huxley commence à dire quelque chose lorsqu'on sonne à la porte. Au lieu de parler, il hausse un sourcil.

— Tu veux que j'aille répondre ?

Je suis nerveux, mes mains s'emparent de l'oignon et de l'ail avant que je regarde de nouveau en direction de la porte. Comment faire un coup de circuit avec un compte complet sans verser une goutte sueur, même si je ne sais pas où donner de la tête en ce moment.

— Euh, balbutié-je, ne sachant pas quoi faire.

La main d'Huxley se pose sur mon biceps.

— Je vais répondre à la porte. Tu as besoin de te calmer.

Avant que je puisse répondre, il file hors de la cuisine. Je m'occupe en essayant d'ôter la pelure de l'oignon tout en tendant autant que possible l'oreille à l'échange entre Huxley et Dani. Je n'entends pas grand-chose. Finalement, je lève les yeux et ils se tiennent à l'entrée de la cuisine.

Huxley affiche un grand sourire, en bougeant ses sourcils de haut en bas. Je glousse puis m'arrête lorsque mon regard se pose sur Danielle.

Elle porte un jeans qui est enfoncé dans des bottes. Un pull couleur moutarde épouse ses courbes, qui ressortent encore plus avec ses cheveux ramenés en un chignon relâché sur le dessus de la tête.

Ma bouche s'assèche et je ne peux détacher mes yeux d'elle. Il y a quelque chose dans son attitude qui est si simple et décontractée que ça m'embrouille les idées.

— Salut, dit-elle enfin. Je pense que ça brûle.

— Merde ! m'exclamé-je en me tournant pour voir la chair à saucisse frire de nouveau.

Je la retire du feu, la mâchoire crispée, et je me rappelle que je ne peux merder. C'est ma chance de prouver que je suis plus qu'un célibataire, plus qu'un joueur de baseball, plus que les athlètes qu'elle connaît. Et je suis en train de faire brûler le foutu repas.

Elle pose les mains dans mon dos et je me détends à ce contact. Son parfum vanillé m'enveloppe tandis qu'elle jette un œil dans le poêlon. Elle doit sentir mon anxiété parce qu'elle se lève sur la pointe des pieds pour m'embrasser sur la joue.

— Pourquoi n'irais-tu pas te nettoyer pendant que je termine ça ?

— Me nettoyer ? demandé-je alors que je reste planté là et tiens le poêlon dans les airs. Je ne suis pas présentable ?

Je suis légèrement offusqué. Je me suis cassé le cul pour rendre cette soirée aussi parfaite que possible et tout va de travers.

— Tu as de la graisse et du glaçage au chocolat partout sur ta chemise, murmure-t-elle. Laisse-moi t'aider.

Je baisse les yeux et m'aperçois qu'elle a raison.

— Je ne sais même pas ce que je prépare.

— Huxley va m'aider, dit-elle en regardant par-dessus son épaule. Pas vrai, Hux ?

— Bien sûr, fait-il.

Elle tapote mes fesses.

— Vas-y. Enfile autre chose et respire un peu, Landry. Ce n'est qu'un gamin.

Je dissimule mon sourire.

– Ouais, je ne comprends pas pourquoi je suis aussi nerveux à cause d'un gosse.

Pivotant sur mes talons, je passe à côté d'Huxley en lui adressant un clin d'œil. Il répond en levant sa main sur laquelle je tape au passage.

19

Danielle

Le rire de Lincoln remplit la pièce. C'est un rire très différent de celui que je connais. Il est complètement détendu, comme s'il n'avait aucun souci au monde. Je le regarde tendre le bras pour taper sur l'épaule de Huxley. Le gamin le regarde comme s'il avait décroché la lune.

Il était fantastique avec Rocky, mais le voir avec Huxley procure un nouveau niveau d'émerveillement. Ils sont si naturels ensemble, comme des frères ou un père et son fils. Pendant une fraction de seconde, j'imagine Lincoln en père. Il ne faudrait pas un grand effort pour nous imaginer en train de prendre un dîner en tant que famille.

Une chaleur comme je n'en ai jamais connue se répand dans ma poitrine et remplit plein de petites cavités qui sont restées vides toute ma vie. Des endroits dont j'ignorais l'existence. Je ne veux pas que cette sensation s'en aille.

— C'était vraiment bon, déclare Huxley en déposant sa fourchette. Merci de l'avoir préparé, Linc. Et merci d'être venue dîner avec nous, Danielle.

— Ça me fait tellement plaisir. Merci de m'avoir invitée.

– Ma mère t'aimerait vraiment.

– Tu penses ? demandé-je.

– Ouais. Tu es intelligente et gentille et tu fais beaucoup rire Lincoln.

– Eh bien, Lincoln me fait beaucoup rire aussi.

Lincoln nous regarde badiner avec un grand sourire accroché sur la figure. Il s'est appuyé au bout de la table, son tee-shirt d'entraînement presque peint sur son corps. Je peux voir chaque courbe de ses muscles, chaque trait de son corps.

– Je pense que Lincoln t'aime bien, fait Huxley en réprimant son sourire.

J'éclate de rire.

– Tu crois ? demandé-je avec une timidité feinte. Qu'est-ce qui te fait dire ça, Huxley ?

Je tiens un doigt levé pour avertir Lincoln de rester en dehors de ça lorsqu'il s'apprête à intervenir.

– Parce que tu es très jolie, dit-il tandis que ses joues rosissent. Et d'habitude, Linc se moque des filles.

– Vraiment ?

– Huxley…, l'avertit Lincoln, ce qui fait éclater Hux d'un fou rire.

– Ouais. Il ne les prend pas au sérieux. Mais…

Il forme un cornet avec les mains devant sa bouche, pour diriger sa voix vers moi tandis qu'il murmure :

– … elles sont plutôt stupides.

– C'est bon à savoir.

Je prends une gorgée d'eau afin de ne pas rire.

– En plus, il s'est donné tout ce mal pour toi, poursuit Hux. On a acheté toute cette nourriture et il a pris du café parce qu'il dit que tu aimes ça.

Je tourne les yeux vers Landry.

— Et il a acheté des assiettes et des tasses parce qu'il voulait t'impressionner.

Je sens mon cœur ramollir. Je dois me forcer pour détourner mon regard de l'homme irrésistible à ma gauche et regarder Huxley de l'autre côté de la table.

— C'était très gentil de sa part.

— Oui, vraiment. Alors, tu dois être super gentille avec lui, OK ? C'est un bon gars. Il…

— Tu beurres un peu trop épais, Hux, rigole Lincoln.

Il s'éclaircit la gorge en tapotant sa bouche avec une serviette de table, une fois le repas terminé.

— OK, OK.

Huxley regarde dans ma direction avant de poursuivre.

— Est-ce que je peux aller prendre une douche et me coucher ? On a voyagé toute la journée et Barrett m'a acheté un livre à l'aéroport que j'ai vraiment envie de le lire.

— Bien sûr, dis-je. Dis-le-nous si tu as besoin de quelque chose.

— Sans faute.

Il se lève et se dirige vers le corridor. Je ne sais pas ce qu'il fait en passant là, mais Lincoln hoche la tête en riant.

Une fois qu'il est sûr qu'Huxley n'est plus à portée de voix, Lincoln glisse sa main sous la table pour prendre la mienne. Il entrelace ses doigts aux miens, les faisant presque disparaître sous les siens. Son pouce caresse ma paume.

— Alors, tu vas être super gentille avec moi ce soir ? demande-t-il d'un air coquin. Je pense à des façons super gentilles de te montrer que je te plais.

— Ah oui ?

– Puisque je connais tes positions préférées pour jouir, grâce à ta petite déclaration au téléphone aujourd'hui, je pense qu'on pourrait commencer par ça.

– Ne m'embarrasse pas, dis-je en rentrant mon menton.

– Il n'y a aucune raison d'être embarrassée, mon chou.

Il presse ma main jusqu'à ce que je le regarde.

– Tu veux du vin? offre-t-il.

– Oui, chuchoté-je presque.

– Rouge ou blanc?

– Blanc.

Il porte nos mains jointes à ses lèvres et y dépose un baiser avant de lâcher la mienne. Mon sens critique habituel a déjà fondu comme neige au soleil. Je le regarde déboucher le vin et nous verser chacun un verre.

– Viens, dit-il en sortant de la cuisine.

Je le suis dans le salon où il s'installe confortablement sur le sofa. Un feu brûle dans le foyer, le crépitement des bûches rende l'atmosphère intime.

– Assis-toi, propose-t-il en me faisant signe avec le menton de m'installer à côté de lui.

Il n'a pas besoin de me le demander deux fois. Je me blottis contre lui, son bras étiré le long du dossier du canapé en cuir, tandis que je pose la tête dans le creux de son épaule. Il me tend un verre de vin.

– C'est agréable.

– Oui, dis-je en prenant une gorgée du liquide onctueux.

Je sens toutes les tensions de ma vie partir à la dérive. Une alarme dans mon inconscient essaie de me rappeler de ne pas trop me rapprocher de lui, mais elle est vite balayée par l'absence de stress et le bien-être que je ressens.

C'est trop facile avec lui. Ça ressemble trop à ce que j'ai toujours souhaité. Le fait d'être assise avec lui et Huxley ce soir évoquait tellement une famille, quelque chose que je n'ai jamais connu.

— À quoi penses-tu ? demande-t-il.

— Aux bons moments que nous avons passés ce soir.

Il m'embrasse sur le dessus de la tête.

— Je suis content que ça t'a plu. Mais j'ai presque fait une dépression nerveuse.

— Tu aurais pu commander quelque chose, rigolé-je. Ou j'aurais pu apporter quelque chose.

Il s'immobilise, son cœur cognant fort contre mon oreille.

— Je voulais faire quelque chose pour toi. Je voulais que tu te sentes spéciale, que tu saches que je voulais te rendre heureuse.

— Bon sang, Landry. N'essaie pas d'être adorable.

— Pourquoi ? rit-il. Ce n'est pas une bonne chose ?

— Pas avec la gueule que t'as, rigolé-je. Ça te rend irrésistible.

— Bien. C'est l'effet que je cherchais.

— Tu m'as donné un aperçu de toi ce soir, murmuré-je. Je n'oublierai jamais ce que ça faisait d'être à table avec toi et Huxley. C'était si accueillant, comme si j'avais ma place chez toi.

— Tout à fait. Tu es à ta place ici.

Je détourne le regard. Je ne veux pas qu'il décèle l'émotion dans mon regard, parce qu'il est trop habile. Il marquerait des points. Il n'en laisse pas passer une.

A-t-il raison ? Suis-je à ma place avec lui ? Ou est-ce juste du bon temps qu'il s'offre entre deux saisons de baseball ?

— Hé, fait-il, alors qu'il tend le bras pour déposer son verre de vin sur la table basse.

Il prend le mien dans ma main et le pose à côté du sien. D'un mouvement leste, il me soulève de côté pour me déposer sur ses genoux.

— Tes épaules sont toutes tendues, ajoute-t-il.

— Ça arrive, répliqué-je.

— Pas avec moi. Je ne veux pas que tu stresses avec moi. Je pensais que tu t'amusais.

— Oui, je m'amusais. Je m'amuse, corrigé-je. C'est juste que je ne peux pas faire taire mon cerveau.

— Tu réfléchis trop. Je pense que ton cerveau est la seule partie de toi avec laquelle j'ai une relation d'amour-haine.

Je pince les lèvres.

— Alors, tu penses que tu as une solide relation amoureuse avec le reste de mon corps ?

— Hun-hun. J'aime chaque…, commence-t-il en posant le bout du doigt au centre de mes lèvres. Fichue…, continue-t-il en passant le coussinet de son doigt sur mon menton et entre mes seins. Partie…, le doigt glisse sur mon ventre et se pose entre mes cuisses. De toi. Et je suis certain que ton corps m'aime autant.

Sa paume repose sur mon pubis, sa main tenant mon vagin en coupe. Je frissonne et soulève les hanches pour intensifier le contact.

— Tu vois ? J'ai raison, fait-il en riant.

— Peut-être.

— Peu importe, dit-il en roulant des yeux. Il me reste à charmer ton cerveau. J'ai essayé de le convaincre ce soir que je suis plus qu'un athlète. J'ai même emprunté le fils… dit-il en grimaçant.

— Quoi ?

— Rien, fait-il.

— Tu as emprunté quoi ?

Il regarde au plafond.

— Parle, Landry, insisté-je.

— J'ai emprunté le fils, ou beau-fils, de mon frère. Ou peu importe. J'ai emprunté Huxley, avoue-t-il, la gorge serrée.

— Tu as fait quoi ?

— Je voulais juste te montrer, sans avoir à t'expliquer, que je ne suis pas seulement un joueur de baseball. Que je ne suis pas un athlète qui ne pense qu'au sport, poursuit-il avec un serrement de gorge. J'ai une famille. Toute une famille. Et nous sommes tissés très serrés. Ils sont importants pour moi. Ils sont mon équilibre entre le sport et mes engagements. Je participe à des activités de charité avec ma mère et toutes sortes de choses. C'est juste que… je voulais que tu voies cet aspect de moi.

Ma main tremble lorsque je touche sa joue.

— Je n'arrive pas à croire que tu te sois donné tout ce mal.

— Je ne sais pas ce qu'il y a entre nous. Pas exactement, dit-il tandis que sa pomme d'Adam sautille. Je sais que ça s'est passé très vite, et j'ignore ce qui arriverait demain si tu ne voulais plus me moi.

— Je ressens la même chose à ton sujet, fais-je. Mais je ne sais pas au juste si ça peut fonctionner à long terme entre nous.

— Je ne dis pas qu'il le faut. Pas encore. C'est juste qu'avec toi, ça me semble vraiment être le bon moment. Le bon endroit et le bon minois.

Éclatant de rire, j'embrasse sa joue.

— Viens-tu d'inventer cette rime ?

– Ouais. Elle était bonne, hein?

– Dans ce genre-là.

Je m'étends sur le sofa, ma tête sur ses genoux. Je ne sais pas ce que ça veut dire, mais en ce moment précis, je ne voudrais pas être ailleurs qu'ici même.

20

Danielle

Son rire bruyant se répercute dans le couloir, et avant même de tourner le coin, je sais qu'il s'agit de Rocky. Jetant un coup d'œil derrière le mur, je vois sa chevelure flamboyante flotter pendant qu'il soulève un ballon de basketball dans les airs. Le ballon tourne sur le rebord du panier portatif avant de tomber sur le côté du filet, ce qui empêche le ballon de rebondir partout.

— Presque ! lancé-je. Plie un peu plus ton poignet.

— Qu'est-ce que tu connais au basketball ? demande-t-il en plissant son petit nez.

— Hé, là, rigolé-je en ébouriffant ses cheveux. J'ai grandi en écoutant toutes sortes de conversations sur les sports.

Il me décoche un regard qui veut dire qu'il n'est pas totalement convaincu.

— Très bien, mais dis donc, commence-t-il avec une étincelle dans le regard tandis qu'il passe son bras autour des épaules de son ami, Tommy. On se demandait quand on pourrait souffler des ballons de nouveau ? Tu sais, ceux qu'on tord pour faire des animaux et des trucs comme ça.

– Ouais, renchérit Tommy en partageant l'enthousiasme de Rocky.

Sa tête est chauve maintenant, mais les infirmières disent qu'il pourrait bientôt sortir.

– J'ai manqué l'activité la dernière fois. Est-ce qu'on peut la refaire ? S'il te plaît ?

– Je vais faire mon possible. Il est maintenant temps de rentrer dans vos chambres, les garçons.

– Mais avant de partir, intervient Rocky en levant un doigt en l'air, une dernière question.

– Fais ça vite, fais-je en rigolant.

– Quand est-ce que Lincoln va revenir ?

Mon cœur sursaute en entendant son nom. Rocky fait un grand sourire, et il faut un long moment avant que je me rende compte qu'il imite le mien.

– Je ne sais pas trop, Rocky, dis-je. Mais je pense qu'il prévoit passer bientôt.

– Youpi ! s'exclame Rocky avant d'entraîner Tommy dans le couloir. Je t'avais dit qu'il reviendrait ! Reste seulement jusqu'à ce qu'il revienne…

Le reste de la conversation est couvert par le bruit des espadrilles sur le carrelage et le tapage d'un chariot à médicaments qu'on pousse dans le corridor. Jetant un coup d'œil au courrier que je tiens, je retourne dans mon bureau.

Je téléphone sonne lorsque j'entre et je jette les enveloppes sur mon bureau pour le prendre.

– Danielle Ashley, annoncé-je d'une voix flûtée.

– Salut, Danielle. C'est Gretchen.

– Comment se passent les réunions budgétaires ?

Un petit rire perce dans le téléphone. C'est un de ces rires qui n'est pas teinté d'humour, mais qui sert plus à masquer autre chose. Quelque chose de moins amusant.

– Merde, poursuit-elle. Mon Dieu, le conseil veut nous réduire en miettes !

– Tu veux rire.

Tendant la main à l'aveugle derrière moi, je trouve l'accoudoir de mon fauteuil et le fais glisser sous moi.

– Qu'est-ce qu'ils font ?

– Ce qu'ils *ne font pas,* voilà la vraie question, maugrée-t-elle. S'ils arrivent à leurs fins, notre budget ressemblera au tiers de ce qu'il est maintenant.

– Un tiers ? crié-je presque. Nous pouvons à peine fonctionner avec ce qu'il est maintenant ! Ils ne sont pas sérieux.

– Ils sont sérieux, Danielle. Très sérieux. C'est juste que… les mots me manquent.

Elle termine sa phrase sur un soupir, tout le fardeau de sa bataille m'atteint à mon tour.

Ce département a été complètement remanié par moi et Gretchen afin d'en faire quelque chose de vraiment spécial. Les parents font des pieds et des mains pour que leur enfant vienne ici à cause de l'ambiance exceptionnelle. On met tout en œuvre pour garder les enfants heureux et occupés. On leur fait oublier leur maladie.

Une boule se forme dans ma gorge.

– Que pouvons-nous faire ? demandé-je.

– Je fais tout ce que je peux, Danielle. Envoie des ondes positives et fais une prière si tu peux.

Sa voix se casse presque.

– On ne peut pas perdre ce financement, poursuit-elle. Je vais faire tout ce qui est en mon pouvoir…

– Je sais, murmuré-je.

— Je dois y aller. Je dois revoir certains chiffres avant de reprendre la réunion cet après-midi. Tu devrais avoir quelques comptes rendus dans tes courriels si tu veux y jeter un coup d'œil. Je les ai envoyés ce matin.

Je hoche la tête, même si elle ne peut pas me voir. Avant que je retrouve la voix, elle me dit au revoir et la tonalité de l'appareil siffle à mes oreilles.

Me laissant tomber sur mon siège, j'inspecte mon bureau du regard. Il est coloré et gai, un témoignage des enfants qui sont passés par notre programme. Mon regard se pose sur une photo qui a été prise il y a deux ans, une jeune famille avec une petite fille qui porte des nattes. Sa mère est venue à mon bureau la journée de son départ et m'a dit que sa fille avait fait peu de progrès dans les deux autres établissements où elle était allée auparavant. Ici, elle avait beaucoup récupéré et elle ne pourrait jamais assez remercier notre programme. Je reçois des nouvelles d'elle tous les six mois environ.

Déplaçant la souris, j'attends que l'écran s'allume. Lorsque c'est fait, je remarque un certain nombre de courriels. Celui de Gretchen est en majuscules et cligne devant moi, implorant que je clique dessus. Mais un autre se trouve juste au-dessus et le nom me saute aux yeux. C'est sur celui-ci que je clique en premier.

« Chère Ryan,

Ton père et moi partons pour Saint-Thomas dans quelques jours. Nous y passerons le congé de l'Action de grâce, donc nous ne serons pas disponibles jusqu'à la deuxième semaine de décembre.

Joyce offre que tu te joignes à sa famille pour le dîner de l'Action de grâce. Je lui ai dit que je te transmettrais son invitation.

Nous allons passer Noël avec les Spencer à Aspen. Je laisserai ton cadeau sous le sapin quand nous partirons. Si tu appelles Joyce, elle pourra te l'envoyer par la poste.

Prends soin de toi, on se parle bientôt.»

Ta mère

La boule dans ma gorge double presque de volume et il est difficile, sinon impossible d'avaler quoi que ce soit. J'attends, sans bouger, pour voir comment je vais réagir. C'est différent chaque fois. Parfois je pleure, incapable de surmonter le rejet de mes propres parents. D'autres fois, je ris de leur égocentrisme et me dis qu'ils doivent être en réalité très malheureux. Et il y a des fois où un engourdissement s'empare de mon âme et je n'arrive plus à sonder comment je me sens vraiment face à tout ça. Comment suis-je censée réagir devant une telle absurdité : une invitation indirecte pour la fête de Noël avec leur femme de ménage ? C'est comme si je n'avais pas assez de valeur pour être avec eux, juste avec leur domestique. Un pis-aller, comme toujours.

C'est dans des moments comme celui-ci que je suis heureuse que ma stupéfaction soit plus forte que ma douleur. Comme si je m'étais entraînée à escamoter les moments les plus douloureux, comme le temps des fêtes, et à simplement adopter une solution de rechange : l'insensibilité. Le choc peut-être. De toute façon, c'est préférable.

La dernière fois que j'ai été invitée chez mes parents, c'était à Pâques il y a deux ans, et seulement parce qu'ils avaient besoin de m'exhiber à leurs invités. J'ai accepté d'y aller parce que c'était plus facile que de subir leur colère. Ou du moins, c'est ce que je pensais.

« Vous semblez être une personne tout à fait charmante », roucoule la femme d'un des associés de mon père, tout en faisant tournoyer un vin hors de prix dans un verre de cristal. « Votre mère me disait que vous ne vous entendez pas sur de nombreuses choses. »

« C'est vrai. »

L'explication me brûle les lèvres, que ma mère ne se préoccupe que des apparences et de l'approbation de mon père. Que je ne passe pas de temps avec eux parce qu'ils ne veulent pas de moi.

« Votre mère me disait que vous refusez d'accepter leur aide. »

Elle m'observe attentivement, le vin rougissant ses joues.

« C'est si malheureux que vous ne laissiez pas votre mère se rapprocher de vous. Elle a de si nombreux contacts. J'adorerais avoir une fille avec qui courir les magasins, aller au spa. C'est tellement dommage qu'elle et vous soyez si différentes », soupire-t-elle.

« Non, c'est tellement dommage qu'elle ne veuille rien savoir de moi », dis-je tout haut, me faisant sursauter.

Je sursaute de nouveau lorsque mon téléphone bourdonne sur mon bureau et je suis heureuse de voir le nom de Macie à l'écran.

– Salut, dis-je en laissant fuser une expiration saccadée.

– Allô. Qu'est-ce qui se passe ?

– Oh, la routine habituelle. Et toi alors ?

– Qu'est-ce qui ne va pas, Danielle ?

– Rien.

— Tu vas bien ?

— Ouais, bien sûr, assuré-je même si ce n'est pas entièrement vrai. Je vais bien.

— Tu es dans cet état chaque année à l'approche des fêtes…

— Comment veux-tu réagir lorsque tes parents partent en vacances et ne t'invitent même pas ? Je veux dire, je suis choquée qu'ils se soient contentés de m'envoyer un courriel, grommelé-je. Dieu sait qu'ils n'auraient pas pris la peine de m'appeler ou me texter.

— Tes parents sont des enfoirés.

— Oui, accordé-je faiblement. Il reste que…

— Nan, nan, réplique-t-elle. Ils ne te méritent pas. Ce sont les deux plus grands narcissiques du monde.

Je ne réponds pas, parce qu'il n'y a rien à ajouter. Et plus cette conversation dure, plus je me sens mal. Macie s'en rend compte, comme toujours.

— Viens passer l'Action de grâce ici. Julia et moi on va préparer un tas de bouffe. Ça va être amusant.

— Non…

— Tu es la bienvenue ici, on aimerait te voir, dit-elle d'une voix douce.

— Il y a trop de choses à faire ici.

Mes yeux se posent sur le calendrier et les espaces vides autour de l'Action de grâce et durant le temps des fêtes deviennent apparents. Je grimace.

— On s'en reparle plus tard, m'avertit-elle. Il faut que je retourne bosser. Ma pause est terminée et je ne me rappelle même plus pourquoi j'ai appelé. Je te rappelle plus tard si je le retrouve.

— Parfait.

Je ferme l'appareil et enfouis ma tête entre mes mains. J'ai le cœur gros, et toute la douleur qui y est enfouie remonte dans ma gorge jusqu'à mes yeux. J'essaie de cligner des yeux pour refouler les larmes brûlantes, mais une larme solitaire roule sur ma joue. Lorsque je tends la main vers les mouchoirs, elle s'immobilise au-dessus de la boîte. Lincoln se tient dans l'embrasure de la porte, les traits déformés par une indéfinissable émotion. Il ne demande pas la permission d'entrer. Il le fait. Il verrouille délicatement la porte derrière lui. Il ne demande pas ce qui me fait pleurer et n'attend pas que je lui dise. Il contourne seulement le bureau et me soulève presque de ma chaise pour m'envelopper dans l'étreinte la plus intense que je n'ai jamais ressentie.

Ça y est. Les larmes jaillissent, mouillant son tee-shirt. Il me serre contre lui sans dire un mot. Nous restons comme ça pendant un long moment. Je ne pourrais pas m'écarter si je le voulais. Il ne me laisserait pas faire.

Il tend le bras derrière moi et j'entends la boîte de mouchoir glisser. Ce n'est qu'à ce moment qu'il me laisse me reculer.

— Chérie…, commence-t-il avec le regard rempli d'inquiétude. Qu'est-ce qui ne va pas ?

— Rien.

Je prends le papier-mouchoir qu'il me tend et me détourne pour essuyer mon visage.

— C'est juste une mauvaise journée, ajouté-je.

— Ce n'est pas comme ça qu'on réagit à une mauvaise journée, Dani. Il y a un problème.

Ses mains sont posées sur mes épaules, les faisant rouler délicatement. Ça fait du bien de l'avoir ici, d'avoir un soutien physique et émotionnel si disponible. Je ne sais pas vraiment comment réagir à ça.

— Je t'en prie, raconte-moi, implore-t-il.

— Je vais avoir l'air d'un bébé, rigolé-je à peine plus haut qu'un murmure. Ce n'est pas l'image que je veux projeter. Je veux que tu voies une Danielle forte, confiante. Pas… ça.

Il me fait tourner jusqu'à ce que je sois en face de lui. Nos regards sont soudés, sa mâchoire contractée.

— Je veux connaître toutes les facettes de toi. Ton côté confiant, ton côté un peu vache… dit-il en souriant, ton côté tendre et ton côté puéril, s'il existe.

J'enroule mes bras autour de sa poitrine, ayant besoin de le sentir contre moi. Il sent le parfum dispendieux et la sueur. Je ferme les yeux et laisse son odeur me calmer. Une fois que je suis certaine de ne pas craquer, je m'explique.

— Mes parents m'ont envoyé un courriel expliquant leurs projets pour les fêtes.

— Et qui sont ? demande-t-il calmement.

— Comme d'habitude. Saint-Thomas pour l'Action de grâce, Aspen pour Noël.

— Et tu y vas ?

— Il faudrait que j'aie une invitation pour y aller, reniflé-je. Mais ne t'inquiète pas. Leur femme de ménage va me poster mon cadeau de Noël.

— Est-ce que tu te fous de moi ? aboie-t-il. Dis-moi que c'est une blague !

Je hausse les épaules en signe d'impuissance.

— Ça été comme ça toute ma vie. Même à l'époque du collège, je devais trouver une amie où rester pour les fêtes parce qu'ils partaient. C'était ça ou rester à la maison avec les domestiques.

Ma poitrine se serre alors que je me souviens d'avoir regardé la neige tomber la veille de Noël tandis que le micro-ondes marquait le temps jusqu'à ce que mon chocolat chaud soit prêt. Tous mes camarades de classe adoraient le temps des fêtes et revenaient du congé avec plein d'histoires à raconter : les repas, les cadeaux, les tours pendables… Je passais le congé des fêtes à inventer les histoires que j'allais raconter. Personne ne savait vraiment que j'avais passé deux semaines à regarder les reprises d'émissions à la télé seule.

— Je déteste ces gens, insiste Lincoln.

— Tu ne les connais même pas.

— Je n'ai pas besoin, et c'est probablement mieux comme ça, lâche-t-il en embrassant le dessus de ma tête. Tu viens dîner chez moi ce soir. Je vais commander quelque chose, glousse-t-il. Et ce n'est pas négociable, Dani. Tu viens. Point à la ligne.

Je ne m'oppose pas. Je n'ai pas envie de m'opposer.

— Je serai là.

21

Lincoln

— Salut, Graham. Quoi de neuf ?

J'ôte les draps du lit et les jette par terre. Coinçant l'appareil sur mon épaule nue, je trouve un ensemble de draps blancs propres dans l'armoire du corridor et commence à refaire le lit.

— Deux choses. La première, est-ce que tu viens pour l'Action de grâce ?

— Ouais. Pourquoi ?

— J'ai des papiers à te faire signer pour la société Landry. Je ne savais pas trop si je devais les envoyer par la poste ou attendre que tu viennes à la maison.

— Nan, je serai là. C'est quoi la deuxième ?

— Pressé ? rigole-t-il.

— Genre.

Je commence à enfoncer les oreillers dans de nouvelles taies.

— Qu'est-ce que tu fais ?

— Je fais mon lit.

— OK, tu me fais peur, là. Où est Rita ?

Je pose le dernier oreiller contre la tête de lit.

— Elle n'est pas là aujourd'hui. Tu n'avais pas deux choses dont tu voulais me parler ?

— Tout à coup, je ne me rappelle plus le deuxième truc, fait-il.

Un soupir irrité s'échappe de mes lèvres.

— Donc, on peut raccrocher ?

Graham ne répond pas pendant un moment. Finalement, alors que je me rends dans la cuisine et me demande si j'aurais dû mettre le gâteau au frigo, il parle.

— Qu'est-ce qui ne va pas, Linc ?

Décidant que je vais finalement laisser le gâteau sorti, je m'appuie contre le comptoir.

— Y a des trucs qui me chicotent. C'est tout.

J'appuie ma main sur mon front, le mal de tête qui est apparu en rentrant de la séance de rééducation s'intensifie. Si je pouvais arrêter de serrer les mâchoires, je suis sûr que ça aiderait. Je jette un coup d'œil à l'horloge.

— C'est ton épaule ? demande-t-il.

— Nan. J'ai eu des soins plus tôt. Mon amplitude de mouvement s'est améliorée d'environ 60 pour cent.

— C'est bon…

Il me donne le temps de répondre, mais je ne dis rien.

— Sérieusement, blague à part, est-ce que ça va bien ? insiste Graham.

— Ça va. Il ne s'agit pas de moi.

Je me gratte le menton. La repousse est plus longue que je ne la laisse habituellement.

— Je pense que ça ne me regarde pas, de toute façon, ajouté-je.

– Si tu n'as pas envie d'en discuter, ça va, dit mon frère en respirant bruyamment.

– Tu sais ce qu'il y a ? lâché-je tout en m'écartant du comptoir. Je suis vachement en rogne.

Je peux l'entendre dans mon ton, la colère qui me tord les tripes depuis que je suis sorti du bureau de Dani. Graham l'entend aussi parce qu'il ne me presse pas. Il me donne une minute pour mettre de l'ordre dans mes idées.

– Je suis passé au bureau de Danielle après ma séance de soins et elle était tout à l'envers.

– Qu'est-ce que tu veux dire ?

– Elle pleurait. Je ne peux pas supporter de la voir pleurer, vieux.

Son magnifique visage, strié de larmes, me heurte de nouveau. Voir son dos se voûter alors qu'elle essayait de refouler sa douleur me donne des démangeaisons. Mes mains ont envie de la trouver pour l'attirer de nouveau contre moi.

– As-tu fait une bêtise ? demande-t-il.

– Non, c'est pire.

– Quoi ?

– Ses foutus parents, G. *Ses parents.*

– Quoi ?

Nul doute qu'il a autant de difficulté que moi à envisager une telle chose. Venant d'une famille aussi unie que la nôtre, il est presque impossible d'imaginer qu'un membre voudrait nous blesser à dessein. On se battrait les uns pour les autres. Notre dynamique n'est pas parfaite, nous avons des problèmes comme tout le monde. Mais, en fin de compte, nous sommes les Landry. Une famille. Une équipe. Il est inconcevable que ses parents la blessent comme ça. Ça me donne envie de cogner.

– Je ne connais pas toute l'histoire, expliqué-je. Je sais juste qu'ils prennent des vacances à l'extérieur et n'invitent jamais Danielle, même pas pour les fêtes. Elle est leur fille unique. Elle dit qu'ils ne l'ont jamais intégrée à leurs activités et qu'elle a toujours été une déception pour eux.

– Ce n'est pas une pute ou une junkie, n'est-ce pas ?

– La ferme, Graham.

– Je posais juste la question. Je connais quelques-unes de tes fréquentations, rigole-t-il en essayant d'alléger l'atmosphère.

Ça ne marche pas.

– Elle est gentille, adorable, sincère. Pourquoi quelqu'un voudrait-il l'humilier comme ça ?

– J'ai envie de les frapper, dis-je en serrant les poings. Sévèrement. De prendre une batte et de les balancer de l'autre côté de la clôture.

– Du calme, champion.

– Merde !

J'arpente la cuisine, mes pieds nus claquant sur les lattes de bois. Ma température corporelle grimpe. Même si je porte seulement mon caleçon boxeur, je bous littéralement.

– Je ne peux pas le supporter, Graham. Je ne peux pas. L'idée de la voir pleurer à cause de crétins pareils.

Je pense que Graham tient le téléphone loin de sa bouche et qu'il est peut-être en train de rigoler. Je pense que je pourrais lui botter les fesses la prochaine fois que je le verrai.

– Alors, mon petit frère est en amour.

– C'est pas ça, contré-je. Qu'est-ce que tu connais à l'amour, de toute façon ?

— Je sais le reconnaître quand je le vois. Et c'est en plein ce que je vois, devrais-je dire.

Le gâteau est sur la table. L'odeur du café colombien torréfié emplit la cuisine. J'ai trois pots de crème à café en plus du lait ordinaire. Et j'ai acheté une nouvelle tasse rose avec des motifs de pinceaux.

Est-ce ça l'amour ? Suis-je amoureux de Danielle Ashley ?

Le feu qui couvait en moi est subitement remplacé par un froid glacial.

— Je ne la connais pas depuis assez longtemps pour être en amour avec elle, argumenté-je.

— Tu n'as pas besoin de me convaincre, lâche Graham sans essayer de dissimuler son gloussement. Cherche plutôt à te convaincre toi-même.

On sonne à la porte et je regarde l'horloge.

— C'est elle. Il faut que j'y aille. Rappelle-moi si tu retrouves ton deuxième truc.

Il ne dit pas au revoir, se contenant de rire pendant que je coupe la communication. Mon téléphone glisse sur la table de la cuisine tandis que je cours vers la porte d'entrée.

Danielle

Je n'ai jamais été aussi heureuse de le voir, et cette fois, ce n'est pas parce qu'il est pratiquement nu et que son corps semble avoir été sculpté par les mains d'un artiste. C'est parce que j'ai juste besoin d'être dans ses bras.

Je n'ai pas besoin d'attendre longtemps. Pas du tout, en fait. Aussitôt qu'il constate que c'est moi sur le seuil, il me tire à l'intérieur et me prend dans ses bras. Mes bras s'enroulent autour de sa taille, sa peau est chaude sur mon visage. Nous ne parlons pas pendant un long moment, nous contentant de rester dans l'entrée au milieu d'une pile d'espadrilles et de sacs de sport.

– Comment ça va? murmure-t-il contre le pavillon de mon oreille.

– Mieux maintenant.

Ses lèvres remuent, je sens son sourire se former sur mon cou. Ça me fait sourire aussi. Me reculant, je touche sa joue. J'essaie de réprimer les larmes qui me montent aux yeux, car je ne veux pas céder aux émotions qui bouillonnent en moi. Je me dresse sur la pointe des pieds et avance les lèvres. Il lui faut deux secondes avant de poser ses lèvres sur les miennes.

– Merci, murmuré-je contre sa bouche.

– De quoi?

– D'être là pour moi. Allons nous asseoir. J'ai envie d'un câlin.

– Un câlin? s'enquiert-il en haussant les sourcils. Tout ce que j'obtiens pour tout ça c'est un câlin…?

Je ris en me rendant au salon, le laissant me suivre. J'attends qu'il s'installe afin de pouvoir l'utiliser comme oreiller.

Ma tête sur ses genoux, scrutant son regard, je me sens soulagée. Soulagée de la solitude qui imprègne ma vie, particulièrement en cette période de l'année. Sa présence est comme un baume : elle m'enlève l'impression de ne compter pour personne et de devoir me débrouiller toute seule.

J'ai oublié, ou je n'ai peut-être jamais connu, cette étincelle de paix dans mon âme. Même si ça ne dure pas toujours, je suis heureuse de l'avoir aujourd'hui.

— Je m'inquiétais pour toi, dit-il le regard rempli d'inquiétude. Je ne savais pas quoi faire.

— Pourquoi ?

— Parce que tu étais chavirée. Tu pleurais.

— Tu n'as jamais vu une fille pleurer avant ? rigolé-je.

— Ouais, mais c'était habituellement pour un truc sans importance, et je ne pouvais pas sincèrement me sentir désolé pour elles. Mais toi, aujourd'hui, c'était bouleversant.

— C'est juste un aspect de ma vie, fais-je en haussant les épaules.

Il ôte une mèche de cheveux de sur mon front. Son toucher est délicat, caressant, et je ferme les yeux pour simplement en profiter.

— As-tu une autre famille ? demande-t-il, à part tes parents ?

Je secoue la tête.

— Je suis fille unique. Et mes parents étaient aussi enfants uniques, alors je n'ai pas de tantes, d'oncles ou de cousins. Les parents de mon père sont en vie, mais ils vivent dans une maison de retraite dans l'État de Washington.

— Ton père les a mis dans une maison de retraite ?

Il semble choqué par ça, tressaillant presque en posant la question.

— Oui, mais mes parents n'ont jamais été proches d'eux, de toute façon. Je les voyais parfois l'été quand ils prenaient des vacances près de chez nous. D'autant que je me souvienne, c'est arrivé six ou sept fois.

Je repense aux moments bizarres que nous avons passés avec eux. L'heure du thé, même lors d'après-midis étouffants. Des conversations insolites. Pas d'étreintes, pas de baisers, pas de petits cadeaux comme apportaient les grands-parents de mes amies, même si les miens en avaient beaucoup plus les moyens.

— Ils ont plus de 80 ans, probablement, continué-je. Ils ont eu mon père sur le tard. Alors, quand ils ont cessé d'être autonomes, papa a signé des papiers pour qu'ils vivent dans ce centre. Je me rappelle avoir entendu mes parents en discuter.

— Ils ont le cœur dur, dit Lincoln en sifflant entre ses dents.

— Pourquoi tu dis ça ?

— Parce qu'à moins qu'on ne puisse pas s'occuper physiquement des membres de notre famille, on ne les place pas dans une maison de retraite, Dani. Ils font partie de nous. Leurs sacrifices nous ont permis d'arriver où l'on est, en partie.

Il grimace comme s'il était allé trop loin.

— C'est juste que je n'ai pas été élevé comme ça, je suppose, s'explique-t-il. La mère de ma mère vit dans un petit pavillon derrière la maison de mes parents. Et si je dois prendre soin de ma mère lorsqu'elle sera vieille, je le ferai. Je ne l'enfermerai pas quelque part.

Il part à rire avant d'ajouter :

— Graham héritera de papa par contre.

Je ne peux m'empêcher de rire devant son expression.

— Tu n'es vraiment pas sur la même longueur d'onde que ton père, hein ?

— Nan, on s'entend bien. C'est juste que je ressemble plus à ma mère, je crois. P'pa ne pense qu'au boulot, au succès et au renom des Landry. M'man cherche plus à profiter de la vie, à faire une différence quand elle le peut.

Il caresse mon bras avant de poursuivre.

– Tu sais, lorsque j'ai signé la première fois avec les Arrows, je me souviens d'avoir pensé : 'Papa va être enfin fier de moi. Je fais partie d'une équipe professionnelle. Je suis un atout pour ma famille.'

– Lincoln…, commencé-je d'une voix douce. Je suis sûre qu'il est fier de toi de toute façon.

Il se contente de hausser les épaules. Nous restons assis, immobiles, perdus dans nos pensées, et avant que je m'en rende compte, mes yeux se ferment et le sommeil m'emporte.

22

Lincoln

Elle remue, c'est un lent processus. Au début, ses mains se tortillent, puis ses pieds commencent à produire un bruissement sous les draps. Sa tête tourne de gauche à droite et elle bâille doucement avant que ses paupières commencent lentement à cligner.

C'est fascinant. Je me rends compte à quel point cela peut avoir l'air étrange : moi étendu sur le côté dans mon lit, regardant une fille dormir. Je m'en fiche. Je veux être là lorsqu'elle va ouvrir les yeux. Je veux être la première personne qu'elle va voir à son réveil.

Elle pince les lèvres en ouvrant les yeux. Elle sursaute pendant une fraction de seconde avant de se rendre compte que c'est moi.

— Salut, murmure-t-elle avant de s'éclaircir la gorge. Comment je suis arrivée dans ta chambre ?

— Je t'ai portée. As-tu bien dormi ?

— Ouais, fait-elle en fronçant les sourcils. Quelle heure est-il ? Et quand as-tu mis de nouveaux draps ?

— Je les ai changés aujourd'hui.

– Je suis impressionnée.

Elle bâille de nouveau. Son visage est pâle, des cernes commencent à apparaître sous ses yeux. Ses traits normalement détendus sont crispés et je me demande à quoi elle a rêvé.

– Merci de m'avoir reçue, ajoute-t-elle.

– Y a pas de quoi.

Elle me regarde d'une drôle de façon, tirant les couvertures autour d'elle.

– Quelle heure est-il ?

– Il est encore assez tôt. Tu veux que je commande à dîner ?

– Vaudrait mieux que je rentre. Je vais juste ramasser quelque chose sur la route.

– Pourquoi ? demandé-je. Pourquoi tu ne restes pas simplement ici ?

– Je travaille demain.

Je m'en veux d'avoir négligé un point aussi important et me creuse les méninges pour trouver une solution.

– Tu veux que je reste avec toi ?

– Tu n'as pas à le faire. Merci de t'être occupé de moi aujourd'hui. Merci d'avoir été là pour moi.

– Y a pas de quoi. Je suis toujours là si tu as besoin de moi.

Il y a quelque chose que j'ai dit et qui la fait réagir, car elle écarquille les yeux. Elle bouge sous les draps en aspirant une grande goulée d'air.

– Quoi ? demandé-je. Qu'est-ce que j'ai dit ?

Elle secoue la tête de gauche à droite.

– Rien.

– Dis-moi la vérité.

Après ce qui semble durer une éternité, elle me regarde.

— Tu es extraordinaire. Plus extraordinaire que je ne l'imaginais, et c'est déjà beaucoup.

— C'est normal, dis-je, un sourire en coin.

— J'avais besoin de toi aujourd'hui, fait-elle en esquissant un sourire.

Elle dit ça comme si ces simples mots expliquaient tout, comme si je devais tout comprendre à partir d'une seule phrase. Je la regarde en plissant le front.

— Je suis content, énoncé-je prudemment. C'est normal d'avoir besoin de moi. Je suis là pour ça.

— Non.

Elle sort du lit, ébouriffant ses longs cheveux noirs.

— Les choses entre nous ont été amusantes, super, en fait. Mais lorsque tu es entré dans mon bureau aujourd'hui, je ne peux même pas te dire le soulagement que j'ai ressenti.

— Je suis désolé, dis-je en frottant mon visage avec mes mains. En quoi est-ce une mauvaise chose ?

Je la suis dans le salon où elle enfile ses souliers.

— Le fait que j'ai eu besoin de toi comme ça aujourd'hui. Ça m'a fait réaliser que j'ai franchi une étape avec toi que je ne suis pas sûre de pouvoir gérer, dit-elle en se redressant pour me regarder en face. On a eu du plaisir, Landry. Ce truc entre nous, peu importe ce que c'est, m'a rendue tellement heureuse.

— Moi aussi, dis-je avec une impression de malaise aux tripes.

— Mais c'est un truc à court terme. Tu vas entamer bientôt la pré-saison, puis tu seras parti pour 200 matchs.

Je ne sais pas quoi répondre à ça, alors je ne dis rien en espérant qu'elle donne des éclaircissements.

— Je t'ai déjà dit que je n'ai pas envie d'être la copine d'un joueur de baseball. En fait, je ne le serai jamais, déclare-t-elle en détournant son regard de moi. Je m'étais convaincue que je pourrais avoir une relation sans conséquence avec toi et juste profiter du moment qui passe, pour te laisser le moment venu. Mais je me suis trop engagée là-dedans.

— Il n'y a pas de critère pour mesurer l'engagement, dis-je en tendant le bras vers elle.

Mon cœur dégringole quand elle commence à reculer.

— Qu'est-ce que tu fais, Dani ? demandé-je.

— Je pense que j'ai besoin de prendre du recul, Lincoln. Pour mon équilibre mental.

— De quoi tu parles ?

Elle refuse de me regarder et je pense que j'ai mal entendu. Ce n'est pas possible qu'elle vienne de me dire ça. J'oscille entre la confusion et la colère, pour pencher vers ce qui pourrait être de la peine.

— Je suis désolé, qu'est-ce que tu viens de dire ?

— Tu m'as bien entendue, murmure-t-elle.

Je passe ma main dans mes cheveux.

— Pourquoi as-tu besoin de *prendre du recul ?* Qu'est-ce que ça veut dire d'abord ?

Elle regarde en direction de l'entrée.

— Ça veut juste dire que je n'ai pas envie de me rendre au point où je suis dépendante de toi ou que j'ai besoin de toi lorsque je me sens minable.

— C'est fichue blague, c'est ça ? répété-je.

Des millions de pensées tourbillonnent dans mon esprit, un millier de questions, une centaine de réponses à ça. Mais rien ne franchit mes lèvres.

— Quand tu es arrivé à mon bureau aujourd'hui, juste après avoir reçu le courriel de ma mère, j'étais heureuse de te voir. Puis, tu m'as invitée à venir chez et toi et je n'ai pas hésité. C'était là que j'avais envie d'être.

— Voilà. C'est super. C'est ce que j'espérais. C'est ainsi que ça devrait être.

— Je sais. C'est ce que je pense aussi, mais…

Elle fronce les sourcils.

— … je ne peux faire ça avec toi.

— Tu l'as déjà fait avec moi, lancé-je avec un regard furieux

Elle pince les lèvres et je sens qu'elle lutte contre elle-même. Je dois me mordre la langue, réfréner mes ardeurs, parce que je suis sur le point de perdre mon calme… tout comme je suis sur le point de perdre la femme que j'aime.

— Je suis totalement en désaccord, affirmé-je. Tu es mon amie de cœur, ma compagne, mon amour. Je me fiche de savoir comment tu appelles ça, mais nous sommes rendus là.

Elle se déplace en direction de la porte, les yeux exorbités. Elle a peur. Mais je ne peux la laisser partir sans qu'elle sache exactement ce que je ressens.

— Quand je t'ai vue aussi blessée aujourd'hui, tout a changé. Dès que j'ai mis les pieds dans ton bureau, j'ai su que c'était un moment décisif. Je ne pouvais pas revenir en arrière.

Je marche à grands pas dans la pièce jusqu'à ce que je me retrouve devant elle.

— Je veux voir où ça va nous mener. Je n'ai jamais ressenti ça pour une fille avant. Eh bien, ni même pour un gars d'ailleurs, fais-je railleur.

Son visage se détend et elle sourit. Je prends ça comme un bon signe.

— Je veux te garder. Je veux être là pour te faire sourire ou t'embêter… Je veux m'assurer que tu es en sécurité et que tu sais à quel point tu es formidable.

— Je vais quand même revenir pour te baiser, Landry.

Elle dit ça pour me faire réagir, pour détourner le sujet qu'elle ne veut pas aborder. C'est ainsi qu'elle fonctionne. Au lieu de ça, je lui renvoie la balle.

— Y a intérêt. Et tu viendras et tu me laisseras te faire l'amour aussi.

Elle longe le corridor jusqu'à la porte d'entrée, me remerciant de nouveau d'avoir été là pour elle aujourd'hui. Je peux à peine l'entendre avec ce bourdonnement dans mes oreilles. Je pose la main sur la porte pour la refermer.

— Je ne veux pas m'embourber avec toi, dit-elle en regardant droit devant elle. Je m'avance en terre inconnue et il faut que j'en sorte.

— Tu ne veux pas t'embourber avec moi ? demandé-je d'une voix plus forte que je ne l'aurais souhaité. Tu t'es déjà embourbée dans mes draps. Dans mes bras. Autour de mon membre. Mais tu ne veux pas t'embourber dans mon cœur parce que je joue au baseball ? Vraiment, Danielle ?

— Ce n'est pas comme ça, dit-elle.

— Ça semble vraiment être comme ça en ce moment.

Elle se dresse sur la pointe des pieds et m'embrasse tendrement sur les lèvres.

— Tu es fantastique, peut-être trop pour ton propre bien, fait-elle en souriant. J'ai juste besoin d'un peu de temps pour démêler tout ça, OK ? Je suis désolée.

Je ne réponds rien tandis qu'elle s'en va.

23

Danielle

– Tu me fous les jetons en ce moment.

Pepper se tient au bout de la table et me guette comme si je pouvais me mettre à crier à tout instant.

– Je ne suis pas certaine que ma soupe peut arranger ça, ajoute-t-elle.

– Je ne pense pas, reniflé-je.

La serviette de table a un trou géant au milieu créé par mes larmes. Je la mets de côté pour en attraper une autre.

– Je ne sais pas ce qui peut arranger ça, continué-je. Peut-être une machine à voyager dans le temps où je ne serais pas allée au travail le jour où il est sorti de ce fichu ascenseur.

Pepper se laisse tomber sur le banc à côté de moi.

– Qu'est-ce qui s'est passé ?

– J'ai rompu.

Elle a le souffle coupé, sa main donnant une tape sur sa cuisse.

– Tu as besoin d'avoir une sacrée bonne raison.

Lorsque je ris, elle plisse les yeux.

– Tu as rompu avec Lincoln Landry, poursuit-elle. Écoute ça à voix haute : *tu as rompu avec Lincoln Landry*. T'entends ça ? Tu vois comment ça paraît stupide ?

Je laisse tomber mes mains sur la table.

– Je n'ai jamais eu l'intention que ça devienne sérieux avec lui. Il fallait que je reprenne le contrôle pendant que c'était encore possible. Tu vois ce que je veux dire ?

– Je vois que tu es folle.

– Merci, mon amie.

Je déchire la serviette de table en petits morceaux, faisant une pile de bandes égales devant moi avant de poursuivre.

– Ce serait plus facile si c'était un con, s'il avait une petite bite ou était égocentrique. Mais rien de tout ça. Il est parfait, lâché-je en la regardant.

– Je ne te comprends tellement pas.

– Quand mes parents se sont mariés, ils étaient amoureux. Mon père adorait ma mère. J'ai trouvé une malle dans le grenier lorsque j'étais adolescente et elle était remplie de lettres qu'il a écrites à ma mère quand ils sortaient ensemble et aussi après leur mariage. Il était fou d'elle. Il lui donnait tout ce qu'elle voulait. Il faisait tout pour la rendre heureuse. Il a même fait survoler une bannière par avion où lui disait qu'il l'aimait. Je veux dire, n'est-ce pas géniale ?

Pepper me montre un pouce en l'air.

– J'attends de voir où tu veux en venir.

– Ils avaient une relation qui semblait parfaite. Puis mon père a signé un contrat d'athlète professionnel. J'ai senti le ton changer dans les lettres, qui sont devenues des cartes postales envoyées de différentes villes. Puis un jour, plus rien.

Je ramasse une autre serviette de table.

— Je ne me rappelle pas avoir souvent vu mon père à la maison durant mon enfance. Et quand il était là, j'étais un objet de distraction, ma mère aussi. Et je suis devenue un obstacle pour elle parce que je détournais l'énergie qu'elle mettait à attirer l'attention de mon père.

— C'était leur choix, Danielle.

— C'est arrivé à tous leurs amis. Les femmes restent à la maison, s'ennuient, tandis que les hommes font ce qu'ils aiment vraiment. C'est comme si le sport remplace l'amour pour leur propre femme. C'est juste que… je me suis promis que je ne finirais pas comme ça. Depuis ma tendre enfance, gardée à la maison par une nounou que je ne connaissais pas ou n'aimais même pas, je me suis dit que je ne finirais jamais comme eux. Que j'aurais une grande famille et que je les câlinerais et les embrasserais tout le temps. Et que jamais mes enfants auraient le réflexe de se cacher dans un coin quand j'entre dans une pièce.

— Mais Lincoln n'est pas comme ça, il est fantastique, dit-elle en plissant les yeux. Qu'est-ce qui t'effraie ?

Je détourne le regard d'elle.

— Que s'est-il passé que tu ne me dis pas, Dani ?

Soupirant, je sens mon cœur se serrer.

— Ma mère m'a envoyé un courriel. J'ai ressenti cette solitude et mon premier réflexe a été d'aller trouver Lincoln. Je me suis réveillée dans son lit et me suis rendue compte à quel point ça me démolirait s'il me quittait, ou pire, si je finissais comme ma mère. Il n'existe aucune autre fin à cette histoire. Crois-moi quand je te dis que je voudrais tellement qu'il y en ait une autre, mais ce n'est pas possible.

Les épaules de Pepper s'affaissent.

— Tout ça me rend si triste. Tu étais si heureuse dernièrement. J'espérais que ça soit une bonne chose pour toi.

— C'était vraiment bon. Mais je dois y mettre un terme selon mes conditions tant que c'est encore possible, Pepper. J'avais besoin de lui aujourd'hui. Mais je ne peux pas me permettre d'avoir besoin de lui.

— C'est juste que tu es effrayée.

— Non, je suis terrorisée. Mais c'est maintenant fini, plus ou moins.

Je regarde l'étalage de pâtisseries et je souris de façon aussi naturelle que possible tout en faisant ce que je réussis le mieux : détourner la conversation.

— Peux-tu préparer de ces cupcakes à la citrouille pour l'Action de grâce ? Je n'ai pas envie de cuisiner pour personne.

— Tu peux venir chez nous.

— Pepper, rigolé-je en me calant dans mon siège, tu ne pourras jamais me payer assez pour avoir la force de dîner avec ta belle-mère.

Elle rit aussi.

— Je te retrouve, là. Oui, deux cupcakes à la citrouille pour l'Action de grâce. Considère que c'est fait.

Un cœur brisé ? Ça aussi c'est fait.

24

Lincoln

Portant la bouteille de bière à mes lèvres, je prends une longue gorgée. Je tiens le goulot entre deux doigts, le faisant tourner légèrement tandis que j'essaie de comprendre ma vie de merde.

Mon épaule m'élance. Elle n'a pas fait aussi mal depuis un bout de temps. C'est un peu déconcertant, mais je me dis que ça doit être à cause de la rééducation. Ou que Houston a insisté un peu trop, ou que ça partira dans la matinée. Ça me soulage un peu. Je serais encore plus soulagé si je savais que mon pauvre cœur n'était pas en piteux état à mon réveil.

Le gâteau repose toujours sur la table. Sa tasse rose, celle que j'ai achetée juste pour elle, se trouve près de l'évier. Les deux font flotter un petit sourire sur mes lèvres, même si je me sens un peu vide. Appuyant sur l'interrupteur de la cafetière électrique, je ramasse mon téléphone à côté du gâteau. Je finis ma bière et la lance vers la poubelle, la regardant rebondir sur le rebord pour s'écraser par terre. Je m'en fiche complètement.

Faisant défiler mes numéros d'urgence jusqu'à ce que je trouve celui que je cherche, je passe l'appel. Ça sonne quelques coups et je suis sur le point de raccrocher lorsqu'elle répond.

– Eh bien, si ce n'est pas mon bébé, ça fait un bail ! lâche ma mère d'un ton chantant au bout du fil. Peux-tu patienter, Lincoln ?

– Ouais.

Je l'écoute parler à quelqu'un et reconnais la voix de Paulina. Une des plus vieilles amies de ma mère, une amie que Barrett avait l'habitude de baiser de temps à autre. Peut-être aussi Ford. Ma mère reprend finalement le combiné.

– Désolée pour l'interruption. Nous étions en train de boucler la planification de la collecte de notre club féminin

– Comment ça se présente ?

– Très bien. Il y a tant de familles dans le besoin cette année. Nous avons le double de demandes par rapport à l'an dernier. C'est tellement triste.

– Je peux envoyer un chèque ou quelque chose ?

– Oh, tu es si gentil, dit maman avec effusion. Pourquoi ne viendrais-tu pas cet hiver pour nous aider à ramasser des fonds ? On pourrait faire une collecte de nourriture. Faire des paniers de Noël pour les familles dans le besoin. En y associant ton nom, je suis sûre que nous pourrions remplir les garde-manger pour l'hiver.

– Ça me fera plaisir. Dis-moi quand et je serai là.

Elle fait une pause et prend une brève inspiration.

– Linc, qu'est-ce qui ne va pas ?

– Que veux-tu dire ?

– Tu n'as pas ta voix habituelle. Tu n'as pas fait de blagues ou autres analogies avec le baseball, et nous avons même parlé pendant deux minutes entières sans interruption.

Je ris, mais même mon rire semble triste.

— Je ne me sens pas comme d'habitude non plus.

— Est-ce que c'est ton épaule ?

— Eh bien, ça fait foutrement mal.

— Surveille ton langage.

— Désolé m'man, soupiré-je. Je vais passer une batterie de tests dans la matinée. Puis, après l'Action de grâce, je rencontre la direction, les médecins de l'équipe et tout ça pour voir ce qu'ils ont à dire.

— Ça va bien aller.

— Ouais.

Je pose les coudes sur le comptoir et soupire de nouveau.

— Donne-moi une seconde, dit-elle. Paulina ! Juste une dernière chose…

Je me demande ce que fait Danielle. Si elle va bien. Si je lui manque au moins à moitié autant qu'elle me manque.

Comment peut-elle faire ça ? Comment peut-elle effacer notre relation comme si ce n'était rien ? C'est quelque chose. Probablement quelque chose de grandiose, et elle le sait. Pourquoi est-ce qu'elle la refuse ? Je baisse le regard vers mes abdos.

— OK, fiston. Je suis vraiment désolée, dit ma mère en reprenant la ligne. Maintenant, dis-moi ce qui ne va pas réellement.

— Je viens de le faire.

— Non, tu viens juste de mentir à ta mère.

Gloussant, je me redresse et marche autour de l'îlot.

– J'ai rencontré une fille.

– C'est super.

– Elle me déteste.

– J'ai de la difficulté à le croire, rit ma mère. Personne ne peut te détester, Lincoln.

– OK, elle ne me déteste peut-être pas, mais elle ne veut pas de moi.

– Sais-tu pourquoi ?

– Est-ce important ?

– Bien sûr que c'est important.

Je me dirige vers l'évier et ramasse sa tasse à café. Les pinceaux me rappellent comment j'ai dû manigancer pour revenir dans son bureau en faisant de la peinture avec Rocky. De tous les objets de la maison, cette tasse est la seule chose avec laquelle je sens une connexion. Ça me semble bête.

– Lincoln ?

– Elle a un blocage avec moi parce que ses parents sont de vrais cons. Désolé, m'man, m'excusé-je pour mon langage avant qu'elle me reprenne. Son père était un athlète et il semble qu'à cause de ça il a détruit sa famille. Je suis en train de la perdre et ce n'est pas à cause de quelque chose que j'aurais fait. Rien de ce que je suis, sinon précisément ce que je suis.

– C'est compliqué.

– Tu trouves ? Elle aime être avec moi, elle aime les petites choses que je fais pour elle, mais ça la fait paniquer en même temps. Elle a fait une crise aujourd'hui parce que j'essayais de prendre soin d'elle. Comment me sortir de ça ? demandé-je. Bon sang, que faire si elle ne veut pas de moi comme athlète et ne veut même pas que je l'aime ? Je ne sais pas comment le dire, mais tu comprends.

Je sais que ma mère sourit. Elle est probablement debout dans son immense salle à manger avec sa main ornée d'un diamant posée directement sur le cœur. J'ai dit le mot qui commence avec un A. Elle adore ce genre de truc.

— Je ne veux pas dire que je l'aime, précisé-je. Ne va pas planifier un mariage et tout le tralala.

— Mais non, fait-elle en riant.

— C'est pourquoi je n'ai pas de relations sérieuses parce que c'est un foutu casse-tête.

— Tu n'as pas de relations sérieuses, Linc, parce que tu n'as pas trouvé une femme qui te donne envie de la voir tous les jours. Sans vouloir te vexer, tu ne choisis pas des femmes qui ont beaucoup à t'offrir.

— Oh, elles m'offrent…

— Lincoln Harrison Landry, ne te lance pas là-dedans avec moi ! crie-t-elle presque à mes oreilles. Je ne veux pas entendre parler de tes frasques. Garde-les pour tes frères.

Je ne peux m'empêcher de rire, et bientôt, elle m'imite.

— Je pense qu'elle a peur, raisonne ma mère. D'après ce que tu m'as dit, elle n'a pas de filet de sécurité pour se rattraper. Elle a probablement appris à développer son propre système de protection. Penses-y. Tu es séduisant, intelligent, riche et talentueux…

— Continue, rigolé-je.

— Tu es le gros lot, mon chou. Et elle le sait. Considère-le de sa perspective : elle est seule au monde. Elle s'ouvre enfin et t'accepte dans sa vie, puis quelque chose arrive et ça ne fonctionne pas.

— Mais c'est vrai avec toutes ses relations, pas juste avec moi.

— En effet, mais tu es un athlète, comme son père. Il est humain de se prémunir contre les choses qui nous rappellent d'autres souffrances.

Je déteste ça quand elle a raison.

— Alors, je suis dans la merde jusqu'au cou ?

— Ton choix de mots est dégoûtant.

J'ignore sa remarque, et j'insiste.

— Alors, je suis censé encaisser parce que son père a ruiné sa vie ? Ce n'est pas juste, m'man. Je n'accepte pas ça.

— Alors, ne le fais pas, dit-elle d'une voix douce. Tu as été retiré sur trois prises. Qu'est-ce que tu fais quand tu es dans cette situation au cours d'un match ?

— Je frappe un coup de circuit au prochain tour.

— C'est vrai, glisse-t-elle d'une voix chantante. Sois juste patient avec elle. Prétends que le lanceur est un peu à côté de ses pompes et que tu ne sais pas quel tatou il a dans sa manche.

— Atout, maman. Quel *atout* il a dans sa manche.

— Peu importe, rigole-t-elle. Tu as saisi l'image. Maintenant, dis-moi quand tu seras à la maison.

— J'ai une évaluation pour mon épaule demain matin. Je suis censé partir le lendemain.

— J'ai hâte de te voir.

— Je t'aime, maman.

— Moi aussi.

Alors que je remets la tasse sur le comptoir, je traverse la pièce. Avant d'arriver à l'entrée, je m'arrête et jette un coup d'œil à mon téléphone par-dessus mon épaule.

Frappeur au marbre.

Moi : Salut.

Il faut plus d'une minute avant qu'elle réponde, chaque seconde semble durer une éternité. Lorsque j'entends le ding annonçant un message, je fais glisser mon doigt avec fébrilité.

Dani : Salut.

Moi : Comment ça va ?

Dani : Bien. Je suis dans le bain.

Moi : Tu te fous de moi ?

Très lentement, une image se charge sur mon écran. Elle montre un genou plié dans un bain de mousse. Un verre de vin se trouve sur le rebord, près d'une rangée de petites bougies.

Moi : J'espère que t'es seule.

Dani : Évidemment.

J'efface chaque réponse que je commence à taper. Je ne sais pas quelle émotion utiliser pour enchaîner. Quand sa réponse apparaît, je pousse un soupir de soulagement.

Dani : Je vais bien. Merci de t'informer.

Moi : De tous les mots que tu m'as servis, et tu as dit des choses qui sont à la limite offensantes, celui-là est celui que je déteste le plus.

Dani : Lequel ?

Moi : Merci.

Dani : Comment ça ?

Moi : Parce qu'il implique que je te fais une faveur. Ou que je fais un effort quand je te demande si ça va ou que je m'informe de toi.

Dani : OK. J'apprécie que tu fasses ces choses.

Moi : C'est mieux. En quelque sorte.

Dani : Comment va ton épaule ce soir ?

Moi : L

Dani : Mets de la glace dessus.

Moi : Je n'ai pas envie de parler de mon épaule.

Dani : Je sais. C'est juste que j'étais en train d'y penser. Le vin commence à m'endormir. Il faut que je sorte d'ici et que j'aille me coucher.

Moi : Je suis là si tu as besoin de moi. Tu le sais.

Dani : Oui. Bonne nuit, Landry.

Moi : Bonne nuit, Ryan.

Première prise.

25

Danielle

— T'as une sale tête.

— Oh, merci, Gretchen, soupiré-je en me dirigeant vers la porte.

Elle m'examine avant de me suivre dans le corridor.

— Je retire ce que j'ai dit. C'est pire que pire.

— As-tu quelque chose de positif à me dire ou es-tu seulement venue pour m'insulter ? rigolé-je.

Je suis bien consciente de ne pas être à mon avantage aujourd'hui. Bon sang, je n'atteins même pas la moyenne. Mes yeux ont des cernes noirs, mon visage est creusé de rides causées par la tristesse et le vin. Et j'ai dormi le visage contre mon oreiller pendant que je pleurais.

Je me suis réveillée sans savoir qu'elle était la bonne décision à prendre. M'engager avec Lincoln même quand j'ai le sentiment d'être allée trop loin ? Ou m'éloigner parce que j'ai peur ? Qu'est-ce qui est pire : prendre un risque ou être trop prudente ?

Tout ce que je sais, c'est que j'ai pensé à lui en m'endormant et en me réveillant. Sa voix me manque et ses textos stupides. Et je me demande comment va son épaule. Il y a une partie de moi qui s'éteint au simple fait de penser que je ne je vais pas le revoir… si ça arrive. C'est impossible.

Gretchen soupire, me ramenant dans le moment présent.

— On a coupé notre budget.

— Non, m'étranglé-je en écarquillant les yeux.

— Malheureusement. Nous allons recevoir les papiers officiels la semaine prochaine, alors profite bien du congé. Tu voudras peut-être aussi faire des plans pour te trouver un nouvel emploi. Je ne peux rien te promettre en ce moment.

Mes traits se décomposent tandis que j'essaie d'enfermer ça dans une petite case dans ma tête. Sinon, je vais être complètement submergée.

— J'ai une réunion, puis je rentre chez moi pour soigner ma migraine. Prends une journée de congé demain. Payée. Prolonge ton week-end férié avant que le chaos de la semaine prochaine nous frappe.

— Gretchen?

— Oui.

— Je suis vraiment désolée.

— Nous le sommes tous, non?

Avec un triste sourire, elle tourne dans le couloir adjacent et disparaît.

Ce n'est peut-être pas une si mauvaise chose. Tout semble si morne ici. Je pourrais profiter de l'occasion pour déménager. Quelque part où il fait chaud peut-être. Ou peut-être à Boston. Je devrais appeler Macie.

L'ascenseur fait ding et je jette un coup d'œil par-dessus mon épaule. Je fais un faux pas avant de m'arrêter. Ses yeux s'illuminent de la façon que j'aime, son corps semble robuste dans un tee-shirt et un short d'entraînement assorti. Lincoln ne fait aucun effort pour bouger, me saluer de la main ou insinuer qu'il est heureux de me voir, sinon par cette lueur dans le regard. Pendant que les portes se referment, nous échangeons un tout petit sourire.

Un gémissement s'échappe de mes lèvres, mes yeux se mouillent immédiatement.

« Arrête ça », grincé-je à mon intention tout en filant vers la salle de bain, qui est vide. « C'était ta décision et c'était la bonne. »

Je lisse ma robe jaune chiffonnée. J'espérais que la couleur me remontrait le moral, mais pas de chance.

Je retourne à mon bureau, mes talons claquant sur le carrelage.

« Prends cet emploi que t'offre Macie. Disparais d'ici et repars à neuf », murmuré-je à mon intention tout en observant mes pieds se poser au centre de chaque carreau.

Je referme la porte de mon bureau derrière moi et pousse presque un cri.

— Lincoln !

Il est assis de l'autre côté de mon bureau, l'étincelle de son regard est remplacée par une lueur de… crainte ? Il se force à déglutir tandis que j'agrippe le coin de mon bureau pour me soutenir.

— Qu'est-ce que tu fais ici ? demandé-je.

— Il fallait que je te voie.

— Pour quelle raison ?

— Plusieurs, dit-il, un sourire flottant sur ses lèvres.

— Je pensais que tu descendais par l'ascenseur, murmuré-je, pas encore convaincue de le voir réellement ici.

Son visage s'éclaire en un sourire de satisfaction.

— C'était bien le cas. Mais je suis remonté.

Mes joues me font mal à force de sourire et je me dis d'arrêter avant de lui donner une fausse impression, mais je ne peux pas l'effacer. Il n'y a aucune façon d'éteindre le feu qu'il a allumé en moi.

Il soulève un grand tube en l'air.

– J'ai apporté un poster signé pour Rocky. Tu penses que je peux aller lui porter ?

Une partie de mes espoirs s'estompe.

– Rocky est sorti il y a deux jours. Son cancer n'est plus détectable.

La joie qui s'affiche sur le visage de Lincoln me va droit au cœur. C'est une partie de ce que j'aime chez lui. Son authenticité. Sa gentillesse. Sa prévenance.

– Je peux le prendre et lui envoyer par la poste, proposé-je.

– Oui, s'il te plaît.

Je prends le poster et nos doigts se touchent. Je retire les miens précipitamment.

– J'ai une faveur à te demander, commence-t-il avec hésitation.

– La dernière fois que tu m'as demandé une faveur, c'était une ruse.

Je m'assois en face de lui, heureuse d'avoir quelque chose pour me supporter.

– Ça pourrait être une ruse cette fois aussi, rit-il. Peux-tu me blâmer ?

– Oui.

– Je pars dans la matinée à Savannah pour l'Action de grâce.

– Et ?

— Viens avec moi.

— Quoi ? m'écrié-je d'un ton aigu. Landry, es-tu fou ?

— Fou de toi.

Je m'affale dans mon siège, espérant paraître plus irritée que je ne le suis. Je dois me montrer forte, pas succomber. Me protéger.

— Je ne peux pas aller avec toi.

— Tu ne peux pas ou tu ne veux pas ?

— Quelle importance ?

Je m'attends à une dispute, au moins une petite discussion, mais rien. Il se contente de hausser ses larges épaules musclées.

— Très bien.

Je fronce les sourcils, mais je réussis à garder mes autres traits lisses. Il m'observe trop attentivement. Il cherche une ouverture, et je n'ai pas l'intention de lui en offrir une.

— Est-ce que je dois apporter le dîner chez toi ou est-ce qu'on va le préparer ensemble chez moi ?

— Pardon ?

— Écoute, dit-il en glissant ses mains sur son short, si tu ne veux pas aller à Savannah, je comprends. Ma famille peut être un peu intimidante. Alors, on va rester ici. On…

— Je ne vais pas passer l'Action de grâce avec toi, dis-je.

— Tu as des projets dont j'ignore l'existence ?

— Peut-être.

— Il vaudrait mieux que j'en fasse partie.

Mes yeux se mouillent de nouveau et il agrippe les accoudoirs. Il lutte manifestement contre lui-même pour ne pas bondir par-dessus le bureau et me prendre dans ses bras, mais il ne le fait pas. Je suis à la fois reconnaissante et un peu déçue qu'il ne le fasse pas.

– Il faut que tu ailles à Savannah, opposé-je. Ta famille t'attend. Tu m'as raconté des histoires de football avec tes frères et tout ça.

– Eh bien, ils vont être fâchés si je ne viens pas. Mais je ne te laisserai pas seule.

– Pourquoi faire ça ? Je t'ai dit que ça ne fonctionnerait pas entre nous à long terme. On risque d'avoir une grosse peine d'amour plus tard.

– Parce que, répond-il en se penchant vers l'avant jusqu'à ce que ses coudes reposent sur mon bureau, je tiens à toi. Et je sais que tu tiens à moi aussi. Alors, tu as peut-être peur de me faire confiance. Je n'aime pas ça, mais je peux le gérer. Mais nous sommes aussi des amis et ça vient avec des bénéfices, je l'espère, ajoute-t-il en me faisant un de ces clins d'œil dont il a le secret.

Mon cœur explose presque et une chaleur se répand dans mon corps. L'étincelle est revenue dans son regard. Lentement, ses mains se tendent sur le bureau en direction des miennes.

Et tout aussi lentement, les miennes prennent les siennes et les pressent.

– C'est ce que je te disais, fais-je pendant que nos regards se rivent l'un à l'autre.

– C'est-à-dire ?

– Que tu serais impossible.

– Alors, tu viens avec moi ? Ou est-ce qu'on reste ici ?

J'ouvre la bouche, puis la referme. Puis, malgré le cri de protestation de mon cerveau, je laisse mon cœur parler.

– Allons à Savannah.

C'est bon de le dire à voix haute, mais c'est encore meilleur de recevoir le sourire de Lincoln.

26

Danielle

Ma tête est posée sur l'épaule de Lincoln tandis que la voiture, conduite par un employé de Barrett, roule sur la route. Le vol en avion jusqu'à Savannah s'est vite passé, sans incident, et assez honnêtement, c'est le meilleur vol que je n'ai jamais fait. Assise en première classe à côté de Lincoln, sentant son parfum, le touchant, regardant les femmes qui essayaient d'attirer son attention alors qu'il tenait *ma* main, c'était comme un rêve devenu réalité.

Lincoln presse ma main, nos doigts sont enlacés depuis le moment où nous sommes montés dans la voiture.

— Ça va ? demande-t-il.

Je ne sais pas si tout va. Mais en ce moment même, c'est parfait. Je ne me suis pas sentie aussi excitée depuis ma tendre enfance, et je ne sais même pas ce qui m'excite comme ça. Passer du temps avec Lincoln ? Participer à quelque chose de spécial lors d'une fête ? Sentir ce bonheur dans mon cœur ? Peut-être un peu de tout ça. Mais toute médaille a son revers. Il y a aussi l'inconnu de ce qui m'attend une fois que je serai chez lui.

Je me sens bien. Je me sens toujours bien avec lui. Mais comment me fier à mon cœur alors que mon esprit me hurle d'avoir plus de jugeote ? Comment me sentir bien si la situation actuelle fait surgir des ressemblances avec les erreurs du passé ?

L'incertitude au sujet de ce qui pourrait être le mieux pour moi, non pas ce qui est bon en ce moment, me fait trembler. Alors je fais ce que toute personne manquant de jugeote fait : je n'y pense pas. Me collant un sourire au visage et me rappelant que je profite de ce week-end pour ce qu'il est, je presse sa main en retour.

– Ça va, dis-je.

– J'espère bien. Je suis tellement content de t'avoir avec moi.

Il porte ma main à ses lèvres et y dépose un baiser. Lorsque mon téléphone sonne dans mon sac à main, je pense d'abord ne pas répondre, parce que ça impliquerait que je détache ma main de la sienne. Il semble s'en rendre compte et rit, se servant de sa main libre pour séparer les nôtres.

– Prends-le.

Avec un soupir exagéré, je fouille dans mon sac à main et sors l'appareil à l'écran lumineux.

– Je suis vraiment désolée de t'appeler alors que tu es en congé, dit précipitamment Gretchen, mais j'ai une nouvelle. Une grande nouvelle !

– Vraiment ? Quelle est-elle ?

Je me tortille sur mon siège. Ça peut aller dans un sens ou l'autre.

– Je viens juste de recevoir un appel du service des finances, Danielle. Ils ont reçu un don pour le département. Assez important pour que nous n'ayons pas à nous inquiéter de rien jusqu'au milieu de l'année prochaine! Nous pouvons garder tout notre personnel et continuer nos opérations normales pour le moment.

Je peux entendre l'émotion serrer sa gorge et cela comprime aussi la mienne. Mon esprit repasse à toute vitesse tout ce que cela implique, un service continu pour tant d'enfants et leurs familles. Un travail. De l'espoir.

Comment on a eu une telle chance?

— Je n'arrive pas à y croire, s'étrangle-t-elle. Je n'ai presque pas dormi depuis deux semaines. Je bois un mai tai pour célébrer ça, puis après je vais m'évanouir.

— Qui a fait le don? On doit le remercier d'une façon ou d'une autre.

Je jette un coup d'œil à Lincoln pendant qu'il s'écarte un tant soit peu de moi.

— Je sens qu'on vient de m'enlever un poids des épaules, ajouté-je.

— On ne le sait pas. Il a été fait de manière anonyme ce matin, répond-elle.

J'ai un serrement au ventre, du genre qui ne se produit que lorsqu'on devine quelque chose sans savoir qu'on le sait. Cette impression progresse, elle frôle d'abord mon cœur pour se rendre jusqu'à mon cerveau.

— On ne le sait pas, hein?

Je regarde le profil de Lincoln, ses traits marqués et sa barbe de trois jours. Il évite de me regarder.

— Non. Mais peu importe qui c'est, il mérite un gros câlin, et un baiser.

Elle continue de jacasser pendant que j'observe Lincoln éviter délibérément de me regarder.

— Es-tu toujours là, Danielle?

— Oui, rigolé-je en secouant la tête. C'est tellement une bonne nouvelle. Merci d'avoir appelé. Je te vois au travail lundi.

— Alors à bientôt et passe du bon temps.

Le téléphone retourne dans mon sac pendant que j'attends que Lincoln me regarde.

— Devine quoi ?

— Quoi ? demande-t-il en se tournant vers moi, le regard circonspect.

— Quelqu'un a fait un don anonyme suffisant pour que notre programme continue de rouler pendant un bon moment. N'est-ce pas génial ?

— C'est fantastique, Dani.

— Est-ce que, euh, tu ne saurais pas quelque chose à ce sujet, par hasard ?

Instinctivement, il s'écarte. C'est subtil, si imperceptible que je sais qu'il ne s'en est pas rendu compte. Mais il vient par conséquent de se trahir.

— Pourquoi je le saurais ?

— Je pense que tu sais quelque chose, Landry.

Ma main se pose sur son genou, et en maintenant une pression égale, je remonte le long de sa cuisse musclée jusqu'à son entrejambe.

— Je pense que tu t'égares, s'étrangle-t-il en désignant Troy de la tête comme s'il me rappelait qu'il est là.

— Ne fais pas l'innocent. Personne ne te croit.

— Oh, entendons-nous bien, fait-il avec un sourire, je serais heureux de te baiser ici même.

— Landry ! m'exclamé-je en rougissant.

Il répond en riant tandis que Troy, toujours aussi professionnel, prétend n'avoir rien remarqué. La voiture tourne dans l'entrée de la Ferme. C'est magnifique. Une porte cochère ouvragée et une allée privée, longue et sinueuse, s'ouvre devant nous. Des haies d'arbres bloquent la vue depuis la route, et ce n'est qu'au dernier détour que je peux voir la maison.

Je n'arrive pas à comprendre pourquoi il la désigne comme une maison de ferme. L'expression fait songer à une petite maison blanche avec un poulailler. C'est une habitation typique des plantations du Sud. Une immense terrasse avec des colonnes semble cerner toute la résidence. Des chrysanthèmes remplissent des barils vides de whisky et donnent à l'extérieur immaculé des touches de bourgogne, orange et jaune. C'est époustouflant.

— C'est magnifique, soufflé-je lorsque la maison se montre complètement. Ce n'est pas ce à quoi je m'attendais.

— C'est mon deuxième endroit favori au monde, susurre-t-il à mon oreille.

— Deuxième ? Qu'est-ce qui pourrait être plus parfait que ça ?

— À l'intérieur de toi.

Avant qu'il puisse s'écarter, je tourne mon visage et capture ses lèvres avec les miennes. Il répond avec passion, nos lèvres s'entrelacent dans une harmonie parfaite. Lorsque nous nous écartons, essoufflés, il sourit.

— Merci d'être venue.

— Je vais m'assurer que tu viennes plus tard, juré-je.

— Vilaine fille, rigole-t-il pendant que la voiture s'arrête. J'aime ça.

— Oh oui, tu vas aimer ça.

Regardant dans les champs qui s'étendent jusqu'à une ligne de conifères spectaculaire, je sens mon cœur s'accélérer.

Je pratique ma technique de respiration régulière afin de ne pas paniquer.

— Qui sont tous ces gens ?

Une foule de gens semble surgir de toutes les directions. Un couple majestueux se tient sur le porche, et je suppose qu'il s'agit des parents de Lincoln, d'après leurs âges. Un autre homme sort de l'entrée principale et descend les marches en direction de la voiture. Il ressemble à Lincoln, avec un air un peu plus distingué dans sa chemise bleu marine ouverte au col. Je reconnais vaguement Barrett Landry que j'ai aperçu dans quelques articles de magazines.

Du côté de la maison arrive une version plus trapue et plus sobre sortie du même moule. Avec un pantalon d'entraînement noir et un tee-shirt blanc à manches longues, il ressemble à un militaire. À côté de lui se trouve une femme, plus jeune que Lincoln, avec un jeans déchiré et un haut orange qui dégage l'épaule. Ses longs cheveux blonds sont mauves aux pointes.

— Ma famille, annonce Lincoln avec son sourire le plus éclatant. Viens !

Sans attendre que Troy ouvre la portière, il descend du véhicule en me traînant presque derrière lui. Son excitation est contagieuse, et malgré la pointe de panique, je m'aperçois que je souris.

— Salut, lance Lincoln en tirant l'un de ses frères dans une prise de l'ours. Comment ça va, Barrett ?

— Bien. Comment s'est passé le voyage ?

— Super. Où est Alison ?

— Va te faire foutre, rigole Barrett en s'écartant. Qui est-ce ?

Il se dirige vers moi avec un pétillement dans le regard.

— Je suis Barrett, se présente-t-il. Ravi de te rencontrer.

Je coince une mèche de cheveux derrière mon oreille avant de lui tendre la main.

— Danielle Ashley. Moi de même.

Il ignore la main et me tire un court moment dans ses bras.

— On ne serre pas les mains dans cette famille, lâche-t-il en riant.

— Mollo avec les câlins, rigole Lincoln en le poussant doucement.

Barrett glousse tandis que les autres enfants nous rejoignent. Lincoln les salue tous les deux avant de se planter à côté de moi.

— Danielle, voici Ford et Sienna. Les amis, voici la femme que j'aime.

Ma réaction à sa déclaration devant sa famille se peint sur mon visage. Sienna rit, juste avant de me tirer à son tour dans ses bras.

— Quelle joie de te rencontrer, dit-elle avec des yeux brillants. Il te traite bien, j'espère ? Parce que sinon, je vais m'occuper de lui.

— Il est super, affirmé-je en rougissant.

— Ne dis pas ça, lâche Ford en faisant un pas vers moi et en roulant les yeux. Tu vas encore plus gonfler son ego. Je suis Ford.

Nous nous serrons dans nos bras. Évidemment.

— Parle-nous de toi, demande Sienna. Pas besoin des préliminaires habituels. Dis-nous ce qui t'amuse. Ce que tu aimes.

— Elle aime mon membre, intervient Lincoln.

— Ah, mon Dieu, s'écrie Sienna en plaquant ses mains sur ses oreilles.

— C'est super, Linc ! Je suis tellement heureux que les chirurgiens aient pu t'en faire une à partir de ta chatte, blague Ford.

— Allez vous faire foutre, rigole Lincoln.

Ses doigts s'enfoncent dans ma peau. Je ne sais pas si c'est pour me rappeler que, même en conversant avec sa famille, c'est à moi qu'il pense, mais c'est l'impression que ça me laisse. Une chaleur envahit mon cœur, et tandis que j'essaie de résister à ce sentiment, ou peut-être de tomber amoureuse, la sensation prend le dessus.

— Allons saluer maman et papa, propose Lincoln.

Il me guide vers le porche. Sa sœur et ses frères s'amusent à se lancer la balle, ce qui est inhabituel pour moi. L'amour qu'il y a entre ses frères et sœurs est si apparent, si dynamique. Je pourrais observer leurs expressions et écouter leurs histoires pendant des jours.

— Voilà mon bébé garçon !

Sa mère ouvre les bras pour Lincoln avant qu'il soit rendu à ses côtés. Elle porte un pantalon beige et un chemisier violet avec un long collier en or qui scintille au soleil. Ses cheveux sont parfaitement coiffés. Elle est magnifique.

— Tu m'as manqué, continue-t-elle. Je suis si contente de te voir à la maison.

— Moi aussi, m'man.

Lincoln l'embrasse sur la joue et il lui sourit avec une chaleur incomparable. L'amour qu'ils partagent touche ma corde sensible. Il tourne sur ses talons et tend la main à son père. Il la prend et le tire dans une accolade plus formelle.

– Salut, p'pa.

– Bonjour, mon fils. C'est bon de te voir. Comment va ton épaule ?

– Assez bien. Ça fait un peu mal, mais c'est en partie à cause de la rééducation.

– Tout ira bien, Lincoln. Tout ira bien.

Linc hoche la tête avec raideur avant de se tourner vers moi.

– Maman, papa, je veux vous présenter Danielle Ashley. Dani, voici mes parents.

– Bonjour, monsieur et madame Landry, dis-je en espérant paraître beaucoup plus détendue que je ne me sens. Je suis ravie de vous rencontrer.

J'ai rencontré des gens distingués des centaines de fois dans ma vie. Je ne comprends pas pourquoi je ressens une telle nervosité.

– Oh, quelle fille adorable, dit doucement madame Landry en tapotant mon dos tout en se penchant vers moi. C'est Vivian. Madame Landry était ma belle-mère.

Elle m'adresse un clin d'œil rapide avant de se tourner vers son mari.

– Enchanté de faire votre connaissance, dit son mari en me serrant la main.

Il m'adresse un sourire bienveillant, mais je vois qu'il pense à autre chose.

– Lincoln, veux-tu faire une promenade avec moi ?

Je m'accroche à son biceps tandis qu'il me regarde avec inquiétude.

– Vas-y. Je vais me débrouiller.

– Tu en es sûre ? demande-t-il en fronçant les sourcils.

– Oui. Je suis une grande fille.

Vivian pose une main sur mon épaule.

— Va avec ton père, dit-elle à son fils. Je vais entrer avec Danielle et nous allons lui trouver quelque chose à manger. Avez-vous faim, ma chère ? me demande-t-elle.

— Un peu.

Ce n'est pas vrai, mais je veux que Lincoln puisse aller marcher avec son père. Je pense qu'il doit le faire.

— Je serai à l'intérieur quand tu reviendras, ajouté-je.

Il m'embrasse sur la joue, ce qui amuse sa mère, et descend les marches avec son père.

— Aimez-vous la soupe ? demande-t-elle.

Je ris presque.

— J'adore la soupe.

27

Lincoln

Le vent est frais et régulier tandis que nous descendons de la terrasse pour nous éloigner de la maison. Je laisse mon père nous guider. Nous marchons d'un pas tranquille sur l'allée un certain temps avant de quitter l'asphalte pour nous diriger vers un petit banc près de la lisière des arbres.

Mon estomac se noue tandis que j'essaie de déchiffrer son langage corporel. Il ne dit rien, n'indique rien, et cela me donne envie de lui demander carrément ce qu'il a à dire. Parce qu'il y a quelque chose. Il y a toujours quelque chose.

Regardant en direction de la maison pendant que je m'assois à côté de mon père, je me demande ce que fait Dani. Si elle va bien. Si elle est nerveuse ou anxieuse. Ce genre de chose est nouveau pour elle, et je n'ai aucun indice de ce qu'elle peut ressentir, et cela ne fait que s'ajouter à mon chaos intérieur.

J'ai envie d'être avec elle. D'avoir ma main autour de sa taille. D'entendre son rire, de m'assurer qu'elle se sent bien et heureuse.

— Lincoln ?

La voix de papa me ramène sur le banc en fer forgé. Son regard est posé sur moi, mais la foudre que je m'attends à y voir n'est pas là. Je pousse un soupir de soulagement.

Il m'a toujours traité comme le plus jeune garçon de la famille. C'est vrai, c'est ce que je suis, mais je me suis toujours débrouillé. Je n'ai jamais eu besoin de lui, pas comme Barrett ou Ford. Je ne lui ai jamais demandé un sou, un travail, ou rien de plus qu'un petit conseil et seulement quand je ne connaissais personne d'autre au monde qui pouvait m'aider. Pourtant, il semble toujours me regarder comme si j'étais instable ou sur le point de tout démolir. Bien sûr, j'ai peut-être démoli quelques voitures et je me suis fait sortir d'un match… ou deux. Mais je ne suis pas ce qu'il pense.

— Comment ça va, mon fils ?

— Bien, dis-je en hochant la tête. Très bien. Tout va comme sur des roulettes.

— La rééducation se passe bien ?

— Bien sûr.

Je pousse un caillou avec mon espadrille.

— Je vais rencontrer la direction à mon retour au sujet de cette évaluation que j'ai eue hier, ajouté-je.

Il hoche la tête, saisissant plus que mes mots. Il sait déjà tout ça, mais ce qu'il ne sait pas est comment je me sens par rapport à ça. Je suis prudent avec lui. Je ne dis que des choses sans conséquence. La façon dont il me regarde en ce moment m'amène presque à me tortiller sur place. Il se prépare à répondre à chaque argument que je vais émettre.

— J'ai parlé brièvement à ton agent à ce sujet hier. Quels sont tes plans, Lincoln ?

— À quel sujet ?

— Ta carrière.

Il laisse fuser une expiration, fixant son regard quelque part sur la pelouse, avant de poursuivre.

— Je suppose que tu veux signer un nouveau contrat au Tennessee.

— Absolument, dis-je sans hésitation. J'aime ça là-bas. Ils m'adorent. Ça me convient d'être un joueur de concession pour eux.

— As-tu réfléchi à la possibilité d'être échangé ?

— Oui, dis-je avec un nœud dans la gorge.

— Et ?

— Et je devrai partir, aboyé-je presque.

Lorsque je le vois plisser des yeux, je m'apaise.

— Je suis juste inquiet, p'pa. Ça me trotte dans la tête depuis des semaines maintenant. J'ai juste besoin d'une réponse pour savoir sur quel pied danser. Est-ce que ça a un sens ?

Sa main agrippe mon épaule, la pressant doucement.

— Oui, et ce n'est facile de savoir ce que nous réserve l'avenir. Ça engendre beaucoup de stress.

Sa main retombe sur son genou.

— C'est la partie la plus dure dans les élections. On se prépare pour ça pendant des mois, parfois des années, et on doit attendre les résultats. Ce n'est pas bon pour la santé mentale d'un homme, glousse-t-il.

— Comment faisais-tu ?

— Eh bien…

Il jongle avec les mots dans sa tête avant de reprendre la parole.

— À vrai dire, c'est la raison pour laquelle j'ai arrêté de faire des campagnes. C'est pourquoi j'ai amené la société de portefeuille Landry à un autre niveau. Je n'avais plus les nerfs pour faire ça. Pas plus que ta mère d'ailleurs.

— Maman peut supporter n'importe quoi, rigolé-je.

Il hausse les épaules en continuant de sourire.

— C'est une dure à cuire. Elle a mené cette vie avec la dignité et la classe d'une sainte, surtout si l'on considère avec qui elle est mariée, ajoute-t-il avec un clin d'œil. Mais après ma dernière campagne, nous avons eu une discussion. Elle avait vraiment fait une croix là-dessus. Mais elle ne m'a jamais demandé de ne pas me présenter à nouveau. Elle ne ferait pas ça. Elle m'aime trop et comprend que j'ai ça dans le sang. Mais elle s'est tenue à mes côtés et m'a soutenu pendant des années, Linc. Il est venu un temps où j'ai choisi de faire ce qui était le mieux pour nous deux.

C'est nouveau pour moi. J'ai toujours pensé que ma mère aimait la vie publique autant que mon père. Et j'ai toujours pensé que mon père faisait tout ce qu'il voulait. Comme c'est bizarre.

— Il semble que tu as fait le bon choix, dis-je. Mais pourquoi as-tu poussé Barrett en politique ?

Mon père prend une grande inspiration.

— À partir du moment de votre naissance à tous, j'ai essayé d'identifier vos forces. Puis de vous pousser dans le domaine que je pensais que vous pourriez aimer et où vous pourriez exceller. Barrett est un politicien naturel. Est-ce que je l'ai poussé trop fort ? Est-ce que je lui ai fait porter le poids de mes propres aspirations ? Peut-être.

— Je crois que c'est le cas. Tu sais ce que j'en pense.

— Je sais, soupire-t-il. Et tu as probablement raison.

Il pince les lèvres, ses rides se creusant.

— Tu veux savoir quelles sont tes forces ?

— Je suis assurément le plus beau.

Il fait rouler des yeux.

— Tu te trompes. C'est moi, dit-il d'un ton pince-sans-rire qui me fait rigoler. Tu peux faire n'importe quoi, Lincoln. Tu peux faire tout ce que tu veux avec une telle facilité, c'est déconcertant.

Je m'immobilise. Je ne l'ai jamais entendu tenir de pareils propos avant, et je me demande s'il le pense vraiment ou s'il va éclater de rire.

— Tu es un sacré joueur de baseball, poursuit-il. Te regarder sur le terrain, lire ton nom dans les journaux me remplit d'une telle fierté… Tu ne le comprendras jamais avant d'avoir ton propre fils.

— J'espère juste que je n'ai pas tout bousillé, dis-je malgré le serrement que je ressens dans la poitrine.

— Voici ce qu'il y a, dit-il avec les mains sur les genoux en regardant une voiture approcher sur la voie privée. Peu importe ce qui arrive dans ta carrière, ça va bien se passer pour toi. La vie est traversée par des saisons. Prends mon cas. J'ai été un homme d'affaires. Puis un politicien. Puis de nouveau un homme d'affaires. Maintenant, j'aimerais prendre ma retraite.

— Vraiment ?

— Ford revient à la maison. La compagnie se diversifie et Graham fait du bon travail.

Il sourit doucement.

— Je suis fatigué, Linc. J'ai envie de me reposer et peut-être d'avoir des petits-enfants qui vont me rendre fou de joie. Je veux emmener ta mère en vacances et que mon téléphone cesse de sonner aussi souvent. Je vieillis, mon gars.

Je suis bouche bée. Je remarque à peine que la voiture s'est arrêtée et que quelqu'un marche vers nous. Je me contente de le regarder et de le voir rire de ma réaction.

— Voici ce que je veux dire, ne t'inquiète pas trop. Ce qui est fait est fait. On n'est pas toujours d'accord et c'est en partie parce que tu ressembles beaucoup à ton vieux, Lincoln, dit-il en riant. Tu es têtu. Tu es un homme, un vrai. Tu as des idées arrêtées. Et même si tout ça me donne envie de t'étriper parfois, je le respecte aussi.

— Ouais, murmuré-je en laissant fuser un long souffle.

— Graham arrive, alors je vais abréger, ajoute-t-il rapidement. De tous mes enfants, tu es celui dont je m'inquiète le moins. Oui, je peux te contredire ou remettre tes décisions en question, mais c'est seulement pour m'assurer que tu y as bien réfléchi. Mais, tout comme moi, tu trouveras une façon de réussir. Rien ne t'arrêtera.

Il me tapote la jambe et se lève, traversant la pelouse pour aller rencontrer Graham. Je me contente de le regarder, sans voix, et sans être vraiment sûr de ce qui vient juste de se passer.

28

Danielle

— Faites comme chez vous.

Vivian Landry tape sur le côté d'un tabouret donnant sur la cuisine pendant qu'elle se rend au réfrigérateur

— Comment s'est passé votre voyage ? demande-t-elle.

— Bien, dis-je.

Je ne sais pas si je dois m'asseoir ou rester debout. Elle m'a fait signe de m'asseoir, mais je devrais peut-être rester debout.

— Avez-vous besoin d'aide ? demandé-je.

Elle me jette un coup d'œil par-dessus son épaule, un sourire chaleureux étalé sur sa peau de porcelaine.

— Mais non, voyons. Vous avez voyagé toute la journée. Assoyez-vous et laissez-moi vous trouver un rafraîchissement.

Sienna se pointe et rejoint sa mère dans la cuisine. Elle, par contre, saute sur le dessus du comptoir comme j'ai vu Lincoln le faire tant de fois. Cela me fait sourire et je m'assois sur le tabouret.

Les membres de cette famille me rendent nerveuse. Non parce que c'est la famille de Lincoln, j'ai déjà rencontré la famille d'un gars avant. Non parce qu'ils sont fortunés ou tellement beaux. Mais parce qu'ils sont différents. Ils forment une famille. Ils s'aiment mutuellement. Et je ne suis pas tout à fait certaine de savoir comment réagir.

— Qu'est-ce que vous aimeriez ? demande Vivian. De l'eau ? Du chocolat chaud ? Du thé ?

Elle regarde sa fille.

— Depuis quand s'assoit-on sur les comptoirs, Sienna ?

— Allons, m'man, soupire-t-elle avec espièglerie. C'est la Ferme. Pas ta maison. Je ne souille pas tes comptoirs avec mon c… derrière.

Vivian lui décoche un regard d'avertissement.

— Attention, jeune fille.

Sienna réagit avec un rire pétillant et prend un morceau de céleri dans une assiette à côté d'elle. Le faisant tourner dans les airs, elle me regarde.

— On est heureux que tu sois là, Danielle.

— Merci, dis-je en rougissant. Je suis heureuse d'être ici.

— Vous n'allez pas manquer à votre famille pendant ce congé ? demande Vivian en sortant du réfrigérateur un plateau où se trouvent deux pichets.

Une petite boule de panique se forme dans ma gorge tandis que je me demande comment expliquer à ces gens que je ne suis pas comme eux. Je suis plus que soulagée lorsqu'elle continue à parler sans attendre de réponse.

— Je déteste quand mes enfants ne peuvent pas venir pour l'Action de grâce. C'est notre fête préférée, celle qui n'est pas envahie par tous les cadeaux, cartes de vœux et l'argent, dit-elle en décochant un regard à Sienna.

— Je n'ai pas demandé d'argent, réplique Sienna. Papa me l'a juste donné.

Vivianne laisse tomber et sort plutôt trois gros verres d'une armoire en acajou.

— Tu es gâtée pourrie.

— C'est pourquoi je travaille depuis que j'ai 15 ans, n'est-ce pas ? demande Sienna en croquant le céleri. Parce que je suis si gâtée.

— Un peu de travail ne fait de tort à personne, réplique Vivian en me tendant un verre de liquide ambré. Si vous désirez autre chose, dites-le. J'ai été distraite par ma fille bavarde.

Sienna envoie un bisou à sa mère. Vivian traverse la pièce, prend le visage de sa fille entre ses mains et l'embrasse sur la joue.

Ils sont si à l'aise les uns avec les autres. C'est quelque chose que je n'ai jamais connu avant. C'est peut-être ça l'amour inconditionnel.

— Danielle ?

— Oh, désolée, dis-je en revenant à l'instant présent. Ça été une longue journée.

— As-tu besoin de te reposer ? demande Sienna. Je peux te montrer votre chambre. Lincoln essaie toujours de prendre la mienne, mais puisque je suis arrivée la première, vous êtes au bout du couloir.

Je ne peux m'empêcher de rire devant son air satisfait.

— Ça va. Je pense que Lincoln veut me faire faire le tour lorsqu'il rentrera. Il était assez excité de m'inviter ici.

— C'est notre endroit favori, déclare Sienna en souriant. Nos parents ne vivent pas ici, alors nous n'avons pas grandi ici, en ce sens. Mais c'est ici qu'on célèbre toutes les fêtes, sauf le matin de Noël, toutes les occasions spéciales et nos vacances d'été.

— Je comprends pourquoi.

— Et toi alors? demande-t-elle. Qu'est-ce que ta famille fait lors des congés fériés?

J'avale autour de la boule dans ma gorge et me tortille sur mon siège. Vivian exécute à la perfection le haussement subtil des sourcils.

— Mes parents voyagent. Les congés fériés ne sont pas très importants dans ma famille, dis-je d'un ton aussi nonchalant que possible.

— Quoi? aboie presque Sienna. Pas importants. Comment est-ce possible?

— Sienna, souffle Vivian en lui adressant un regard pour la faire taire.

Je suis contente qu'elle le fasse, mais aussi nerveuse qu'elle sente mon malaise. Cela va entraîner des questions et ce n'est pas quelque chose que j'ai envie d'aborder.

Ces gens sont typiquement américains, au même titre que le drapeau des États-Unis ou la tarte aux pommes. Ils ne comprendront jamais ma vie. Pour eux, je serai le mouton noir de ma famille et ils penseront que je suis blâmable d'une façon ou d'une autre. N'est-ce pas ce qui saute aux yeux? Sinon, pourquoi deux parents qui ont réussi et sont bien en vue ne voudraient-ils rien savoir de leur fille?

— Ça va, fais-je en souriant à Vivian. Mes parents sont juste super occupés.

C'est un mensonge. Je sirote mon thé pour me ressaisir.

— Alors, Sienna, qu'est-ce que tu fais dans la vie?

— Je suis créatrice de mode.

Ses yeux pétillent tandis qu'elle attrape un autre bâtonnet de céleri.

— Je vis à Los Angeles, poursuit-elle, mais j'envisage un déménagement à Paris.

— Contente-toi de l'envisager, se moque Vivian en sortant différents pots et boîtes du garde-manger. Tu ne vas pas déménager outre-mer, Sienna LeighAnn.

Sienna fait rouler des yeux dans le dos de sa mère, me faisant rire.

— Non, je devrais déménager à la maison et vivre avec Camilla. Comme ça, on pourrait porter des barboteuses assorties et assister à tous tes événements sociaux comme les filles dans *Le Mariage de mon meilleur ami.*

Un rire incontrôlable s'échappe de mes lèvres avant que je puisse le réprimer. Vivian me regarde et sourit.

— Elle est insupportable.

— Au moins je ne suis pas bizarre, lance Sienna en croquant de nouveau dans le légume. Comme ma chère sœur jumelle. Où est-elle d'ailleurs ?

Vivian pousse un long soupir accablé.

— Elle est censée être ici, répond-elle en regardant l'horloge métallique au mur, depuis une heure. Il faut que tu lui parles, Sienna. Vois si tu peux découvrir quelque chose.

— Qu'est-ce qui se passe ? demandé-je avant de me taire. Désolée, j'ai vraiment dépassé les bornes.

— Non, ma chère, ça va, me rassure Vivian en agitant une main manucurée dans les airs. Mon autre fille est habituellement la première arrivée à toutes les fêtes de famille. Pour nous, elle fait partie des meubles.

— On l'appelle Fouineuse parce qu'elle se mêle toujours de nos affaires, fait remarquer Sienna. Mais tout d'un coup, elle s'est envolée. Je veux dire, elle est là, dans les parages.

Mais elle ne m'appelle plus. Elle ne répond même pas aux appels de Graham. Elle…

— … n'agit pas comme à son habitude, soupire Vivian. Je suis sûre qu'elle va bien. Elle a l'air bien, mais elle traverse quelque chose, c'est tout.

Comme si elle ne pouvait pas y songer un instant de plus, Vivian se retourne et s'occupe à préparer un plateau de sandwichs et de fruits. Et cela clôt la discussion.

Lincoln

Mon père salue mon grand frère brièvement avant de s'en retourner vers la maison. Je me lève, encore un peu perplexe, et me dirige vers la voiture. Graham est planté devant le capot de la voiture et m'attend.

— Salut, dis-je en le rejoignant.

— Content de te voir.

Il me fait une accolade avec son bras.

— Comment était ton vol ?

Il tire sur sa cravate verte, la desserrant autour de son cou.

— Comment fais-tu pour porter ce truc tous les jours ? demandé-je en le regardant défaire le bouton du haut. Tu ne te sens pas comme un singe dans un complet ?

— Et toi comme un gosse géant qui joue à la balle tous les jours ? me taquine-t-il en roulant des yeux.

— Un gosse géant qu'un tas de poulettes ont envie de baiser.

— Je vais te dire, lâche-t-il en se dirigeant vers la portière du côté conducteur. Les poulettes aiment peut-être les joueurs de baseball. Mais les *femmes* aiment les complets.

Montant du côté passager, je ris.

— Si tu le dis.

— Parlant de femmes, as-tu emmené Danielle?

Son nom fait naître une chaleur en moi.

— Ouais. Elle est dans la maison avec m'man et Sienna.

Il me lance un regard.

— Tu penses que c'est une bonne idée?

La voiture roule dans l'allée en direction de la maison.

— Pourquoi ce ne le serait pas?

— Hum, Linc. Tes copines habituelles donnent envie à Sienna de hurler. Tu te rappelles celle qui portait des bas résille à l'anniversaire de Barrett?

— Ce n'était pas ma copine, pouffé-je. Ne lui accorde pas trop de crédit.

— Tu l'as invitée.

— En quelque sorte. Je l'ai *en quelque sorte* invitée, dis-je pour me défendre. Sérieusement, pourquoi est-ce qu'on en revient toujours à elle?

— Parce que c'est facile, rigole-t-il. Tout comme je suppose qu'elle était.

— Mon vieux, elle avait une façon de me…

— Non. C'est non, rigole Graham pendant que la voiture s'arrête devant la maison.

— Mauviette, fais-je avec un clin d'œil.

Nous sortons de la voiture et je remplis mes poumons de l'air pur de Savannah. Il a une odeur différente cette fois. Une saveur différente. Une sensation différente.

Plus pur, peut-être? Plus vivifiant? Je n'arrive pas à mettre le doigt dessus, exactement, mais c'est comme si une page avait été tournée.

— Quoi? demande Graham en fronçant les sourcils tandis que nous grimpons les escaliers de la maison.

– Quoi, quoi ?

– Tu penses à quelque chose.

– Comment le sais-tu ?

– Parce que tu n'affiches qu'une seule expression quand tu penses à quelque chose. Et puisque tu penses rarement, c'est une expression toute particulière.

– Va te faire foutre, rigolé-je en ouvrant la porte.

Graham entre le premier et j'hésite un moment avant de franchir le seuil. Je l'attends, l'anticipe, et la porte n'est pas encore refermée derrière moi que je la ressens : l'impression d'être à la maison. C'est la même impression que j'avais quand j'étais petit garçon et que j'avais passé trop de jours au camp de baseball. Ça n'arrive qu'ici, à la Ferme. C'est l'éclairage chaleureux, la température parfaite, les parfums de cannelle et de vanille, comme si l'on m'avait enveloppé dans une couverture de laine.

C'est à ça que je compare tous les endroits où j'ai vécu. Mon appartement à l'université. Le petit appart où je vivais à Milwaukee avant d'être échangé à Memphis. La petite maison que j'ai eue là avant de déménager dans celle que je possède maintenant, et que mon agent considère comme plus sécuritaire. Tous ces endroits ne s'approchent même pas de la Ferme.

Même si je les ai vues un million de fois, j'examine toutes les petites choses en passant. Les photos de mes frères, sœurs et moi, éparpillées sur les murs, les billes de verre que ma grand-mère collectionnait posées sur la tablette de cheminée. La bosse juste au-dessus de la plinthe dans le corridor, une marque laissée un jour par un violent lancer en direction de la tête de Ford, mais qui avait manqué son but, ce qui était à la fois regrettable et heureux.

Graham tourne le coin devant moi, mais je traîne encore de la patte. Je prends une bonne respiration, me sentant comme lorsque Sydney Fettingberg était ma cavalière au bal de promo. Elle était la fille la plus populaire de l'école et j'ai eu l'impression de frapper un grand chelem lorsqu'elle avait accepté de m'accompagner. J'ai bel et bien frappé un grand chelem plus tard cette soirée-là, mais je ne pensais pas que ça allait s'arrêter là. Ça s'est terminé quelques semaines plus tard.

Je ressens la même chose, mais survolté aux stéroïdes. Le rire de Danielle se mêle à celui de ma mère et de ma sœur, et en entendant Graham se présenter à elle, j'ai l'impression que ma poitrine est sur le point d'exploser.

Je pourrais rester planté là toute la soirée à les écouter. C'est meilleur que n'importe quel coup de circuit que j'ai pu frapper. C'est encore meilleur que toutes les récompenses décernées par la ligue de baseball ou les couvertures de magazine que j'ai pu faire. Et il n'est même pas question de moi. Il est question de Danielle.

Mais peut-être qu'il est question d'elle et moi. Peut-être qu'il est question de nous dans un sens qui me semble de plus en plus réel à chaque minute qui passe.

— Salut, dis-je en tournant le coin.

Tout le monde s'arrête pour me regarder. J'aperçois maman d'abord, avec une étincelle dans le regard. Sienna lève le pouce à mon adresse. Graham semble un peu impressionné et Danielle est magnifique.

Elle est assise au bar, Graham à sa droite et Sienna en face d'elle, de façon aussi naturelle que si elle était venue ici des millions de fois. Elle m'adresse un sourire tendre, avec une décontraction aux épaules qui me donne envie de la prendre dans mes bras et de l'embrasser jusqu'à ce qu'elle en perde haleine.

Je me dirige derrière elle, je pose mes mains sur ses épaules et les presse doucement.

— Qu'est-ce qui se passe ? demandé-je.

— J'ai commandé quelque chose chez Hillary's House pour le dîner. Ça devrait être livré dans une heure environ, répond maman. Comment s'est passée ta discussion avec ton père ?

— Bien, fais-je en riant. Que pensez-vous de Danielle ?

Dani se raidit sous mes mains, mais je la masse pour faire passer la tension. J'aimerais pouvoir voir son visage, mais je ne peux pas.

— Ne demande pas ça en ma présence, dit-elle en me tapant la main.

— Normalement, il ne devrait pas, approuve Graham. Mais je pense que c'est sans danger cette fois.

Mon frère me regarde et me fait un clin d'œil.

— Je ne sais pas comment tu as réussi à convaincre celle-là de t'apprécier, mais je pense que tu devrais la garder, conclut-il

— C'est bien mon intention, dis-je en embrassant le dessus de la tête de Dani. Maintenant, si vous avez fini, j'aimerais bien lui faire faire le tour.

— Bien sûr. C'est ça… que tu veux faire, rigole Sienna, s'attirant une tape de ma mère sur la jambe.

— Allez-y, dit ma mère. Amusez-vous.

Danielle descend du tabouret et je prends aussitôt sa main dans la mienne. Elle me regarde avec une lueur dans ses grands yeux.

– On revient.

Je l'entraîne dans le corridor et mon intention est de l'emmener dehors, mais on ne prend pas le temps de s'y rendre. Aussitôt que nous sommes hors de vue, je la cloue au mur.

– Linc, souffle-t-elle tandis que ses mains se posent au creux de mes reins.

Elle cherche avec empressement à toucher la peau sous mon maillot.

– Merci d'être venue, murmuré-je contre ses lèvres.

Je fais suivre mes paroles du baiser le plus respectueux dont je suis capable. Lorsque je me recule, elle sourit.

– Merci de m'avoir invitée. Ta famille est incroyable.

– Ils sont pas mal, blagué-je.

Elle ne dit rien, tenant ma joue avec sa main. Elle cherche quelque chose sur mon visage, mais un long moment s'écoule avant que je puisse dire qu'elle a trouvé ce qu'elle cherchait.

– Qu'est-ce qui ne va pas ? demandé-je.

– Je pensais juste à quel point tu es séduisant.

– Regarde bien cette face.

– Pourquoi ? demande-t-elle.

Je ne peux réprimer le petit sourire qui s'étire sur mes lèvres.

– Parce que c'est la face sur laquelle tu vas t'asseoir plus tard.

Elle s'affale contre le mur, bouche bée. Me regardant comme si elle allait oublier la promenade, je m'écarte d'elle. Elle halète.

– Qu'est-ce que tu fais ? Tu ne peux pas dire ça et me laisser en plan, se plaint-elle.

Elle tend le bras vers moi, et je me recule plus loin en riant.

— Bien sûr que je peux. J'ai des trucs à te montrer d'abord.

— Je te déteste, Landry, grommelle-t-elle en se poussant du mur avec les épaules. Il faut que j'aille à la salle de bain.

— Un peu mouillée ? lâché-je en cognant son épaule.

Ça ne l'amuse pas, ce qui me fait rire encore plus.

— C'est au bout du couloir, dis-je. Je t'attends ici.

Elle agrippe mon sexe et le presse à travers mon pantalon, puis s'en va.

29

Danielle

La porte se referme une fraction de seconde avant que mon dos la heurte et que je laisse sortir un souffle d'épuisement. Je pratique la respiration profonde, en comptant par tranches de huit. Je me rends compte que c'est le numéro de Lincoln au baseball, ça me fait rire et mon cœur se gonfle de nouveau.

Je ne peux pas gagner. Pas contre cet homme.

La fatigue causée par l'excitation de tout ça se fait sentir. J'ai pu sentir l'adrénaline commencer à se dissiper avant que Lincoln et Graham n'arrivent dans la cuisine.

Graham. *Nom de Dieu.* C'est comme une version plus sombre, menaçante, de Lincoln. Il ne nous regarde pas. Il nous jauge. Il ne décide pas à la légère qu'il nous apprécie. Il le décide. Le choisit. Tout avec lui semble si calculé que ça m'a laissé l'impression d'être dépecée. C'est une force, l'œil de la tempête, et son influence n'est pas ressentie seulement par moi, mais par toute la famille. Ils lui lancent des piques, le taquinent, mais ils lui témoignent un tel respect que je me demande qui il est réellement.

Je me dirige vers le lavabo et me regarde dans le miroir de la vanité. Mon reflet me sourit. Mes joues sont rouges, mes yeux étincellent presque sous la lumière. J'ai l'air… heureuse.

Je me rince la bouche avec de l'eau froide et lisse mes cheveux avant d'ouvrir la porte et de fermer la lumière. En longeant le corridor, je ris presque tout haut. J'ai l'impression de faire une publicité pour des cartes de souhaits. Tout est si accueillant et chaleureux, tout comme les Landry se sont montrés à mon endroit.

Lincoln ne se trouve pas là où je l'ai laissé. Je jette un coup d'œil dans la cuisine et ne le vois pas avec les autres. Me tournant, j'aperçois deux silhouettes sur la terrasse, dont l'une est sans contredit Lincoln. J'avance à pas feutrés sur le bois et pose la main sur la poignée de porte lorsque j'entends sa voix de l'autre côté.

— Ouais, dit-il à Sienna d'une voix grave et douce. Vraiment, je l'aime beaucoup.

— Moi aussi, je l'aime bien, ajoute-t-elle.

Je souris et sais que je devrais ouvrir la porte et ne pas être indiscrète. Mais quand j'entends de nouveau leurs voix, la curiosité l'emporte sur moi.

— Elle est vraiment gentille, poursuit Sienna. Et je pense qu'elle t'aime bien aussi.

— Comment pourrait-on ne pas m'aimer ? demande Lincoln railleur.

Sienna rit de lui tandis que je réprime mon propre rire.

— Je n'ai pas dit qu'elle t'aime, goujat, blague Sienna. J'ai dit qu'elle t'apprécie. Mais, puisque tu en parles…

Mon cœur cogne si fort que j'ai peur qu'ils ne l'entendent. Ma main libre se plaque sur ma bouche et je lâche la poignée de l'autre. Pas question que j'ouvre cette fichue porte en ce moment.

— Es-tu amoureux d'elle, Linc ?

Des bruits de pas font craquer la terrasse avant que j'entende comme un grincement de chaîne. Puis encore ce grincement. Lorsque Lincoln répond, sa voix semble un peu plus éloignée.

— Je pense que oui.

Ses paroles, même si elles sont prononcées à une certaine distance, sont aussi claires que le son d'une cloche. À la fois par l'intensité de la voix et leur signification, elles font littéralement vibrer mon cœur.

— Je pense que je l'aime, répète-t-il.

— Pourquoi ? Pourquoi elle ? Ce n'est pas que je ne l'aime pas, mais je suis curieuse.

— C'est une personne formidable, dit-il.

Je sais, sans même le voir, qu'il sourit et que son regard traîne sur la pelouse.

— Dani est intelligente et amusante, poursuit-il, et elle s'intéresse vraiment aux autres. Pas seulement à son apparence ou à la mienne, ou à mon contrat. Elle n'a jamais posé de questions à ce sujet. Elle s'informe de mon épaule, mais jamais du baseball.

— Ça me plaît, dit Sienna d'une voix douce.

— À moi aussi. Elle est unique en son genre, Sienna.

— Et qu'est-ce que tu comptes faire ?

La chaîne grince de nouveau.

Ma gorge se resserre pendant que j'attends sa réponse. Ma main tremble à côté de moi et j'ai envie de foncer à travers la porte parce que je ne sais pas si je suis prête à entendre sa réponse, quelle qu'elle soit.

— Voici comment je me sens, commence-t-il. Sa rencontre m'a mis dans une position…

— Genre, style levrette ? rigole Sienna.

— Non, soupire-t-il. Je me sens… comme si j'étais au marbre dans un match de championnat. On tire de l'arrière par trois points et les buts sont remplis. C'est compte complet. Le lancer parfait s'en vient et je serais un crétin si je ne m'élançais pas.

J'entends mon hoquet de surprise. Je regarde derrière moi pour m'assurer que personne d'autre ne l'a entendu. La pièce est vide, les rires de la cuisine résonnent jusque dans le vestibule. Les larmes mouillent mes yeux tandis que ma main se pose sur mon cœur.

— Tu veux définir 's'élancer' ? ricane Sienna.

— Oui, murmuré-je avant de tenir ma main plus fermement sur mes lèvres.

— C'est juste que… je ne peux pas hésiter dans cette position. Je ne dois pas trop réfléchir, ni revenir sur ma décision. Ouais, ça pourrait être un coup sûr, mais il n'y a aucune garantie. Quand même, tout semble indiquer que ça va être une balle rapide et c'est ma spécialité. Ça pourrait être une balle courbe. Je pourrais être retiré dans ce moment crucial. Mais ça reste un moment crucial. Ça vaut la peine de courir ce risque.

J'essuie mes yeux du revers de la main. Mon cœur donne l'impression d'exploser un soir du quatre juillet.

Pour je ne sais quelle raison, ses mots veulent dire infiniment plus de l'entendre les déclarer à quelqu'un d'autre. Avec Sienna, il n'est pas obligé ou contraint de dire ces choses. Il n'est pas dans le feu de l'action. Il le pense vraiment. J'en suis sûre, et je n'en peux plus. Je pousse la porte. J'ai besoin de le voir. J'ai besoin de le serrer dans mes bras. Je veux qu'il sache que je ressens la même chose avant que je me mette à douter.

— Bonjour, lâché-je probablement un peu trop fort en passant sous le porche. Désolée d'avoir été aussi longue.

Lincoln est appuyé contre la balustrade, face à sa sœur qui est assise sur la balançoire de la galerie. Sienna se lève en regardant son frère d'un air entendu, avant de se diriger vers moi.

— Pas de souci. C'était bien d'avoir une minute pour bavarder avec Linc. Je vais rentrer pour voir ce que fait Ford. Je ne lui ai pas encore assez sonné les cloches.

— À tout à l'heure, lance Lincoln derrière elle.

Une fois que nous sommes seuls, il tend la main vers moi. Sans même y réfléchir, je me dirige vers lui. Mais je ne prends pas sa main. Au lieu de ça, je passe mes bras autour de sa taille et blottis ma tête contre sa poitrine. Il sent un peu le parfum qu'il a mis il y a plusieurs heures, mélangé aux pins qui couvrent le paysage autour de nous.

Une main trouve le creux de mes reins, une autre caresse l'arrière de ma tête. C'est le moment le plus paisible, le plus lumineux de ma vie. Je ne sais pas si c'est parce qu'il ne dit rien. Il n'essaie pas de me sauver de quelque chose. Il n'y a aucune promesse ou attente.

C'est peut-être juste l'amour que je sens vibrer à la Ferme. Je suppose qu'il a peut-être infecté mon cerveau d'une façon ou d'une autre. M'écartant de lui, je scrute son regard et m'aperçois que je me trompe. Ce n'est pas l'amour dans l'air, c'est l'amour tapi au fond de ces yeux verts.

— Allons marcher, murmure-t-il.

Prenant ma main et entrelaçant ses doigts aux miens, il me guide en bas de l'escalier. Le soleil pointe à peine, adressant un dernier au revoir dans une apothéose de teintes mauves et roses.

— Où allons-nous ? demandé-je.

Nous tournons le coin de la maison et nous éloignons des lumières en direction de ce qui ressemble à un sentier bien tapé. Il descend une petite pente avant de s'engager entre les arbres.

— Il n'y a pas d'ours ou de loups ici, hein ?

Il fait rouler des yeux et se moque de moi. Je le pousse hors du sentier, ce qui le fait rire. Avant que je puisse insister, les arbres s'ouvrent sur un petit lac miroitant. Il n'est pas gros, couvrant peut-être quelques hectares. Il y a un quai à droite et une glissoire plus loin. Dans la lumière du coucher de soleil, je peux aussi voir une tyrolienne qui traverse une zone où l'eau s'avance dans la terre.

Si je ferme les yeux, je peux imaginer une journée d'été ensoleillée. Les visages des Landry sont tous souriants, leurs voix remplies de rires, l'eau éclabousse tandis qu'ils nagent, se détendent et profitent du lac et de la présence des autres.

— Hé, fait Lincoln en me tournant de façon à ce que je me trouve face à lui. Il scrute mon regard.

— Comment ça va ? demande-t-il. Pour vrai. Je sais que ça peut être un peu intimidant.

— C'est super, honnêtement, je n'ai jamais rien vu de pareil.

— Le lac ? La maison ? Tu n'as jamais vu quelque chose comme quoi ?

Je hausse les épaules.

— Tout ça, je suppose. Ta famille surtout. Ils sont formidables.

La fierté se peint sur son visage.

— C'est vrai, n'est-ce pas ?

— Ça me fait rêver à une maison remplie d'enfants un jour.

Sa pomme d'Adam sautille tandis que ses doigts se referment sur mes épaules.

— Des petits Landry, peut-être ?

— Je…

Je ris, un mécanisme de défense vieux comme le monde.

— Lincoln, je… es-tu sérieux là ?

— C'est trop tôt ? demande-t-il railleur.

Il fait comme s'il plaisantait, comme si c'était l'une de ses blagues habituelles, mais ce n'est pas le cas. Je peux voir l'anxiété qui se cache dans ses yeux. Là, on ne rigole plus.

— Tu aimes les enfants, affirmé-je. C'est pourquoi tu as fait un don en argent à l'hôpital.

— Je ne vois pas de quoi tu parles, fait-il en penchant la tête.

— Ne me mens pas, Landry.

— Je ne mens pas. Je…

Je pose mon doigt sur ses lèvres souples.

— Ne mens pas, murmuré-je. C'était toi.

— Comment peux-tu en être certaine ? demande-t-il tandis que sa bouche remue sur mon doigt.

La voix qui en sort est déformée et rigolote. Et comme je ris, il mordille mon doigt.

— Parce que je te connais, soufflé-je.

Le soleil se couche derrière lui, descendant derrière les grands conifères. Cela rend les traits de son visage plus solennels. Je frissonne, pas juste parce que la chaleur du soleil s'en va, mais à cause de la façon dont son regard s'intensifie dans le ciel pâlissant.

— Tu me connais ? répète-t-il en faisant glisser le dos de sa main sur ma tempe et le long de mon visage avant de se poser sur ma poitrine. Et si tu penses ne pas savoir quelque chose sur moi, je veux que tu me le demandes.

Cette conversation s'approche de son but. La détermination de Lincoln d'en arriver là où il le souhaite est évidente. J'essaie juste de ne pas perdre connaissance.

Un millier de pensées se bousculent dans ma tête. Suis-je prête pour ça ? Est-ce que je respire un bon coup et me sers de la logique et de l'évaluation des risques ? Ou est-ce que je suis mon cœur et me lance tout simplement.

Il fait un petit sourire et une chose devient certaine : je ne peux pas suivre mes instincts.

— Tu penses vraiment me connaître, Dani ?

Je hoche la tête. Ou je pense que je le fais. Je n'en suis pas certaine. Je suis perdue dans ses yeux et un chœur de criquets stridule autour de nous.

— La dernière fois que j'ai dit ça, tu as essayé de rompre avec moi, rit-il.

Ce n'est pas un rire sincère. C'est une version étouffée, marquée par un tremblement d'émotion.

— Mais j'ai envie de le dire à nouveau. Et je veux que tu prennes le temps d'y réfléchir.

Il se rapproche de moi. Sans réfléchir, mes bras vont se pendre à ses épaules et les siens trouvent ma taille et me tirent contre lui.

— C'est pour ça que tu m'as amenée ici, non ? plaisanté-je. Tu m'as emmenée dans la forêt où je ne pourrai m'enfuir.

— Drôlement exact, rigole-t-il en m'embrassant tendrement. Je ne t'ai pas emmenée ici pour te convaincre que je suis le mec qu'il te faut. Je veux vraiment que tu profites de ce congé, que tu te détendes et que tu t'amuses avec cette tribu que j'appelle ma famille. Mais j'aimerais vraiment, vraiment ça, si tu pouvais considérer, peut-être…

— Peut-être quoi, Landry ?

Son visage rougit.

— Tu vas vraiment me faire pédaler pour ça, hein ?

— Tout à fait.

Laissant fuser de l'air, il regarde partout sauf dans ma direction. Lorsque son regard accroche enfin le mien, je souris. Je ne peux pas faire autrement.

— J'aimerais que tu réfléchisses à faire évoluer ce truc entre nous vers les ligues majeures, propose-t-il.

Ses épaules se redressent, comme s'il était fier de sa petite proposition. Tout ça me fait glousser.

— Tu ris de moi ?

— Les ligues majeures ? Vraiment, Landry ?

— Ouais, s'esclaffe-t-il. Nous sommes dans les ligues mineures en ce moment. On s'entraîne et on apprend à s'élancer au bon moment. Mais, chérie, nos élans sont impeccables. S'ils s'améliorent, je ne te laisserai plus sortir du lit.

— Ne me tente pas avec une partie de plaisir, fais-je avec un clin d'œil.

— Je veux nous faire entrer dans les majeures. *Charger le monticule* chaque fois que j'en ai envie.

— Ah, mon Dieu, rigolé-je.

— Jouer des matchs en après-midi, peut-être un programme double ou deux. Et je plonge tête première chaque fois que tu me le demandes, ma belle.

— Tu arrêtes de parler de baseball, OK ? demandé-je en sentant mes cuisses se serrer l'une contre l'autre.

— Nan.

Ses doigts glissent en haut de ma ceinture, laissant une sensation de feu sur leur passage. Ma température corporelle s'élève plus rapidement que Pepper ne change d'avis sur une soupe.

– Landry…, supplié-je presque.

– Dis oui.

Son haleine est chaude sur ma joue.

Plus j'essaie de me concentrer sur sa demande, plus c'est difficile de ne faire que ça. Mon corps se déchaîne pour cet homme. Mon cœur sonne la charge. Mon cerveau, même s'il fait clignoter encore une petite lumière rouge, abandonne.

– Tu as gagné, dis-je en essayant de plonger mes mains sous l'élastique de son caleçon boxeur.

– Est-ce que ça veut dire oui?

– Bon sang, Landry, haleté-je en fermant la main sur son membre. Tu ne m'as pas entendue?

Il fait glisser ses mains sur mes bras et sort mes seins de mon soutien-gorge, les laissant reposer sur les bonnets. L'air froid du soir fait durcir mes mamelons.

– Je t'ai entendue, répond-il. Et je n'ai pas entendu de oui.

Il s'accroupit devant, soulevant mon haut jusqu'au menton. Sa langue se pointe, léchant un mamelon avant de passer à l'autre.

– Oui? insiste-t-il.

Prenant une grande respiration et son visage dans mes mains, je le fais reculer jusqu'à ce que je puisse seulement regarder dans ses yeux.

– Oui, Landry. Mais j'ai besoin que tu me fasses rentrer au marbre *tout de suite.*

Ses lèvres planent sur mes seins.

– Avec plaisir.

30

Danielle

Je me glisse dans le lit recouvert d'un duvet et de draps blancs immaculés. Rafraîchie par la douche et portant l'un des tee-shirts des Arrows de Lincoln, je ne sens plus autant la terre fraîche que lorsque nous sommes revenus à la maison. Me blottissant dans les draps soyeux, j'attends Lincoln.

J'entends son rire crépiter depuis l'escalier, la voix qui l'accompagne est sûrement celle de Ford. Ils ont partagé une blague entre eux lorsque Lincoln et moi sommes revenus sur le sentier pour trouver Ford sur notre chemin. Je ne sais pas de quoi il était question, mais devant la façon dont ils se taquinaient mutuellement, j'ai souhaité avoir ce genre de rapport avec eux.

La porte s'ouvre en couinant et Lincoln entre. Un short gris foncé est tout ce qui couvre son corps délectable. Ses cheveux, encore mouillés par la douche, chatoient dans la lumière émise par la lampe du bureau de l'autre côté de la pièce.

— J'avais des aiguilles fourrées partout, rit-il en déposant un verre d'eau glacée sur la table de chevet. Je ne sais pas pourquoi nous avons pensé que c'était une bonne idée.

Il ferme la lampe et retire son short avant de grimper dans le lit à côté de moi. Je me blottis contre lui.

— Je pense qu'on n'a pas beaucoup réfléchi, rigolé-je. Eh bien, pas à toutes les conséquences.

— Parle pour toi.

Sa main glisse le long de ma colonne jusqu'à ce qu'elle se pose à plat au creux de mes reins.

— J'essayais de conclure notre contrat.

— Eh bien, monsieur Landry, j'aime votre façon de négocier.

Ma joue rebondit sous son rire.

— Et j'ai aimé la façon dont tu as signé sur les pointillés, lâche-t-il.

On frappe à la porte. Je pousse un petit cri et me cache sous les couvertures tandis que Lincoln rit.

— Je ne suis pas habillée de façon convenable, grincé-je en levant les yeux vers lui pour obtenir de l'aide.

— Tu es couverte, répond-il sans vraiment chuchoter. Entrez.

Une tête à la chevelure blonde se pointe au coin de la porte et ouvre la lumière.

— Salut, mon frère !

— Salut, Camilla, fait Lincoln en s'appuyant contre la tête de lit.

— Il était temps que t'arrives.

— Désolée. J'aurais dû arriver plus tôt. J'ai été très occupée.

— À faire quoi ?

Je ne connais pas du tout sa sœur, mais on n'a pas besoin d'être un génie pour comprendre ce qui se passe. Elle est nerveuse, prudente et manifestement amoureuse. Je lui adresse un sourire, malgré ma petite tenue. Ses yeux enregistrent mon expression, et son sourire en retour, tout en étant prudent, se veut chaleureux.

— Je m'excuse, dit-elle à mon adresse. Je suis Camilla. Et tu es ?

— Fouineuse, voici Danielle, dit Lincoln. Dani, je te présente Camilla.

Nous échangeons des politesses et elle semble un peu soulagée que Lincoln ait laissé tomber son interrogatoire. Lorsqu'il ouvre la bouche et que je vois cette ride entre ses sourcils, je parle la première.

— Est-ce que madame Landry est déjà en train de cuisiner ? demandé-je.

Les épaules de Camilla retombent de soulagement.

— Oui, répond-elle précipitamment. Sienna et Ford sont en train de l'aider. Je pense qu'elle a enfourné une tarte au caramel et une à la citrouille, ainsi qu'un gâteau au café pour le petit-déjeuner.

— Oh. J'adore le gâteau au café, affirmé-je.

Comprenant ce que je suis en train de faire, Camilla rit.

— Moi aussi. Je vais aller prendre une douche et me coucher. On se revoit demain matin.

La porte se referme avant que nous puissions ajouter quelque chose.

— Elle a l'air gentille, énoncé-je en bâillant.

— Il va falloir qu'elle apprenne à cacher son jeu.

— Quoi ? rigolé-je.

— C'est une très mauvaise menteuse. Je ne sais pas pourquoi ma famille a tant de difficulté à découvrir ce qui se passe avec elle.

— Alors, à ton avis ?

— Fouineuse a un petit ami qui ne plaira pas à papa.

— Tu penses ?

Il a bien sûr raison. C'est exactement ce qui se passe. J'en suis sûre. Mais comment Lincoln a-t-il fait pour savoir ?

Lincoln rit, se déplaçant d'un mouvement leste pour que je me retrouve à califourchon sur lui.

— Ce n'est pas évident ?

— Ouais, gloussé-je. Je pense aussi.

— Graham va faire sa petite enquête là-dessus. Bien sûr, elle peut faire tout ce qu'elle veut… tant qu'il n'y a pas de danger.

— Ça fait tellement surprotecteur de dire ça, rigolé-je.

Il se contente de hausser les épaules.

— Tu sais ce qui est évident aussi ?

— Non, quoi ? demandé-je en le sentant bander sous moi.

Soulevant mon haut, je m'installe de façon à ce que ma fente soit posée sur son sexe.

Ses pupilles se dilatent tandis qu'il caresse de nouveau mes seins.

— Je ne me rappelle pas.

— Ah, allez Landry, concentre-toi, blagué-je.

— Oh, je suis très concentré.

Faisant pivoter mes hanches de façon circulaire, je lui montre à quel point il me fait mouiller.

— Tu ne m'as même pas encore touchée, mais tu sens ça ? demandé-je, un petit gémissement s'échappant de mes lèvres alors que son dard velouté glisse sur mon clito.

Il appuie sur mon ventre pour me faire basculer vers l'arrière. Ses doigts glissent sur ma peau. La pression est juste suffisante pour susciter une envie, non, un *besoin* d'en avoir plus. Poussant mes hanches contre sa main, alors que je me place de façon à soulager la fièvre qui s'empare de mon corps, je le vois me refuser ce plaisir. Je m'apprête à m'opposer, à simplement le supplier, lorsque son regard me coupe le souffle.

– Je vais m'enfoncer dans ta chatte et te regarder essayer de ne pas crier mon nom, souffle-t-il en esquissant un sourire. Qu'en penses-tu ?

– Je t'en prie.

Chaque parcelle du désir que je ressens est infusée dans ma réponse. La voracité de son regard ne fait que s'intensifier. Comme de l'essence jetée dans un brasier, le regard qu'il m'adresse me fait presque venir.

Lincoln cherche le verre qu'il a apporté et y plonge ses longs doigts habiles. Un morceau de glace luit entre son pouce et son index.

Lorsque le glaçon touche l'extérieur de ma cuisse, j'ai un hoquet de surprise. C'est froid et mouillé sur ma peau, un contraste marqué avec la température partout ailleurs.

– Landry…

C'est à la fois un avertissement et un gémissement. Il fait glisser lentement le cube en décrivant des cercles paresseux sur ma peau, puis le fait remonter vers le haut de mes cuisses.

– Arrête. Tu me rends folle.

Il se contente de sourire. Le cube fond rapidement, l'eau ruisselant sur ma jambe et sur ses côtes. Ça ne semble pas le déranger. Son regard ne quitte jamais le mien.

Mes paupières se ferment en cillant, la sensation de ma chatte en feu et la caresse froide de l'eau glacée sont presque irrésistibles. Mon vagin pousse contre sa queue, glissant le long de son érection.

– Ah ! soufflé-je lorsqu'un autre cube plus froid est appliqué dans le coin intérieur de ma cuisse.

Cette fois, il le fait descendre, avec une lenteur atroce, jusqu'à ce qu'il soit presque rendu à mon genou. Puis il le fourre dans sa bouche.

– Bon goût, fait-il avec un sourire malicieux. Mais pas aussi bon qu'il le pourrait.

– Qu'est-ce que tu fais ? grogné-je en perdant mon sang-froid. Bon sang, Land…

Mes paroles sont coupées par un ricanement tandis qu'il me fait tomber sur le dos. Mes genoux sont par-dessus ses épaules, ses mains écartent mes cuisses. Sa bouche est posée sur ma fente avant que je puisse même réaliser ce qui se passe.

Il laisse fuser de l'air. C'est brûlant, son propre désir faisant presque fondre ma peau. Juste comme je m'habitue, une sensation de froid suit, causée par le glaçon qui est toujours dans sa bouche. Le mélange des deux, du chaud et du froid, sur mon sexe, m'électrise.

– Mon Dieu.

Je gémis lorsque sa langue me touche. Il caresse mon clitoris du plat de la langue et je sens à la fois la chaleur et le froid tandis que différentes parties entrent en contact avec moi. C'est exaltant et tout ce que je peux faire est de laisser ma tête s'enfoncer dans les oreilles en poussant mes hanches vers l'avant.

Il lèche doucement ma fente, puis plus énergiquement en repassant son chemin. Ses pouces s'enfoncent dans mes cuisses tandis qu'il m'écarte au maximum juste pour lui.

– C'est bien meilleur, gronde-t-il presque, les mots résonnant sur ma fente.

J'ouvre les yeux. Mon esprit est tout embrouillé par l'afflux de sensations, mais il y a une chose qui est claire comme du cristal : il est sulfureux !

Il me regarde d'entre mes deux jambes, sa langue pointant et glissant entre ses lèvres.

— Tu goûtes trop bon, chérie.

J'ai envie de passer un commentaire malicieux, de l'aguicher en retour, mais de le voir ainsi, le visage à quelques centimètres de mon corps, me rend sans voix. Il doit s'en rendre compte puisqu'il m'adresse un clin d'œil.

Un doigt, puis un deuxième, glissent en moi. Il les fait entrer et sortir, sans jamais détacher son regard de moi.

— Qu'est-ce que tu veux, Dani ?

— Je veux que tu me baises.

— Vraiment ? En es-tu sûre ?

— Oui, affirmé-je, mais il baisse alors sa tête et ses lèvres couvrent de nouveau mon clito.

Il aspire le bouton gonflé dans sa bouche, le chatouillant avec sa langue. Ses doigts n'arrêtent pas leur va-et-vient, me jetant dans une frénésie spectaculaire.

— Tu es sûre ? marmonne-t-il contre moi, léchant de nouveau vigoureusement mon clito avant de le sucer.

— Oui, dis-je en gémissant. Je veux dire, non. Mon Dieu. Non. Continue comme ça. Ah, mon Dieu…

Mes hanches se soulèvent en suivant le rythme, pour pousser le crescendo. En haut, en haut, en haut, jusqu'à ce que je ne vois plus qu'un tourbillon de couleurs et… qu'il s'arrête.

Il se relève sur les genoux, essuyant son visage du revers de la main.

— Viens ici, commande-t-il.

Il tient sa queue et la caresse de la base jusqu'au bout.

— Assis-toi sur moi.

Je n'ai jamais rampé aussi vite sur un lit de toute ma vie. Je m'assois sur ses genoux face à lui. Me soulevant afin qu'il puisse entrer en moi, j'enroule les jambes derrière son dos. Il me pénètre d'une longue poussée puissante. Un feu se répand en moi, me remplissant de toutes les façons.

— Merde, lâche-t-il.

Il prend une respiration et ses yeux se révulsent.

— C'est meilleur chaque fois, ajoute-t-il.

Ses mains tiennent mes fesses, me guidant de haut en bas pendant que je m'habitue à la longueur de sa queue.

— C'est si bon de te sentir serrée sur ma queue.

— C'est si bon de te sentir en moi, dis-je en observant sa façon de réagir, de jouir de moi.

Ses mains pressent mes fesses, sa bouche s'ouvre. Ces magnifiques yeux verts se ferment tandis qu'un gémissement, la chose la plus torride que je n'ai jamais entendue, emplit la pièce.

Consciente du fait que nous ne sommes pas seuls dans la maison, j'étouffe le bruit avec un baiser. Les vibrations chatouillent l'intérieur de ma bouche, dansent dans mon corps. Mes cheveux sont emmêlés dans son poing et il m'embrasse comme si sa vie en dépendait. Tel un homme désespéré et assoiffé qui me verrait comme une oasis.

Il entre et sort de moi, son corps me signifiant à quel point il a envie de moi. Et si ce n'était pas suffisant, il l'exprime clairement.

— J'ai envie de toi, Dani. J'ai envie de toi de toutes les manières, chuchote-t-il à mon oreille.

Ses mains explorent mon corps, s'arrêtant finalement sur mes seins. Il les caresse, il fait rouler les mamelons entre deux doigts et ça y est. C'est le commutateur, l'élément déclencheur.

— Landry…

Ma tête se renverse vers l'arrière, mes chevilles se séparent. Mes épaules se détendent et je peux sentir le bout de mes cheveux mouillés toucher le haut de mes fesses.

– Viens sur mon membre.

Il accélère le rythme, nos corps remuant de concert et je me fiche complètement que quelqu'un nous entende.

– Landry.

Je gémis, le volume augmentant tandis que les syllabes s'étirent. Il accélère encore, sa bouche trouvant la mienne pour m'empêcher de crier. Mes mains sont posées sur ses épaules musclées tandis que je rebondis sur lui.

– Ah ! lâché-je, mais mon gémissement est étouffé.

Mon corps incliné de façon à ce qu'il masse mon clito en me baisant, la mèche s'enflamme.

Ses mains pressent mes seins avant de masser mes fesses. La chaleur de sa peau. La morsure de sa bouche contre mon cou. Son sexe gonflé en moi pendant qu'il est sur le point de venir.

C'est beaucoup trop.

Ce n'est pas encore suffisant.

Je me projette contre lui, frottant mon corps contre son pubis. Sa tête se renverse vers l'arrière, sa pomme d'Adam sautillant dans sa gorge. La bombe explose.

Mon corps frissonne, mes jambes tremblent, tandis que j'atteins l'orgasme. Ma tête retombe sur son épaule et je mords ma lèvre inférieure afin de ne pas crier pendant que je suis submergée. Ses lèvres sont près de mon oreille et je peux l'entendre murmurer entre ses dents, mais je ne peux discerner ce qu'il dit. Je peux seulement flotter dans ce bien-être.

Nos respirations sont saccadées, nos corps couverts d'une couche de sueur. Nous sommes assis l'un en face de l'autre, ma tête sur son épaule, ses doigts faisant des dessins dans mon dos.

La maison est silencieuse, la lune est basse et brillante à la fenêtre. Pendant que je suis assise et m'enroule autour de Lincoln dans cette maison de campagne, pour la première fois, tout semble absolument parfait dans mon monde.

31

Lincoln

— Bon sang, l'armée te tient en forme, hein ?

Les mains sur les genoux, je suis plié en deux devant la maison de ferme, cherchant mon souffle.

— Merde, Ford. Rappelle-moi de ne plus jamais courir avec toi.

L'enfoiré est planté là, semblant à peine essoufflé, et il me regarde avec amusement.

— Et ils te paient pour être en forme ? me demande Ford. Sapristi, je devrais peut-être oublier la compagnie de valeurs et simplement jouer au baseball.

Je ne me donne pas la peine de répondre à ça. Par ailleurs, je suis encore à bout de souffle.

— Ford t'a botté le derrière aussi ?

Je lève les yeux pour voir Graham venir dans notre direction. Dans un jeans et un polo vert, c'est la version la plus décontractée de mon frère.

— Il t'a fait courir avec lui ? demandé-je tout en me redressant.

— Une seule fois, rigole Graham. Je préfère courir seul plutôt que d'être entraîné à une telle vitesse que j'ai envie de mourir.

— Mauviettes, tous les deux, ricane Ford. Je vais aller prendre une douche. Ne mangez pas toute la tarte avant que j'en sorte.

Nous le regardons monter l'escalier et entrer dans la maison.

— C'est une vraie bête, rigolé-je. Bon sang, pourquoi tu ne m'as pas averti ?

— Parce que c'est drôle de te voir rappelé à l'ordre. Qu'est-ce que je peux dire ?

Il enfonce les mains dans ses poches.

— Où est Danielle ? ajoute-t-il.

— Elle se prépare.

Je repense à elle debout dans ma chambre, dans un de mes vieux peignoirs, une tasse de café à la main.

— À moins d'avoir le temps de remonter pour la retarder avant qu'elle descende.

Graham rit, son regard reflétant le soleil du matin.

— Est-ce que Barrett est déjà arrivé ?

— Ouais, lui, Ali et Hux sont dans la cuisine.

— Il faut que je lui parle plus tard.

— Pas d'affaires pendant l'Action de grâce, grogné-je. Donne-nous une journée sans parler boutique, OK ?

— J'aimerais bien.

Il fait une grimace avant de poursuivre.

— Mon assistante a décidé de déménager dans le Maine avec son nouveau mec. Le Maine, c'est à peine croyable.

— Pourquoi veulent-ils aller là ? Il fait froid.

– Apparemment, ils veulent ouvrir un gîte avec petit-déjeuner. Mauvaise idée, si tu veux mon avis. Elle le connaît depuis à peine deux mois, et elle va miser toutes ses économies avec ce type. Mais qu'est-ce que je peux y faire ?

– Rien, dis-je.

– Exactement, soupire-t-il. Ça fait de la peine à voir. De toute façon, elle s'en va. Aucun préavis, pas d'appel de courtoisie. Elle a juste ramassé son chèque et dit qu'elle ne reviendrait pas après le congé férié.

– Merde. C'est nul. Qu'est-ce que tu vas faire ?

– J'en ai aucune espèce d'idée, soupire-t-il de nouveau. Je déteste les intérimaires. Je préfère faire les choses moi-même que d'avoir à expliquer chaque détail. J'espère que Barrett a quelqu'un que je pourrai engager.

– Engage Paulina, dis-je en me préparant pour le coup qui va inévitablement suivre.

C'est ce qui arrive. Le coup de Graham me fait reculer de quelques pas.

– T'es un enfoiré, rigole-t-il.

Je regarde par-dessus mon épaule et aperçois la fenêtre de la chambre que je partage avec Dani. Un courant d'excitation passe dans mes veines.

– Hé, il faut que j'aille prendre une douche. On se voit dans pas long.

– Menteur, blague-t-il.

– OK, répliqué-je en courant vers les marches. Je vais aller trouver ma blonde, suer un peu, prendre une douche, et là je pourrai te retrouver.

J'entends son gloussement tandis que j'entre dans la maison, salue Barrett de la main, grimpe les escaliers quatre à quatre et atterris au fond du couloir. Je pousse la porte et la trouve debout devant le miroir en pied dans le coin.

— Salut, beauté, dis-je en venant me tenir derrière elle.

Notre reflet dans le miroir nous renvoie notre regard. Elle fait au moins une tête de moins que moi, ses cheveux noirs sont ramenés derrière son visage. Elle porte une longue robe avec des motifs floraux et une veste en jeans.

— Je suis nerveuse, murmure-t-elle en mordillant sa lèvre inférieure.

— Pourquoi ?

— Je peux les entendre parler en bas, dit-elle en haussant les épaules. Et si… je ne m'intègre pas ? Et si je me comporte bizarrement aujourd'hui ?

— Alors, on reviendra dans la chambre et je vais te pénétrer jusqu'à ce que ce soit le temps de partir.

Je hausse les épaules avant d'ajouter :

— Ça me semble être un bon plan.

Elle me donne une tape en se retournant et en riant.

— Tu ne penses qu'à ça.

— Où veux-tu en venir ? demandé-je en souriant.

— J'adore ça.

Je l'embrasse et ramasse le peignoir qu'elle portait plus tôt.

— Il faut que j'aille prendre une douche.

— Qu'est-ce que je vais faire ? demande-t-elle d'une voix étranglée.

— Tu veux me regarder ?

— Oui, soupire-t-elle d'un air joyeux.

Je ris en ramassant une paire de jeans et une chemise à col rouge pour porter au repas.

— Va parler à ma famille. Contente-toi de te mêler aux autres.

— Je ne sais pas…

— Moi, je sais, dis-je en l'embrassant sur le dessus de la tête. Ils vont t'adorer, mais ne va pas croire tout ce qu'ils disent. Allez, va te mettre à l'aise.

Si je reste planté là à lui parler de ça, elle va finir par se retrouver dans la salle de bain avec moi. Si c'est le cas, je vais finir par la déshabiller. Si ça arrive, nous allons baiser et arriver en retard pour le repas. Ma mère serait dans une telle colère et je veux éviter ça à tout prix. Alors, je la laisse au beau milieu de notre chambre et me dirige vers la douche.

Danielle

Ça va aller. Je peux y arriver. Ça va aller.

Plus je m'approche du brouhaha de la cuisine et plus mon anxiété grimpe. Tant de voix, de musique, de rires, et même le son d'un jeu vidéo à la télé, tout cela crée une ambiance un peu survoltée pour quelqu'un qui est habitué au silence.

Au lieu de me diriger vers la cuisine, je tourne à gauche pour me retrouver sur la galerie afin de prendre un peu d'air frais. Il n'y a personne dehors, juste une enfilade de voitures de luxe dans l'allée devant la maison.

Je m'assois sur la balançoire et je prends quelques respirations profondes. L'atmosphère est si paisible ici qu'elle remplit mes poumons de quiétude. Je n'ai jamais ressenti quelque chose comme ça avant. Ce n'est pas comme à Memphis ou à Boston, ni même comme à San Diego où j'ai grandi. Ça me plaît.

La porte s'ouvre et me fait sursauter. Graham sort et m'aperçoit, m'adressant un sourire rassurant.

— Je n'avais pas l'intention de t'effrayer.

— Tu ne l'as pas fait, dis-je.

— Tout va bien ?

— Bien sûr, fais-je en souriant. C'est juste que… tout ça est un peu nouveau pour moi.

— Qu'est-ce qui est nouveau ? demande-t-il en fronçant les sourcils.

— La grande famille que vous avez ici. Je suis enfant unique. Pas de cousins ou de grands-parents, vraiment. C'est un peu…

— Intimidant ?

— En quelque sorte.

— Ça peut l'être, même pour moi.

Il marche sur la galerie et s'appuie sur la balustrade. Il n'est pas aussi grand que Lincoln, ni aussi musclé, mais je suis sûre qu'il a ses propres atouts sans chemise. Il regarde à travers la pelouse comme le fait Lincoln lorsqu'il réfléchit.

— C'est peut-être moi qui devrais te demander si ça va, fais-je remarquer.

Il me regarde par-dessus son épaule avec un petit sourire.

— Je vais bien. À moins que vous tu aies besoin d'un emploi. Alors, j'irais super bien.

— Ça semble être un sujet sensible.

— Je dois engager quelqu'un sur-le-champ, dit-il en expirant bruyamment. Ma secrétaire vient de démissionner.

Il soupire de nouveau.

— C'est gentil de sa part, grimacé-je. Elle a pris sa retraite ? Elle est tombée malade ?

— Pire que ça, répond-il en se tournant pour me faire face. Elle est tombée amoureuse.

— Ah, rigolé-je. Tant mieux pour elle.

— Peut-être, mais c'est affreux pour moi, ricane-t-il en secouant la tête. Je ne vois pas l'intérêt de traverser le pays parce qu'elle a trouvé quelqu'un avec qui coucher. Les gens tombent en amour et font les trucs les plus idiots.

Ma gorge se serre tandis que j'essaie de voir si cette allusion m'est destinée.

— Je ne pensais pas à toi, s'esclaffe-t-il.

— Comment sais-tu que je pensais à ça ?

— Tu veux dire, outre le fait qu'on dirait que tu viens de voir un fantôme ? rit-il.

— Était-ce évident à ce point ?

— Plus ou moins.

Il se tourne et me fait face en s'appuyant contre la balustrade. Son regard perce le mien et je gigote sur la balançoire en bois. Le bout de mes bottes accroche le sol, arrêtant le va-et-vient paresseux. Il ne me met pas mal à l'aise, il me prend juste au dépourvu. Graham Landry peut passer d'une conversation informelle à un interrogatoire sérieux plus vite que n'importe qui.

— Je peux te demander quelque chose ? enchaîne-t-il.

— Bien sûr, dis-je même si je ne le pense pas du tout.

— Pourquoi mon frère te plaît-il ?

Sa question me laisse sans voix. Mes lèvres s'entrouvrent, puis se referment, pendant que j'essaie de voir où il veut en venir.

— Désolée, Graham. Je ne comprends pas.

— Tu sais quoi ? demande-t-il en souriant presque. Oublie ça.

— Non, dis-je en secouant la tête. Tu m'as demandé, maintenant, il faut clarifier.

— Écoute, je vais le dire, mais ça pourrait sortir de travers.

— Attention, donné-je comme avertissement tout en esquissant un sourire.

Il détourne le regard en essayant d'arrêter son rire.

— D'accord.

Il s'éclaircit la gorge et me regarde de nouveau.

— Je suis un type critique. Je dirais même que je suis le plus sérieux du lot. Alors, quand quelqu'un de la famille emmène une nouvelle fille ou un nouveau gars, je n'ai pas le temps de mémoriser son visage parce que je sais que je ne le reverrai pas.

— Alors, tes frères et sœurs sont frivoles ?

— Oui, admet-il avec bonhomie. Mais toi, Danielle, tu es différente. Je te vois bien rester avec Lincoln un bon moment.

Mon cœur bondit dans ma poitrine, mais je reste posée. Il le faut avec ce type.

— Qu'est-ce qui te fait dire ça ?

— Tu t'intègres bien ici, fait-il en haussant les épaules. Tu fais rire Lincoln. Il relaxe. Bon sang, tu lui fais penser à autre chose qu'au baseball et à ses coups sûrs, et ça, c'est tout un exploit, blague-t-il. Tu fais sortir le meilleur de lui, et je n'ai pas vu ça depuis des années. J'ai l'impression que tu es spéciale pour lui.

— Je l'espère bien. Il est assez spécial pour moi aussi.

— Lincoln a une réunion bientôt au sujet de son contrat, déclare Graham.

Et tout à coup, ça me frappe. Je me lève, parce que le fait d'être assise me donne l'impression d'être en désavantage par rapport à lui. Je ne suis pas vexée par son insinuation, je comprends. J'ai connu ce genre de situation. Mais je vais être claire. Claire comme de l'eau de roche.

— Je vois ce que tu veux dire, énoncé-je en accrochant son regard. Et, pour information, s'il est largué et ne joue plus jamais au baseball, je serais probablement plus heureuse.

Graham écarquille juste un peu les yeux, sa mâchoire s'affaisse légèrement.

— Je retire ce que j'ai dit, lâché-je en prenant une inspiration. Je pense que Lincoln serait dans tous ses états et je ne lui souhaite pas ça. Il adore le baseball.

Les mots fusent et j'essaie d'ignorer les coups qu'ils me donnent à la poitrine, me ramenant à la réalité. Celle des priorités et de l'insécurité que je ressens en pensant que je dois me comparer à un bâton de baseball et un gant en cuir.

— Je pense qu'il t'aime aussi, affirme Graham.

Je hausse les épaules parce que je me sens maintenant à côté de la plaque. Je me bats contre mon cerveau pour garder le contrôle de mes émotions, pour rester dans le moment présent et profiter du week-end. Je ne sais pas ce que nous réserve l'avenir, mais je veux que nous soyons tous les deux heureux.

— Et qu'en est-il de toi ? demandé-je pour faire dévier la conversation sur lui. Est-ce qu'une petite amie ou une épouse va te rejoindre ici aujourd'hui ?

Il rit maintenant aux éclats, ce qui pousse une volée d'oiseaux à aller chercher refuge dans les arbres.

— Je ne fréquente personne.

— Tu n'es quand même pas de ceux qui ne croient pas à l'amour ? le taquiné-je.

— Je crois absolument à l'amour, répond-il. Je l'ai vu. Bon sang, je regarde une personne amoureuse en ce moment même.

Nous échangeons un sourire avant qu'il poursuive.

— Mais aimer une personne signifie lui laisser un certain contrôle sur notre quotidien, sur notre vie. Ce n'est pas un domaine où j'excelle.

— Mais n'est-ce pas beaucoup mieux de partager son quotidien, sa vie, avec une autre personne ?

— À certains moments de la journée, oui, fait-il avec un clin d'œil. Mais je n'ai pas assez de temps libre pour dorloter quelqu'un. C'est la triste réalité. J'ai consacré tellement d'années pour arriver là où je veux sur le plan professionnel, à échafauder des plans pour faire passer notre compagnie à un niveau supérieur. J'adore ça. C'est ma passion. Et ça fonctionne parce que j'ai un système.

— Tu es un maniaque du contrôle.

— Je suis d'accord avec ça.

Il ouvre la bouche pour ajouter quelque chose lorsque la porte grince tandis que Lincoln sort. Sa chemise bordeaux moule son corps mince et ses jambes sont mises en valeur par un denim noir. Je gémis presque.

— Salut, lâche Lincoln en venant se placer à côté de moi. Ne va pas te faire d'idées, G.

— Oh, tu dois maintenant comprendre ce que peut ressentir Barrett, rigole Graham. Je rentre boire quelque chose.

Il s'éclipse et Lincoln me tire dans ses bras. J'inspire son parfum, le laissant apaiser mes nerfs fragiles.

— Tu veux du thé ? demande-t-il contre mes cheveux.

— Oui, s'il te plaît.

Au lieu de se rendre dans la maison, il m'attire plus près de lui.

— Je veux que tu saches, dit-il la gorge serrée, que je suis vraiment très content que tu sois ici. J'étais dans la douche et je pensais à cette occasion qui te réunit à ma famille aujourd'hui et, bon, je ne me suis jamais senti comme ça.

Je soulève le menton et regarde son visage dans le soleil du matin. Il n'y a aucune espièglerie qui étire ses lèvres, aucune distraction dans le regard. C'est juste une simple émotion que je n'ai jamais vue avant. Un sentiment pur que je pense pouvoir comprendre et que je ressens moi aussi.

Je ne devrais pourtant pas. Ce genre de sentiment doit être mûri. Et pourtant, il m'a dépouillée de toute ma pensée logique. J'ouvre la bouche avant de pouvoir démêler tous ses mots qui traversent ma tête.

— Lincoln, je…

Il m'embrasse avant que je puisse finir. J'ai le souffle coupé, surprise par le geste que je n'ai pas vu venir. C'est un peu une déception de n'avoir pas pu le dire. Lorsqu'il se recule, ses yeux brillent.

— Dani, énonce-t-il d'une voix rauque. Je sais ce que tu allais dire.

J'essaie de détourner le regard, embarrassée. *Ah, mon Dieu…*

Essayant de me détacher, je l'entends ricaner. L'embarras se transforme en colère et je ramène brusquement les yeux sur lui, prête à le foudroyer, mais je m'arrête aussitôt. Son sourire est si tendre que je balbutie.

— Je voulais être le premier, murmure-t-il. Je t'aime, Ryan Danielle.

Je fais la seule chose que je suis capable de faire. Je l'embrasse.

32

Danielle

— Je ne peux plus avaler une seule bouchée, gémit Sienna, étendue sur le dos au milieu du plancher du salon.

Un match de football joue sur la télé fixée au mur. Même si cette pièce est grande, avec tout ce monde, elle semble bondée. C'est merveilleux. Peut-être même parfait.

Je suis assise sur les genoux de Lincoln dans une causeuse à côté de Ford. Graham et son père se tiennent derrière le canapé, chacun tenant un verre d'une liqueur brune, discutant de quelque chose en détail. Camilla est étendue à côté de sa sœur, les yeux rivés sur son téléphone, tandis que Barrett et Alison sont installés confortablement sur le canapé. Huxley est appuyé sur un coussin géant des Arrows, en train de jouer à un jeu.

Vivian entre et ne semble pas trop fatiguée d'avoir préparé ce que je décrirais comme un véritable *festin*. Elle dépose un plateau d'amuse-gueules sur la table devant Barrett et Alison.

— Quelqu'un veut une grignotine ?

— Maman, t'es sérieuse? demande Lincoln en se frottant le ventre. Je ne suis même plus capable de voir de la nourriture.

— Je réunis tout le monde à la maison seulement quelques jours par année. Pardonne-moi de vouloir vous nourrir, dit-elle.

Regardant le portrait devant elle, elle sourit avec fierté.

— J'adore ça vous avoir tous ici, conclut-elle.

— On adore être ici m'man.

Sienna lui souffle un baiser avant de grogner.

— Mais vraiment, ajoute-t-elle, sors cette bouffe d'ici. Pouah, c'est trop.

— Qu'en pensez-vous? me demande Vivian. Avez-vous besoin de quelque chose?

— Non, merci. Ça va. Est-ce que je peux vous aider à faire quelque chose?

Elle regarde Lincoln, puis sa main sur mon genou, avant de reporter son attention sur moi.

— Rendez simplement mon bébé heureux et avisez-moi s'il sort du droit chemin.

— Son p'tit gars, se moque Ford en faisant un genre de clé de tête à Lincoln. Oh, le bébé à maman.

— T'es juste jaloux, rigole Lincoln en réussissant à se déprendre de la prise de Ford.

Ignorant ses garçons chahuteurs, Vivian soulève de nouveau son plateau.

— Personne ne veut rien? Huxley? Un biscuit?

— Est-ce que c'est les biscuits au chocolat avec des bonbons à l'intérieur? demande-t-il en déposant son jeu.

— Bien sûr. Ce sont tes préférés.

Il bondit sur ses pieds et en prend trois.

— Merci, Vivian.

— Ça me fait vraiment plaisir.

Barrett tend la main et cueille une grappe de raisin sur le plateau avant que Vivian disparaisse dans la cuisine.

— Regarde, Alison. Tes préférés.

Elle devient immédiatement aussi rouge que le coussin sur ses genoux. Barrett tient les raisins devant elle avant de chuchoter quelque chose à son oreille. Il enroule la main autour du poignet d'Alison tandis qu'elle glousse et évite de regarder qui que ce soit.

— Pas de secrets, dit Lincoln à son frère. Qu'est-ce qui la fait rougir comme ça ?

— Fais-moi confiance, c'est une bonne histoire.

Barrett imite le sourire du chat qui vient d'avaler un canari.

— Je vous la raconterai peut-être un jour.

— Arrête ! s'exclame Sienna en plaquant les mains sur ses oreilles. Je peux deviner mais je ne veux pas visualiser ça. Sans vouloir te vexer, Alison.

Cette dernière rit en jetant le coussin à Barrett et se dirige hors de la pièce.

— Je vais à la salle de bain, dit-elle.

— Je n'en doute pas, la taquine Barrett.

Vivian revient et se tient à côté de son mari. Elle ne semble pas du tout dérangée par le niveau sonore ou le désordre de la pièce. Des souliers, des vestes, des tasses, des verres, des tablettes et des ordinateurs portables couvrent pratiquement toute la moquette. Si j'avais déjà vu une telle image, j'aurais eu un mouvement de recul. Mais c'était avant de la vivre. Je comprends pourquoi Vivian aime tellement ça. Je pourrais m'y habituer aussi.

— Lincoln, demande Harris à l'adresse de son fils. Quand est-ce que vous rentrez, toi et Danielle ?

— À la première heure demain matin. En fait, nous serons probablement partis avant que vous soyez tous levés.

— Serez-vous à la maison pour Noël ? demande Camilla.

Elle m'adresse un sourire sympathique, que je lui rends, avant d'ajouter :

— Nous faisons une immense fournée de biscuits la veille de Noël. On adorerait que tu sois là, Danielle.

Lincoln presse ma cuisse, mais je ne peux pas le regarder. Je redoute tout ce que je pourrais voir dans son regard et comment j'y répondrais.

— Je ne sais pas encore ce que je vais faire, dis-je avec franchise. La préparation des biscuits semble quand même amusante.

— On va sûrement essayer d'être ici, intervient Lincoln. Tu vas venir, Barrett ?

— Ne viens surtout pas si tu n'es pas marié, Barrett, lance Sienna en s'assoyant les jambes croisées.

— Sienna ! la gronde Vivian.

— Quoi ? Alison n'est pas là. Je ne l'embarrasse pas. Je dis juste qu'il est temps de lui passer la bague au doigt, mon frère.

— Je suis d'accord, fait Camilla en se rassoyant à son tour et en haussant les épaules. Passe-lui la bague au doigt.

— Personne ne me fait confiance ? demande Barrett en feignant un air horrifié. Mais il y a de petites oreilles à l'écoute.

Huxley croque un biscuit qu'il tient dans une main, l'autre glissant sur l'écran vidéo sur ses genoux.

— Il n'écoute pas, dit Camilla. Dis-moi au moins que tu as une bague et qu'elle est vintage.

— Non, s'étrangle Sienna en regardant sa jumelle comme si elle était folle. Moderne, Barrett. Fais-moi confiance. C'est moi qui ai un diplôme en stylisme.

— Les filles ! soupire Vivian. Stop. Je suis certaine que Barrett va trouver ce qui leur convient à *eux*.

Sienna fait rouler des yeux, puis se tourne vers moi.

— Dis seulement à Lincoln de m'appeler quand il ira acheter la tienne. Pas Camilla. Tu ne veux pas un vieux truc avec une fausse pierre.

Mes joues rougissent et j'ignore le regard en coin de Lincoln. Il glisse sa main à l'arrière, sous mon haut, et me caresse. Je m'appuie sur sa main, mais reste incapable de le regarder.

— Vous allez me faire mourir, lâche Vivian en posant une main sur sa hanche. Désolée, Danielle.

— Ça va, dis-je en me contentant de rire. Et pour information, je ne suis pas très portée sur les bijoux.

— Alors, vous pensez vraiment vous marier ? demande Sienna d'une voix flûtée.

— Non, dis-je tout aussi rapidement que Lincoln répond : 'peut-être'.

Je le regarde et il fait un petit sourire.

— Je crois que c'est une bonne question, fait Lincoln en haussant les épaules. Tu veux m'épouser ? demande-t-il tandis que le coin de ses lèvres se contracte. Je suis sûr que ma mère et mes sœurs peuvent arranger quelque chose avant notre départ.

— Ah mon Dieu ! s'écrie Camilla. Oui ! Laissez-nous faire !

— Non, rigolé-je en levant les mains devant moi. Ça ne fait pas si longtemps qu'on s'est rencontrés. On doit d'abord apprendre à se connaître avant de vous laisser nous marier.

Harris s'éclaircit la gorge.

— Je savais que je vous aimerais bien, dit-il en levant un doigt de son verre pour me pointer. Tête froide. Intelligente. Garde-la celle-là, Lincoln.

— Ouais, pas comme celle avec des bas résille…

Sienna plaque une main sur sa bouche.

Lincoln renverse la tête en arrière et tout le monde rit dans la pièce. Même moi, parce que sa réaction est amusante. Peu importe qui est cette fille avec des bas résille, il est clair qu'elle n'est pas ici, mais qu'elle a été la risée de la famille.

— Désolée, s'excuse Sienna.

Je sens un petit coup sur ma main lorsque Lincoln se lève.

— Sur ce, on va se coucher. Je vais redescendre si je n'arrive pas à dormir. Sinon, on va se revoir à Noël.

Nous échangeons des étreintes et des au revoir dans la pièce. J'essaie d'aller aussi vite que possible, parce qu'il est clair que Lincoln veut sortir de la pièce, et à la lueur dans son regard, je le veux aussi.

Il me tire presque en haut des escaliers, jusqu'à notre chambre. Il me plaque contre le mur avant que je sache ce que je viens de frapper. Son regard scrute le mien, son corps dégage de la chaleur.

— J'ai envie de toi. Tout de suite.

Ce n'est pas une question, pas une proposition. C'est un ordre, auquel je suis plus qu'heureuse d'obéir.

33

Danielle

On dirait qu'on voyage depuis une éternité, alors qu'en réalité, ça ne fait pas une journée entière. Nous avons quitté Savannah très tôt ce matin, avant que le soleil soit levé. Troy nous a reconduits à l'aéroport et nous avons presque manqué notre correspondance à Atlanta à cause du brouillard. Lorsque nous avons atterri à Memphis, nous étions tous les deux complètement épuisés.

Je m'affale sur mon sofa et il ne s'écoule pas deux secondes avant que Lincoln me rejoigne. Il penche la tête de côté en souriant.

— La journée a été longue, pas vrai ?

— Oui, me lamenté-je. Et il n'est même pas encore 14 heures. Je pense que je suis encore repue du festin d'hier, fais-je en me frottant le ventre.

— Alors, comment as-tu trouvé ça ? demande Lincoln, la main posée sur mon genou.

— J'ai adoré la Ferme, dis-je en souriant. Merci de m'avoir invitée pour l'Action de grâce.

— Ma famille est plutôt géniale, hein ?

— Ouais, rigolé-je. Mais je ne peux pas m'imaginer grandir avec tout ce monde. Est-ce que c'était toujours aussi chaotique ?

— Absolument. Il se passait toujours quelque chose ou quelqu'un dans une situation embêtante. C'est une belle façon de grandir.

Il étire son cou avant de se caler dans le sofa.

— J'espère avoir une famille comme la tienne un jour, déclaré-je.

— Moi aussi.

Il fait un dessin que je n'arrive pas à reconnaître sur mon genou. Il trace quelque chose encore et encore sur ma peau.

— Qu'as-tu pensé de mes sœurs ? s'enquiert-il.

— Elles sont adorables. Sienna me fait penser à toi et Camilla a besoin d'une amie qui n'est pas une Landry.

— Je te proposerais, toi, mais elle a suggéré que tu deviennes une Landry.

Son regard accroche le mien pendant que je digère son insinuation.

— Elle est déraisonnable, murmuré-je en sentant le poids de ses paroles toucher mon cœur.

— Vraiment, Dani ? Entre nous, ça a cliqué à partir du moment où je suis sorti de l'ascenseur. C'est juste que tu ne le savais pas.

— Tu penses ça ?

— Oh, je le sais, fait-il avec un grand sourire. C'est toi et moi depuis le départ et c'est comme ça que je le veux. Je veux que tu commences à vivre chez moi.

Je m'apprête à m'opposer, à lui donner une occasion de se reprendre. Le coussinet de son doigt touche mes lèvres, me réduisant effectivement au silence.

— Dani, je le pense vraiment. Je veux que tu sois avec moi.

— Je veux aussi être avec toi.

— J'entends bien. Mais quoi ?

— Je veux être prudente, ne pas précipiter les choses, Landry.

— On ne précipite rien, insiste-t-il. On est des adultes.

Il prend ma main et dépose un baiser sur mes jointures.

— Nous nous aimons, non ? demande-t-il.

— Exact, murmuré-je.

Je n'ai jamais rien dit d'aussi véridique que ça. Je l'aime. J'aime Lincoln Landry. Cela m'effraie, à la fois à cause de la puissance de son sentiment et de ce qu'il est. Je ne sais pas ce que l'avenir nous réserve. Je sais juste que c'est lui et moi. Ensemble. Et nous pouvons écrire notre propre histoire en faisant fi de tous les poisons qui m'ont contaminée.

— Je ne peux pas imaginer rentrer à la maison sans que tu sois là. Je ne te demande pas de déménager, affirme-t-il lorsque j'essaie de nouveau de m'opposer, mais je veux penser que tu aimes être avec moi et que tu as envie d'être ici. Beaucoup.

— Alors, je n'apporte pas mon lit, juste mes dessous ? blagué-je.

— Tu peux apporter ton foutu lit si ça te permet de rester ici, rigole-t-il. Apporte ce qui te plaît. Je veux que tu te sentes chez toi ici. Je veux que nos vies se fusionnent davantage. Tu sais, je crois que plus tu vas apporter tes choses préférées chez moi, porter mes tee-shirts, dormir dans mon lit ou rencontrer ma famille, plus on sera heureux tous les deux d'être ensemble.

Il a raison. Je n'ai pas besoin de le dire parce qu'il s'en rend compte, et il a absolument raison. Tout a radicalement changé en moi depuis que Lincoln Landry a débarqué de l'ascenseur au mauvais étage. Je ne peux pas me rappeler ce que je faisais après le travail auparavant ou à quoi je pensais en me couchant. Je ne me rappelle sûrement pas avoir eu aussi mal au visage à force de sourire.

— Je t'aime, déclaré-je.

Il embrasse le dessus de ma tête et se lève du sofa, étirant ses bras au-dessus de la tête.

— Il faut que j'y aille. J'ai une rencontre avec les Arrows dans quelques heures et il faut que je défasse mes valises, prenne une douche et tout le tralala.

Je me lève aussi.

— Comment te sens-tu à ce sujet ?

— Mon épaule va mieux. Mais ce qu'il y a, c'est que je ne sais pas ce qu'ils vont en penser. Lorsque c'est arrivé une fois, ça a tendance à récidiver et ça signifie des matchs sur le banc.

Mon estomac se noue en pensant que le sport, qui a ruiné ma vie, refait surface. J'ai évité de me tourmenter au sujet de cette réunion, ne posant pas trop de questions et n'insistant pas pour obtenir des détails. Ça semblait convenir à Lincoln. Mais maintenant, en sachant ce qui plane au-dessus de sa tête, je ne peux réprimer les questions qui se bousculent dans ma tête.

— Est-ce que tu veux rester à Memphis ? demandé-je en me mordant la lèvre. Je veux dire, si on te donne le choix, c'est ce que tu souhaites ?

— Évidemment.

Il fait un pas en avant et passe le dos de sa main sur mon visage avant d'ajouter :

— Vraiment, je serai heureux n'importe où, si tu es là avec moi.

— Je vis ici, fais-je remarquer d'une voix tremblante.

— Et en ce moment, moi aussi. Il est fort probable que ce soit encore le cas quand je reviendrai plus tard aujourd'hui.

Il se penche en avant, décelant une pointe d'anxiété sur mon visage.

— Hé, dit-il, relaxe. C'est juste une réunion.

— C'est juste une réunion, répété-je, même si ce n'est pas vrai et que je déteste qu'il me réconforte. Je le sais. Vas-y, qu'on en finisse afin de savoir ce qui nous attend.

— Exactement, fait-il en m'embrassant sur le front. C'est ce qui *nous* attend parce que nous allons en discuter ensemble, OK ?

— D'accord.

Il m'adresse un dernier regard rassurant avant de partir. Aussitôt que la porte se ferme, tout se met à aller de travers. Le bourdonnement de la machine à glaçons dans la cuisine flotte dans les airs et ne fait que rendre le silence plus obsédant. Personne ne rit, personne ne discute. Il n'y a pas de télé allumée dans une autre pièce et les téléphones cellulaires ne tintent pas au fin fond de la maison.

Je suis seule. Et je déteste ça.

Je traîne mes bagages dans ma chambre et mets les vêtements dans le bac à linge. En classant mes articles de toilette dans la salle de bain, j'essaie de fredonner, de chanter, de me parler à voix haute pour rompre le silence. C'est comme s'il y avait quelque chose que je ne pouvais pas étouffer avec mes bouffonneries. C'est quelque chose de plus profond qui demande à être comblé.

Sortant mon téléphone de ma poche, je décide de taper un petit texto à Lincoln.

Moi : Bonne chance aujourd'hui.

Landry : Je n'ai pas besoin de chance. Je t'ai, toi.

Moi : Charmeur. Rappelle-moi quand tu arriveras chez toi.

Landry : Tu n'as qu'à aller m'y attendre. La clé sera sous le paillasson.

Moi : Aïe ! C'est le pire endroit pour la cacher.

Landry : Bien vu. Alors, utilise celle que j'ai mise sur ton porte-clés. ;)

Je me précipite vers mon sac à main dans le salon et fouille à l'intérieur jusqu'à ce que je trouve mon trousseau.

Moi : Petit rusé !

Landry : Je devrais être à la maison vers 20 heures. J'aimerais que tu sois là.

Moi : Je devrais pouvoir y arriver.

Landry : Si tu as besoin d'un camion de déménagement pour t'aider…

Moi : Qu'est-ce qui se passe avec 'un jour à la fois' ?

Landry : Cette idée est nulle. Je suis passé à autre chose. Note : toi aussi. ;) Je saute dans la douche. À bientôt.

Moi : xo

Danielle

J'ai fait trois brassées de lessive, j'ai plié le linge et je l'ai rangé. J'ai fait le ménage de l'armoire de la salle de bain et me suis débarrassée d'une vingtaine de bouteilles de vernis à ongles séché qui étaient périmées depuis quelques années. J'ai séparé mon linge en deux piles : tenues décontractées et formelles. Je regarde l'horloge, il me reste encore quelques heures avant que Lincoln ait terminé.

Il n'y aurait aucun inconvénient si je me rendais chez lui plus tôt. J'ai sa foutue clé. Même si ça semble être une idée géniale, qui m'assurerait de ne pas finir à l'asile cet après-midi, je ne veux pas. C'est trop présomptueux.

Je me suis lancée dans pas mal de trucs au cours des dernières semaines, des choses que je m'étais en grande partie promis de ne pas toucher. Mais je lui fais confiance. Je le désire. Je l'aime même, ce qui est en soi suffisant pour me faire flipper si j'y pense trop longtemps. Alors, je ne me permets pas d'aller là-bas.

À la place, je me précipite dans ma chambre et ouvre la valise qui se trouve toujours sur mon lit, y jetant des vêtements et des produits de beauté pour quelques jours avant de la refermer. J'attrape un chargeur de téléphone dans la prise de la cuisine, ainsi que mes clés, et me rends à la porte d'entrée que je verrouille derrière moi. En quelques minutes, je suis dans ma voiture et traverse la ville en direction du Smitten Kitten.

Lorsque j'arrive, le café-restaurant est rempli d'arômes inhabituels pour un samedi après-midi. Je fronce les sourcils pendant que je me dirige vers le comptoir.

— Qu'est-ce que ça sent ? demandé-je. Qu'est-ce que tu cuisines ?

Pepper est couverte de farine. Elle en a sur le nez, les pommettes, le devant de son tablier et les deux bras. Elle laisse fuser de l'air et de petites particules blanches s'envolent.

— Le malaxeur a eu un accident.

— Es-tu sûre que ce n'était pas toi ? rigolé-je. Tu as l'air d'un fantôme !

— J'ai essayé de faire cette soupe de Chine que j'ai trouvée sur Internet. J'ai dépensé une fortune, littéralement une fortune, Danielle, pour me procurer les ingrédients. Et cela s'est avéré être la pire chose que je n'ai jamais cuisinée.

— Peut-être pas, suggéré-je.

— Je ne veux plus en parler. Je suis en deuil.

Riant devant son ton dramatique, je commande une chocolatine et un cappuccino avant de m'installer dans mon coin préféré. Sortant un carnet de notes, je songe à prendre des notes pour le travail de la semaine à venir, mais je me retrouve à dessiner l'allée d'arbres à la Ferme.

— Qu'est-ce que c'est ? demande Pepper en déposant ma commande devant moi. Et pourquoi es-tu ici en ce moment ?

— J'attends que la réunion de Lincoln soit terminée, lui dis-je. On a eu du bon temps à Savannah.

— C'était comment ?

— Parfait, lancé-je avec exubérance. Sa famille est incroyable, la propriété était à couper le souffle. Maintenant, je ne supporte plus d'être seule à la maison. C'est juste trop banal comparé à la vie chez les Landry.

— Ce n'est pas une bonne idée de comparer les choses, m'avertit Pepper. C'est un jeu dangereux.

— Je sais.

Je soulève mon cappuccino et regarde la mousse tourbillonner avant de poursuivre.

— J'ai besoin que tu me rassures au sujet de ça.

– Quoi ?

– Ma relation avec Landry.

Prenant une gorgée avec prudence, je sens la boisson me brûler la gorge en passant.

– Dis-moi que ça va bien se terminer, continué-je. Dis-moi que je ne suis pas complètement dingue d'essayer. Dis-moi que ce n'est pas la définition einsteinienne de la folie.

– Eh bien, c'est le cas, rigole-t-elle, mais…

Elle s'assoit sur le banc en face de moi.

– Savais-tu que j'ai possédé deux restaurants avant le Smitten Kitten ?

– Non.

– J'avais trouvé un petit local à Nashville à côté d'une charcuterie. C'était mignon comme tout, mais dans un mauvais emplacement. Puis j'ai eu un petit café ici à Memphis, qui n'a pas fonctionné.

– Je l'ignorais, dis-je en prenant une autre gorgée de café. Comment es-tu arrivée ici ?

Elle sourit en prenant un morceau de mon croissant pour le fourrer dans sa bouche.

– J'ai fermé le café trois ans avant d'arriver ici. Je travaillais comme auxiliaire juridique et j'avais rendez-vous dans ce coin de la ville lorsque j'ai vu ce bâtiment à vendre. Je me suis sentie interpellée. Je pouvais me voir à l'intérieur, en train de popoter, de décorer des gâteaux et de m'éclater en cuisinant. Mais j'étais terrifiée à l'idée d'en parler à mon mari.

– Pourquoi ?

Pepper me regarde comme si j'étais cinglée.

– Parce que j'avais déjà échoué deux fois ! Comment pouvais-je m'attendre qu'il coure une troisième fois le risque avec moi ? C'était de la folie, même à mes yeux, soupire-t-elle.

C'était la seule chose que j'avais en tête. Tout ce dont je rêvais. Je pouvais voir les menus dans ma tête, sentir l'odeur du café. Un jour, mon mari a fini par céder à mon rêve et m'a simplement dit de me lancer.

La mâchoire me tombe.

– Quoi ! Juste comme ça ?

– Juste comme ça, confirme-t-elle en souriant. Eh bien, pas *juste* comme ça. Il m'a dit d'apprendre de mes erreurs et de me montrer plus habile cette fois. Et j'ai dû lui faire une pipe d'enfer. Et regarde-moi aujourd'hui !

Elle tend les mains de chaque côté pour montrer le café. Après quelques minutes, elle les laisse tomber.

– C'est ce que tu dois faire, Danielle, enchaîne-t-elle. Apprendre de tes erreurs et te montrer plus habile cette fois. Lincoln Landry sera peut-être ton Smitten Kitten. Ou tu seras peut-être le sien, rit-elle. De toute façon.

– Comment es-tu devenue si sage ?

Je ne peux nier que ses paroles m'ont réconfortée, m'ont enlevé un peu d'inquiétude par rapport à ma nouvelle situation.

– C'est génétique. Maintenant, je dois aller faire une autre fournée de cupcakes pour une fête ce soir.

– Je dois y aller aussi, dis-je en ramassant mes affaires. Je pense que je vais me rendre chez Lincoln.

Ces mots me font tourner la tête, la pensée de le voir me rend plus heureuse que je n'aie pu l'imaginer.

– Amuse-toi, fait Pepper avec un clin d'œil avant de filer dans la cuisine.

Oh, j'en ai bien l'intention.

34

Lincoln

J'imagine que c'est comme ça que Graham se sent. Serré dans une chemise boutonnée jusqu'en haut qui menace de nous étouffer, tout coincé en se dirigeant à une réunion. La seule différence, c'est que mon frère aime ces trucs. Moi, je les déteste.

Donnez-moi un bâton et une balle et je me fiche de qui m'examine ou à qui je dois parler. Je peux disséquer des chiffres et des statistiques toute la journée. Vous avez besoin de quelqu'un pour étudier les techniques de frappe et vous faire une dissertation sur le baseball ? Je suis votre homme. Bon sang, je suis même prêt à porter un complet et une cravate pour charmer les électeurs ou les mécènes, et je vous rapporterais une tonne de fric. Mais *parler* d'argent ? Je préfère jouer au baseball.

Après les deux plus belles journées de ma vie personnelle, j'ouvre à la volée les portes du local des Arrows comme un vrai paquet de nerfs. J'imagine que c'est pire parce que j'avais réussi à si bien relaxer dernièrement.

Et juste comme ça, je souris.

Ça doit être comme ça que se sent Barrett. Heureux. Content. Enthousiaste en pensant au futur.

Je salue la réceptionniste et ignore ses œillades, appuyant sur le bouton de l'ascenseur. Même ça, me fait penser à Dani. Comme par enchantement, mon téléphone sonne et je vois son nom apparaître à l'écran.

Dani : Si tu ne pensais pas que j'utiliserais ta clé, trop tard. Je suis assise sur ton sofa avec une tasse rose remplie de café noisette. ;) J'ai hâte de te voir. Tu vas les avoir, mon tigre.

Moi : Euh, mon tigre ?

Dani : J'aime ça quand tu rugis.

Moi : J'aime ça quand tu cries mon nom. Et quand tu le murmures. Et quand tu y penses.

Dani : J'espère faire les trois dans quelques heures ce soir. Bouge tes fesses, Landry.

Moi : J'y vais. Je ferme le téléphone. On se parle bientôt.

J'éteins mon appareil et l'enfonce dans ma poche. Je prends une grande respiration et pousse la porte des bureaux de la direction. La secrétaire me fait entrer.

La moquette amortit mes pas tandis que j'en fais 36 pour me rendre à la salle de conférence du fond. Billy Marshall et mon agent, Frank Zele, m'attendent. Ils se lèvent lorsque j'entre et me serrent la main.

– Comment ça va, Lincoln ? demande Billy.

– Bien. Et toi ?

– Très bien, merci.

Frank et moi nous échangeons des politesses et nous nous assoyons tous.

– Comment s'est passé ton congé? demande Billy.

– Très bien, dis-je avec le sourire. Je suis allé chez moi à Savannah.

Billy ne me regarde pas et ne commente pas ma réponse, et cela m'inquiète beaucoup. Il est toujours si bavard. Ce type peut parler pendant deux heures d'une belle journée ensoleillée. Maintenant, il n'ose pas me regarder? Mes épaules se raidissent tandis que je joins les mains devant moi et attends le verdict. Frank m'adresse un regard, qui éteint encore plus mes espoirs.

– Bon, dit enfin Billy. Je vais aller droit au but, si ça te convient.

Il me regarde et ses traits sont sévères. Ce n'est plus le même gars qui a organisé une fête du quatre juillet l'an dernier à Tybee Island et qui m'a laissé prendre son bateau de pêche flambant neuf. C'est Billy Marshall, le directeur-gérant des Arrows. Mais je ne sais plus qui je suis aujourd'hui et ça me fout une de ces trouilles. Je jette un coup d'œil à Frank qui est plongé dans une pile de papier posée devant lui.

Billy s'éclaircit la gorge.

– On a épluché les prévisions et la liste des joueurs pour l'année prochaine. On pense vraiment pouvoir remporter le championnat.

– Je suis d'accord. On était la meilleure équipe de la ligue cette année, dis-je avec enthousiasme. Je crois vraiment qu'on va décrocher le trophée l'année prochaine si on peut éviter les blessures.

– C'est précisément de ça qu'il est question. Éviter les blessures.

Il pousse une feuille devant moi. Mon nom est en haut, suivi par une liste de spécifications, de chiffres avec un signe de dollars et de pourcentages.

— Ça, dit-il en indiquant la première colonne, c'est notre pourcentage de victoires lorsque tu joues. C'est magnifique. Mais celle-ci est le pourcentage quand tu es absent.

Je regarde les chiffres et je sens un nœud se former dans mon ventre.

— Je vais être prêt, l'assuré-je.

— Lincoln, fait-il en laissant fuser de l'air.

Il se cale dans son siège et ôte ses lunettes avant de poursuivre.

— Même si nous n'avons pas de plafond salarial, comme tu le sais, nous payons une taxe de luxe. Plus notre masse salariale est élevée, plus elle nous coûte cher. Cette année, l'organisation a payé la plus haute taxe de la ligue.

— Parlons chiffres, intervient Frank tandis que j'avale difficilement. Voyons voir si nous pouvons trouver un terrain qui va satisfaire tout le monde.

Billy m'observe pendant un long moment avant de se redresser, les mains jointes devant lui.

— Tu es de loin le joueur le mieux payé de l'équipe. Tu mérites ton salaire, ce n'est pas ce que je veux dire, lâche-t-il. Mais quand on additionne le nombre de matchs que tu as manqués cette saison avec l'état de ton épaule, tu n'es pas un bon investissement pour cette équipe.

— Quoi ?

En ce moment précis, la pièce pourrait se transformer en un brasier infernal et je ne pourrais pas bouger. Je suis cloué à mon siège, essayant de me convaincre que j'ai mal entendu.

— Répète ça, demandé-je.

— Je suis désolé, Lincoln. Tu sais que j'aime ça t'avoir dans l'équipe et je pense qu'il te reste encore beaucoup à donner au baseball. Mais ce genre de blessure jumelé à la pression que m'impose la direction pour diminuer et rationaliser notre masse salariale…

— Qu'est-ce que ça veut dire ? lancé-je en regardant les deux hommes devant moi.

Ma main tremble et je la pose sur mon genou en regardant le logo des Arrows sur la feuille devant moi. Ce sont mes couleurs. C'est mon équipe. Une partie de moi-même. Mais maintenant ? *Mon Dieu…*

— Ça veut dire qu'on doit t'offrir moins. Beaucoup moins. Soyons réalistes, même si tu reviens à cent pour cent, les probabilités que tu te blesses à nouveau au cours des cinq prochaines années sont très probables. Ça veut dire que je regarde ce pourcentage de victoires, dit-il en tapant de nouveau sur ce fichu papier, et que je ne peux pas dépenser un tel montant. Ça ne fonctionne pas, Lincoln.

— De combien d'argent parlons-nous ? demande Frank.

— Beaucoup moins qu'on voudrait ou devrait accepter, dit Billy avec un long soupir. On a aussi négocié un échange pour toi avec les Sails de San Diego. Leur masse salariale est l'une des plus modestes de la ligue…

— Tout comme leur pourcentage de victoires, m'esclaffé-je.

Billy me décoche un regard.

— Tu peux rester ici. Voici le montant que tu obtiendras.

La page tourne et je peux voir un salaire auquel je n'arrive pas à croire.

— Ça ? Es-tu sérieux ?

— Oui. Ou tu peux accepter d'aller à San Diego et le voir comme une reconstruction, une restructuration et l'occasion d'élargir ton bassin de fans, explique-t-il en essayant de rendre ça alléchant. Et obtenir ceci.

— Vous savez que c'est inacceptable, insiste Frank.

Le montant que me montre Billy sur une autre feuille est bien mieux. Mais quand même.

— Billy, lâché-je en riant d'incrédulité, vous me larguez vraiment ?

— Ce sont les affaires. Tu le sais. C'est juste que tu gagnes ta vie en jouant au baseball. Songes-y. Tu joues encore à la balle pour encaisser un chèque. C'est une bonne chose, que ce soit ici ou à San Diego.

Ma tête penche et mon cœur tombe en miettes. Je n'ai jamais pensé qu'ils pourraient m'échanger. Est-ce vraiment ce qui est en train de se passer ?

— Prends le temps d'y réfléchir, propose Bill.

Il se lève et pose sa main sur mon épaule.

— Rentre chez toi pour y penser. Parles-en avec Frank. Décide de ce que tu veux faire. Tu sais que je serais heureux de te payer pour que tu restes ici. C'est juste que je sais que ce n'est probablement pas faisable.

Tout mon corps ressent le poids de la terre entière et mon cerveau est une autoroute où les idées filent et entrent en collision. J'ai envie de vomir… ce que je fais une fois dehors dès que je trouve un buisson.

Le retour à la maison a pris trois fois plus de temps que requis. J'ai passé une bonne heure assis à l'extérieur du stade des Arrows, essayant d'assimiler la situation avant de rentrer à la maison. Retrouver Dani.

Je serre le volant en attendant que la barrière de mon lotissement se soulève. Chaque muscle de mon corps est endolori. Ma mâchoire me fait mal à force de se serrer. Mes jointures m'élancent à force de les cogner sur le volant.

Je suis peut-être en état de choc. Je ne sais pas. Cette nouvelle commence à remplir le vide qui me semblait trop profond à combler jusque-là. Je n'arrive à saisir qu'une partie de tout ça, sans compter ce que les médias vont dire et les articles qui vont paraître aussitôt que ça se concrétisera, peu importe la décision prise.

J'ai un goût si amer dans la bouche qu'il est presque impossible d'avaler la pilule. Pourquoi est-ce que ça m'arrive ? J'étais le roi du sport il y a quelques mois à peine. Comment ai-je pu tomber aussi bas aussi vite ?

Accepter l'argent que m'offrent les Arrows serait une farce. Ça ferait de *moi* une risée. Je pense que chaque année, je retire plus d'argent que ça des investissements de Graham. Un joueur comme moi ne peut pas jouer pour ça. On ne me prendrait pas au sérieux. Personne ne m'engagerait comme porte-parole. La vente de mes tee-shirts cesserait. Ce serait un grand désastre. Ils le savent, ce qui rend encore plus humiliant le fait qu'ils aient daigné me le proposer.

San Diego est la seule réponse. Ce n'est pas une réponse qui me plaît et que j'ai envie de donner, mais je n'ai pas d'autre choix. Le montant est pourtant assez généreux et je pourrais me reconstruire dans une nouvelle équipe. Je souris en pensant à quel point ce serait fantastique : remporter un championnat avec une autre équipe. Une équipe qui n'était pas vraiment reconnue avant moi.

Je me gare dans l'allée, saute hors de la voiture et verrouille la portière, puis je me retrouve dans le vestibule avant même de m'en rendre compte.

— Tu es là ? appelé-je.

Danielle sort de la cuisine avec un pantalon de yoga et un tee-shirt rouge.

– Comment ça s'est passé ? demande-t-elle d'un ton joyeux.

Son sourire s'estompe.

– Ça va ? s'enquiert-elle.

– Je me suis déjà senti mieux.

Mes clés tombent dans un petit plat sur la table. Je prends sa main et l'entraîne dans le salon où je m'assois sur le sofa avant de la poser sur mes genoux. Elle me rend mon étreinte et je prends une grande inspiration, la laissant s'installer sur moi et calmer mon agitation.

– Qu'est-ce qui ne va pas ? demande-t-elle.

– J'ai été échangé.

Elle se raidit dans mes bras, mais ne s'écarte pas. Je parle de chiffres, mais elle ne répond pourtant pas.

– Qu'est-ce que tu penses de San Diego ? demandé-je.

Elle s'écarte, puis se lève en lissant son tee-shirt.

– Pourquoi tu demandes ça ?

Sa voix est d'un calme froid avec juste une pointe de vulnérabilité. C'est la Danielle que j'ai rencontrée dans le couloir : une carapace solide avec un cœur tendre qu'elle s'efforce de protéger. Mais pourquoi en ce moment ?

Avec un certain malaise, je réponds :

– Parce que c'est là qu'on va déménager.

Elle me tourne le dos en penchant la tête.

– Je n'irai pas avec toi.

– Quoi ?

– Je ne vais pas te suivre.

Me levant précipitamment, je fronce les sourcils tandis que mon cœur s'affole. Je me place derrière elle.

– Je… mais… Dani ?

— N'y va pas, Landry.

La façon dont elle dit mon nom, comme une supplication faite sans espoir, m'atteint comme une troisième prise. Ça me flanque un coup au cœur. Ça me démolit. Je suis là à la regarder et à souhaiter pouvoir faire autre chose, mais je ne peux pas parce que j'ai déjà frappé cette putain de balle.

— Je te l'ai dit, répété-je prudemment. Je dois partir, car c'est à San Diego que ça se passe en ce moment.

Lorsqu'elle ne répond pas, je sens la panique m'envahir.

— Je dois aller où il y a du travail, expliqué-je. Je ne suis pas menuisier ou quelque chose du genre, où j'aurais la chance de choisir entre dix contrats avec 40 années d'expérience devant moi. Il me reste peut-être cinq ans, Dani. Cinq ans pour faire ce que je fais. Le baseball est ma profession, tu dois le comprendre.

Ma main tremblante vient envelopper son épaule, et avec la prudence que je montrerais devant une balle courbe, je la tourne face à moi.

À ma grande surprise, il n'y a pas de larmes dans ses yeux. Juste une détermination farouche qui me fait l'effet d'une douche froide.

— Je comprends, dit-elle d'un ton égal. Je comprends beaucoup mieux que tu ne le sauras jamais.

— Très bien, soupiré-je d'un air soulagé. Alors, viens avec moi. Faisons-le ensemble. Choisissons une maison, près de la mer si tu veux. Nous…

— Landry…

— Quoi ?

L'irritation se faufile au cœur de mes émotions. Pourquoi est-ce qu'elle rend tout ça si difficile ? Ce n'est pas comme si je voulais ça, alors pourquoi agit-elle comme si j'avais le choix ? Prenant une grande inspiration, je fais une nouvelle tentative.

– Repartons à zéro. Nouvelle ville. Nouvelles relations. Penses-y.

J'essaie de la toucher, mais elle recule d'un pas. Ma main reste suspendue en l'air.

Les larmes que j'attendais plus tôt inondent ses yeux tandis qu'elle fait un autre pas vers l'arrière.

– J'y ai déjà pensé. J'y ai pensé avant même de te rencontrer, renifle-t-elle.

– De quoi tu parles ?

– De ça, rit-elle à travers les larmes qui roulent sur son visage. Ta passion pour le sport est ce qui te rend aussi unique, tant sur le terrain qu'en dehors. Tu as raison, Landry. Il te reste quelques belles années et tu devrais continuer à jouer. Absolument. Et si c'est à San Diego, qu'il en soit ainsi.

– Tu sais que je préférerais rester ici, hein ? J'adore Memphis. Et ce serait beaucoup plus facile pour toi de simplement rester ici. Je déteste même avoir à te demander de partir, chérie, mais il n'y a pas d'autre solution. Je dois jouer. Le baseball est tout ce que je suis.

Elle hoche la tête et essuie les larmes sur son visage.

– Tu as raison, s'étrangle-t-elle. C'est le temps d'un nouveau départ. Pars à San Diego.

– Où est-ce que tu vas ?

– Chez moi.

Elle me tourne le dos et file à la porte d'entrée plus vite que je ne peux le réaliser. L'air froid de l'hiver s'engouffre dans la maison lorsque j'y arrive et que Dani est presque rendue à sa voiture.

Le cœur me remonte dans la gorge, mon sang afflue dans mes veines et je fonce à travers la porte ouverte du garage et arrive à côté de sa voiture alors qu'elle s'installe sur le siège du conducteur.

— Dani ! lancé-je en coinçant la portière. Qu'est-ce que tu fais ?

— Je rentre chez moi, dit-elle le visage mouillé et les lèvres tremblantes.

— Pourquoi ? Je ne comprends pas.

— Laisse-moi te poser une seule question.

Elle me regarde en prenant une grande respiration pour se donner une contenance.

— Iras-tu à San Diego quoiqu'il advienne ? interroge-t-elle.

— Il le faut, murmuré-je.

Elle hoche la tête et semble raffermie dans sa décision, ce qui me fout complètement la trouille.

— Mon père est le directeur-gérant des Sails de San Diego.

Mon monde vire sens dessus dessous et tourne à 100 km/h. Presque étourdi, j'agrippe la portière.

— Quoi ?

— Ouais, fait-elle en souriant à travers ses larmes. Mon père, le seul et unique Bryan Kipling, sera ton nouveau patron.

Pendant que j'essaie d'assimiler ça, elle continue de parler.

— C'est pourquoi je savais que ça arriverait un jour. J'ai vu le baseball s'emparer de la vie de mon père et de celle de ma mère aussi. C'est l'amour du sport qui l'a emporté sur l'amour qu'ils auraient pu me donner. Si ça peut être comme ça pour un parent, ça peut l'être aussi pour un partenaire. Je le savais avant même de te rencontrer, alors je ne peux pas te blâmer.

Elle essaie de fermer la portière, mais je ne bouge pas.

— Pourquoi tu ne m'en as jamais parlé ? demandé-je d'un air incrédule. Cet enfoiré est le DG de San Diego ?

— Qu'est-ce que tu voulais que je te dise ? Tout le monde l'aime. Il passe à la télé, il sourit et joue Monsieur Amérique. À tes yeux, j'aurais eu l'air d'une ratée… qui n'est même pas capable de mériter l'amour de ses parents.

Mon cœur craque, se brisant en mille morceaux. J'essaie de la prendre. Elle frappe mes mains, mais finit par se laisser fléchir et me laisse la tirer contre moi tandis que je m'agenouille à côté de la voiture.

Son corps est secoué de sanglots alors qu'elle voit sa vie se répéter. Les larmes perlent aussi sur mes cils parce que, sans l'ombre d'un doute, c'est non négociable pour elle. Elle ne viendra pas avec moi. Ce sera la fin pour nous.

Comme si elle pouvait lire dans mes pensées, elle s'écarte et m'adresse un doux sourire.

— Vas-y, Landry. Va jouer au baseball.

Je la supplie sans utiliser de mots. Je ne peux pas lui demander de s'installer proche de ses parents, ces personnes qui l'ont fait tant souffrir. Je ne peux même pas imaginer comment je pourrais faire ça. Mais je ne peux pas imaginer non plus partir sans elle.

— Lincoln, commence-t-elle.

Le son de mon prénom, celui qu'elle n'utilise jamais, résonne à mes oreilles.

— J'ai toujours su que ça finirait ainsi. Je le savais avant même de commencer.

Elle essuie une larme.

— Je serai toujours reconnaissante du temps que nous avons passé ensemble, et je prendrai toujours pour toi au baseball.

— Ça n'a pas besoin de finir.

— Si. Tu mènes une vie que je ne peux pas mener, dit-elle avec l'amorce d'un rire dans la voix. Si tu jamais repasses en ville…

— Dani, ne t'en vas pas, dis-je pendant qu'elle referme la portière.

La voiture fait un écart tandis qu'elle enclenche la marche arrière. Je frappe frénétiquement contre la vitre parce que lorsqu'elle sera partie, il sera trop tard. J'ai la gorge nouée et je lutte contre moi-même pour ne pas hurler au milieu de cette putain d'allée.

— Baisse ta vitre, s'il te plaît.

Elle détourne le regard, comme si ça lui faisait mal de me regarder avant de céder. Ses yeux se tournent vers les miens, et nous sourions en même temps.

— Il faut que je te dise quelque chose, énoncé-je d'une voix brisée. Je ne sais pas ce qu'il y a, mais je dois trouver un moyen de revenir sur les dernières heures et d'empêcher tout ça d'arriver.

Sa main tombe sur la mienne sur le rebord de la vitre, son pouce caressant le côté de ma main.

— Si tu y penses, demande-t-elle, envoie-moi par la poste la tasse rose que tu m'as achetée. J'aimerais la garder en souvenir de toi.

— Je peux te l'apporter. Je ne pars pas avant une semaine environ.

— Je ne peux pas te revoir, dit-elle en secouant la tête. Ça ne ferait qu'aggraver les choses.

Elle a raison. Ce n'est pas une fille avec qui je peux être ami. C'est une fille dans laquelle j'ai envie de m'engouffrer pour ne plus jamais en sortir. C'est tout ou rien avec elle, le grand chelem ou un retrait sur trois prises. Et en ce moment même, je regarde la balle arriver dans le gant du receveur.

— Adieu, murmure-t-elle, les yeux remplis de larmes tandis que la voiture recule.

Paniqué, je cours à côté.

— Je t'aime, Dani. OK ?

— OK, Landry, dit-elle la gorge serrée.

Le menton incliné, elle s'engage dans la rue et roule directement hors de ma vie.

35

Lincoln

Ils n'arrêtent pas de parler. Je ne crois même pas qu'ils savent de quoi ils parlent. Leurs lèvres remuent et des conneries en sortent.

— Soyons réaliste, merde, m'adressé-je aux animateurs de télé tout en portant une bière à mes lèvres. Aucun de vous n'a jamais joué à un jeu de balle. D'aucune sorte.

Cette bière est aussi fade que les premières. Plusieurs fois. Eh bien, elle est beaucoup plus fade après la rasade de whisky pris à la septième manche. Je vais en ressentir les effets demain.

Demain. C'était le refrain d'une pièce qu'on avait vue un été avec maman, Ford et mes sœurs. Tout à coup, ça remonte dans mes souvenirs et je suis en train de le fredonner. Comment se fait-il que je m'en souvienne ?

Mon portable scintille devant moi avec les possibilités de logement à San Diego. Je les déteste toutes. J'ai même essayé de me convaincre que le bungalow en bord de mer est tout ce dont j'ai toujours rêvé. Qu'il vient probablement avec des hôtesses de bord de mer. Que la plage rime avec pas de vêtements et un tas de filles.

Mais ça n'a pas marché.

À chaque maison que je trouve, je pense à des trucs. Comme Dani. Et qu'elle ne sera pas là. Et à quel point ça fait mal en ce moment. Comme si mon cœur était carbonisé. Mon âme, empoisonnée. Alors, je bois encore plus. Ça finira peut-être par se noyer. Ou je vais perdre connaissance. Ça me va dans les deux cas.

Quelque chose attire mon attention, mais je n'arrive pas à me concentrer. Je nage dans un agréable brouillard, une sorte de chaleur poisseuse et floue qui enveloppe tout. Mais je sens qu'il y a quelque chose. Quand je me penche pour déposer ma bière sur la table basse, j'entends sonner mon téléphone qui est sous mes fesses.

— Ah, ha! dis-je en tombant presque du sofa.

Rétablissant mon équilibre, je réponds.

— Allô!

— Salut, Linc, dit Graham.

— Salut. Quoi de neuf, mec?

— Eh bien, répond-il lentement, j'appelais pour savoir comment s'est passée la réunion et pour te poser une question. Mais maintenant que j'entends ta voix, d'autres questions me viennent à l'esprit, rigole-t-il.

— As-tu dit que tu voulais me poser une question? Tu as besoin d'un conseil? Je n'ai pas bu autant que ça, hein?

— Pas un conseil. Je ne suis pas aussi désespéré, rigole-t-il. Je voulais savoir si tu connaissais Mallory Sims. Mais ça peut attendre.

J'essaie de me rappeler ce nom.

— Mallory Sims. Je devrais la connaître ? Parce que ça ne me dit rien du tout.

— C'est une amie de Sienna.

— Elle ne doit pas être canon parce que ça n'évoque rien.

Graham rit, visiblement amusé.

— Bon, passons à autre chose. Qu'est-ce qui t'arrive ce soir ?

— Qu'est-ce qui m'arrive ? demandé-je en chancelant un peu.

— Tu as bu ?

— Mets-en.

— Pourquoi ?

— Parce que... dis-je en fermant les yeux, j'ai été échangé à San Diego.

— Vraiment ? Aie. Comment tu prends ça ?

— Avec de la bière, G. Avec beaucoup de bière.

— Quand vas-tu déménager avec Danielle ?

Mon derrière glisse du sofa et j'atterris par terre en produisant un bruit sourd. Pour une raison ou une autre, je trouve ça hilarant et laisse presque échapper le téléphone en riant.

— Qu'est-ce qui se passe encore ? demande Graham.

— Je suis tombé du sofa, dis-je en reprenant mon souffle.

— Merde, Linc. Vas-y mollo.

— Il n'y a rien de mollo dans tout ça.

Je déteste la façon dont ma voix hésite et semble faible. Je ne suis pas faible. Merde, pourtant je suis Lincoln Landry.

Alors, pourquoi est-ce que j'ai envie de pleurer ?

— Tu n'aimes pas cet échange ?

— Je me fiche complètement de l'échange, dis-je en me montrant plus cohérent que je ne l'aurais pensé. Moins d'argent. Nouvelle ville. Nouvelles occasions. Ça va aller. Mais Dani ne viendra pas.

C'est le silence sur la ligne. Je laisse à Graham une seconde pour assimiler ça… et me permettre de me rasseoir sur le sofa. Cette fois, je m'allonge et coince le téléphone contre mon oreille avec un coussin.

— Pourquoi est-ce qu'elle n'y va pas ? s'enquiert Graham.

— Elle déteste ce maudit sport. Je te l'ai dit il y a longtemps. Tu t'en souviens ?

— Mais ce n'est pas une raison suffisante.

— Et son père est le foutu DG.

Un son de compréhension soudaine s'échappe de ses lèvres et il soupire. Je soupire aussi, parce que j'en suis capable. Parce que je ne sais pas quoi faire d'autre. Parce que ce n'est pas comme pleurer et que c'est acceptable.

— Je suis désolé, Linc.

— Moi aussi, merde.

— Il n'y a pas moyen d'arranger ça ? Est-ce que les Arrows t'ont offert quelque chose ?

— Rien, en fait. Je veux dire, des chiures de mouche, à peine plus que la moyenne. Comment accepter une telle baisse, G ? Mon renom, mes produits dérivés, tout tombe si j'accepte ça.

— C'est vrai.

— C'est juste que… tu sais, euh…

Graham prend une longue minute.

— Le vrai problème, c'est l'échange ou Danielle ?

— Elle ne viendra pas, dis-je tristement.

— Et tu dois y aller.

Je ne sais pas si c'est une question ou une constatation. Alors, je ne réponds pas.

— Tu peux avoir un travail et une copine, Lincoln, avance-t-il. Mais parfois, tu ne peux pas avoir *le* travail et *la* copine.

— Mais je veux les deux. J'ai besoin des deux, insisté-je. Le baseball est toute ma vie. Il coule dans mes veines. Il fait partie de moi. Mais elle me fait sentir si vivant, bien plus qu'un joueur de baseball, dis-je en peinant pour trouver les mots justes à travers le brouillard de l'alcool. Je l'aime, Graham. Bon sang, je l'aime.

— Alors, tu devras peut-être laisser tomber le travail.

— Ah ! crié-je dans la pièce.

La seule lumière vient du téléviseur et des idiots qui jacassent à l'écran. Il est tard. À quel point, je ne sais pas. Peu importe. Rien n'importe sinon la douleur qui envahit chaque aspect de ma vie.

— Pourquoi n'irais-tu pas cuver ce que tu as bu et voir comment tu te sens demain matin ? suggère-t-il.

— Je vais me sentir comme un tas de bouse, soupiré-je. Je dois retourner voir la direction des Arrows demain pour leur dire de quel côté je penche. Si je pars à San Diego, il faut qu'ils remplissent les papiers.

— Et ça va, ce soir ?

— Est-ce que j'ai le choix ?

— On a toujours le choix, Linc.

— Prends un cours en philo 101 et enfonce-toi-le où je pense, rigolé-je.

Graham rit et lâche un long soupir.

— Appelle-moi si tu as besoin de quelque chose. Ou si tu veux juste parler.

— Tu voulais me demander quelque chose ? dis-je en me grattant la tête.

— Ne te tracasse pas avec ça. On en reparle demain.

— Demain, bâillé-je en m'étirant sur le sofa.

J'ai les paupières lourdes, les voix à la télé sont lointaines.

— On se parle demain, le salué-je.

Mon téléphone tombe par terre pendant que je sombre dans un sommeil profond, peuplé de cauchemars.

Danielle

Les stores sont ouverts. Je le sais sans avoir à ouvrir les yeux. J'hésite à le faire parce que je sens déjà qu'ils sont enflés. Mon dos m'élance après la nuit de sommeil sur le sofa et une décision dictée par le vin.

Combien de vin ai-je même pu boire ?

J'ai l'estomac en compote et mon cœur bat un staccato qui ne peut être causé que par le vin rouge. C'est suffisant pour parler d'une vraie gueule de bois, et c'est une des raisons pour lesquelles je ne bois jamais trop. Je déteste ça. Et pourtant, ce n'est rien, pas même une égratignure, comparée à la douleur qui broie mon cœur.

Me forçant à avaler en espérant faire passer l'irritation que j'ai dans la gorge, je ressens aussi celle qu'on a dans les yeux avant que l'engin à larmes se mette en marche. Ce tout petit mouvement, celui de va-et-vient dans ma gorge, déclenche un branle-bas de combat en moi, et soudainement je suis complètement réveillée et ressens toute l'horreur face à ma nouvelle réalité.

Comme si quelqu'un avait mis un poids sur mes poumons, je n'arrive plus à respirer. Je fais un effort pour me rasseoir et ne pas vomir ou transformer mon mal de tête en migraine carabinée. Je m'efforce d'aspirer de l'air. Ça ne devrait pas être un problème. Je me sens vide.

« Merde », m'écrié-je en combattant la souffrance qui monte et me submerge.

Je touche mes yeux. Ils sont enflés, ainsi que mes lèvres. C'est une vilaine crise de larmes. C'est l'effet que ça fait de perdre ce qui, j'en suis sûre, est l'amour de ma vie afin qu'il puisse vivre sa passion.

Portant les mêmes vêtements que la veille, la langue encore pâteuse à cause du vin, parce que je n'ai apparemment pas brossé mes dents, je m'assois sur le sofa et regarde le soleil entrer par la fenêtre en baie. Ce spectacle ne contient aucune beauté. Les couleurs sont éteintes, fades. La paix ne vient pas avec le nouveau jour et je me demande combien de temps il faudra pour que je me réveille sans penser à lui.

L'horloge m'apprend qu'il est trop tôt pour aller rejoindre Pepper, et je me sentirais coupable de réveiller Macie. Il n'y a que moi. Seule. Et c'est horriblement insupportable.

Ses bras autour de moi me manquent, et la façon dont il m'attirait plus près de lui. La façon dont ses yeux me regardaient au réveil et son doux sourire endormi. Son odeur. La sensation de son souffle sur ma joue. La façon dont son rire évoquait en moi l'effet d'un arc-en-ciel.

Mes larmes coulent, roulant sur mon menton. Avec chaque goutte surgit une nouvelle bouffée de désespoir et j'ai l'impression de débouler une falaise. Mon téléphone est devant moi sur la table basse et je le ramasse pour appeler Macie.

Il sonne cinq coups et je m'apprête à couper la communication lorsqu'on décroche.

— Allô?

La voix est endormie, rude, et pas du tout celle de Macie.

— Will?

— Vaut mieux pas que ce soit un autre gars, dit-il en ayant l'air un peu plus réveillé.

— Je suis désolée, dis-je d'une voix cassée en me réprimandant mentalement d'appeler si tôt.

— Hé, qui est à l'appareil?

Les draps bruissent en arrière-fond.

— Danielle? demande-t-il

— Oui, murmuré-je.

— Qu'est-ce qui ne va pas?

— Il faut que je parle à Macie.

— Est-ce que ça va? Je veux dire, je suis en train de la chercher en ce moment, mais il faudrait que tu me dises si tout va bien.

— Je vais bien, reniflé-je. Non, je ne vais pas bien, Will. J'ai le cœur en miettes.

Je ne sais pas pourquoi je lui dis ça à lui, un homme à qui je ne parle que lorsqu'il répond au téléphone de Macie, ou s'il se mêle à une conversation que nous avons lorsqu'ils sont ensemble. Bien sûr, il est la seule oreille disponible pour l'instant.

— Désolé, mais ton mec est un imbécile, point barre.

— Tu ne le connais même pas.

— Je n'ai pas besoin de le connaître. Je te connais, toi.

— Non, pas vraiment, rigolé-je entre mes larmes pendant que je l'entends dire à Macie que je suis au téléphone.

— Macie te connaît et t'aime, donc, tu fais partie de la famille. Que tu aies raison ou non, c'est un imbécile. C'est comme ça que ça fonctionne ici.

— Merci, Will.

— Si tu dois changer d'air, tu es la bienvenue ici. Notre porte est ouverte. Eh bien, de façon proverbiale. Je resterais loin de celle de la chambre sauf si…

— Donne-moi le téléphone, espèce d'enfoiré ! lâche Macie.

Je les entends se passer le téléphone. Je ne peux m'empêcher de rire. Ils me font toujours rire. Leur relation n'est en rien parfaite, Macie a envie de l'étriper la moitié du temps. Mais elle l'aime et le respecte. Et il a envie d'être avec elle plus que toute autre chose. Je pleure plus fort.

— Ça va ? demande-t-elle tandis que j'entends une porte se fermer.

— Non, sangloté-je. Pourquoi est-ce que j'ai fait ça ?

— Ah, mon Dieu. Que s'est-il passé ?

Je lui raconte tout ce qui s'est passé, écoutant son hoquet de surprise lorsque je lui dis où il a été échangé.

— Pour la ligue de ton père ? Il va jouer pour San Diego ?

— Oui, soufflé-je en cherchant dans la cuisine une serviette froide. Je ne peux pas suivre Lincoln.

— Bien sûr que non.

Enveloppant quelques glaçons dans un linge à vaisselle, je retourne jusqu'au sofa et le pose sur mes yeux.

— Macie, j'ai vu venir le coup. Je savais que je ne pourrais pas lui résister et que je me retrouverais exactement dans cette position tôt ou tard.

— Je sais, je sais. Mais tu as écouté ton cœur.

— Au diable mon cœur !

Elle rit, mais pas de moi.

— Alors, c'est terminé entre vous ?

— Comment pourrait-il en être autrement ? dis-je pendant que la glace fond dans le linge. Je ne veux pas être comme ma mère et je n'ai pas envie d'être près d'eux. Ils me détruisent. Ce n'est pas sain pour moi. Même mon thérapeute me recommande de couper tous les ponts. C'est pourquoi j'utilise le nom de jeune fille de ma mère, Ashley, et non Kipling. Pour prendre de la distance. Ils sont si toxiques pour moi et je ne peux imaginer ce qu'ils feraient s'ils savaient que Lincoln a une liaison avec moi.

— Je ne sais vraiment pas quoi te dire. Ça me brise le cœur.

— Ton cœur ? Je ne pense même plus en avoir un. Il a complètement volé en éclats, murmuré-je. J'ai non seulement perdu Lincoln au profit du baseball, mais aussi au profit de mon père.

Nous restons assises en silence, elle cherchant des mots pour me réconforter et moi essayant de déterminer si je peux boire assez de vin pour tomber dans le cirage sans vomir. C'est une question de proportion. Je le saurais si j'avais été un peu plus délinquante.

— Je n'arrive même pas à le détester, dis-je enfin en rompant le silence. Je n'y arrive pas, et crois-moi, j'en ai envie. Il me quitte, préférant être échangé. Mais c'est comme ça qu'il est fait. C'était inévitable et il a raison : c'est la bonne décision pour sa vie professionnelle. Je ne peux pas le blâmer pour ça.

— Tu es plus indulgente que moi, rigole-t-elle.

Je soupire.

— Je suis assise ici et je me demande comment je peux continuer à fonctionner ? Comment est-ce que je peux surmonter quelque chose comme ça quand tout ce que je vois me fait penser à lui ? J'ai l'impression que je vais être obligée de prendre ce maudit ascenseur tous les jours, pour rentrer dans une maison vide, à regarder un téléphone qui n'affichera pas un selfie de ses abdos au moins une fois par jour, rigolé-je entre deux accès de tristesse. Ça va être le purgatoire.

— Pourquoi ne pas venir ici ?

— Quoi ?

— Julia a dit qu'elle t'engagerait. Elle a besoin de collaborateurs. Sa fondation prend de l'expansion et elle a besoin d'une personne de confiance. Ces gens, les Gentry, sont très portés sur la loyauté, Danielle.

Son idée semble plus intéressante que je ne le voudrais. Traverser le pays, ou la moitié, n'est pas quelque chose qu'on fait à la légère. Mais l'autre possibilité, soit celle de vivre dans un monde post-Landry ne me semble pas faisable non plus.

— Je suis sérieuse, insiste Macie. L'argent n'est pas un problème pour toi. Ramène-toi et loue quelque chose jusqu'à ce que tu trouves ce que tu veux faire. Penses-y. On pourra faire les boutiques, aller au cinéma, voir des concerts…

Sa voix s'assourdit au téléphone alors que je l'entends dire :

— Arrête ça, Will. Donne-moi quelques minutes. Ah, mon Dieu. Remarque, non, n'arrête pas.

Faisant rouler des yeux, mais riant aussi, j'imagine la scène.

— Je vais y penser, mais pour le moment, je pense que tu es occupée ailleurs.

— Penses-y et rappelle-moi, dit-elle.

Je regarde autour de moi dans le salon et prends une décision.

— Je n'ai pas besoin de te rappeler. Je vais être là dans deux semaines.

36

Lincoln

Le seul bruit provient de l'eau qui dégoutte dans le lavabo de la salle de bain. Je la laisse couler, même si je pourrais tendre la main et fermer le robinet. Ça me fait sentir moins seul et me distrait partiellement, ce qui est une aubaine.

« *Tu devras peut-être laisser tomber le sport.* » Les paroles prononcées par Graham hier soir me reviennent encore une fois, et comme à chaque occasion, me frappent de plein fouet. Elles perforent mon cerveau, consument mon cœur et rongent mon âme. Laisser tomber ma passion est la chose la plus difficile qu'on ne m'a jamais demandée.

Je boutonne ma chemise et avant d'arriver en haut, j'agrippe le bord de l'évier et incline la tête. Ce n'est pas normal. Même les deux autres fois où j'ai cru être amoureux, ça ne faisait pas aussi mal. Ce n'était pas comme si mon âme avait été arrachée à mon corps.

Je pense que je ne serai plus jamais le même. Pas sans elle. Ouais, je vais sourire un jour et rire à des blagues stupides. Je vais même regagner mon statut de meilleur voltigeur de centre du baseball, mais même ça semble sans importance.

Qui sera à la maison après les matchs? Qui va s'informer de mon épaule et non de mes statistiques personnelles? Qui sera mon amie?

Voilà : j'ai d'abord et avant tout perdu mon amie.

Tout s'affaisse. Mon moral. Mon cœur. Mes épaules. Je sombre dans un abîme rempli de ténèbres, et je ne trouve pas d'échelle pour m'en échapper. Je fonce vers la plus grande disette de ma carrière, et c'est la période des éliminatoires. Celle qui compte vraiment.

Si j'accepte cet échange, je devrai me présenter à San Diego dans quelques jours seulement. Aussitôt que l'encre de ma signature aura séché, je serai la propriété des Sails, et on s'attend à ce que je fasse mes valises pour partir aussitôt. C'est ce que nous, les athlètes, faisons. On va où se trouve l'argent. Où nous mène notre carrière. Où nous pouvons travailler le plus longtemps possible.

L'idée a commencé à germer dans mon esprit la nuit dernière. Et si je ne voulais pas aller où se trouve l'argent? Et si j'en avais assez de poursuivre un titre de meilleur frappeur? Et si vivre la moitié de l'année dans un hôtel ne semblait pas une partie de plaisir?

Et si je démolissais son père?

Je serre la mâchoire, mes dents grincent tandis que je me rends compte que je n'ai pas réfléchi à la façon de traiter ce problème. Je vais le voir tous les jours dans un poste de direction. Je vais apprendre à le connaître. Il tiendra mon avenir entre ses mains. Pendant tout ce temps, je vais savoir qui il est vraiment. Est-ce que j'en suis capable?

«Il faut que je le fasse», grommelé-je en enfilant mes souliers.

Je tends la main pour fermer le robinet et le silence m'oppresse aussitôt. Le sourire de Danielle me manque. Son rire cristallin. La façon dont elle m'appelle Landry.

J'attrape une veste et mes clés. Dès que je glisse mon téléphone dans ma poche, il se met à bourdonner pour annoncer un texto. Je le sors et reste planté au milieu de la pièce à fixer l'écran.

Bonne chance à San Diego. Je suis de tout cœur avec toi. Xo, Dani

37

Danielle

Les boîtes que Pepper gardait dans son débarras sont étalées autour de moi. Je me retrouve au milieu du salon, une collection de figurines dépareillées à ma gauche et une boîte de beignes à ma droite, du papier à bulles devant moi.

J'ai réussi à m'habiller, laver mon visage et brosser mes dents. Je suis allée au Smitten Kitten pour prendre toutes les boîtes, deux cappuccinos et les pâtisseries, et suis revenue à la maison sans même pleurer. C'est une victoire. Petite, mais une victoire tout de même.

Macie a appelé pour s'assurer que je ne racontais pas n'importe quoi et que j'allais vraiment déménager. Je lui ai dit que oui. Il le faut. Je ne peux plus rester ici. Il n'y a plus rien pour moi ici, et tout ce que j'ai aimé avant Lincoln est teinté de mon amour pour lui.

Mon amour pour lui. Je suis tellement stupide. Si je m'étais fié à mon cerveau dès le départ, j'aurais continué à vivre comme d'habitude. Le travail. Le Smitten Kitten et les cappuccinos. Des bains et des bouquins. Pendant longtemps, ça m'a rendue heureuse, mais là je viens de tout gâcher.

Un serrement au ventre me prend par surprise et je sais que je me mens à moi-même. Je n'étais pas heureuse alors. Je pensais peut-être que je l'étais, mais ce n'est qu'à partir de ma rencontre avec Lincoln que j'ai compris ce que peut signifier le bonheur. Au moins, en traversant cette peine d'amour, je sais ce que ça fait d'aimer quelqu'un.

Je soupire en prenant un beigne pour l'enfoncer dans ma bouche. Le glaçage au chocolat enrobe mes lèvres et mon palais et je peux à peine mastiquer ou respirer, mais ce serait une façon délicieuse de partir. « Elle s'est éteinte à cause d'un beigne » figurerait mieux sur ma pierre tombale que morte à cause d'un cœur brisé.

J'emballe ma tasse rose dans le papier à bulles, mais je n'arrive pas à trouver le ruban adhésif. Je me lève et essuie du revers de la main un peu de chocolat sur mes lèvres, avant de me diriger vers la cuisine où se trouve le sac avec mes achats. Pendant que je passe dans le vestibule, on sonne à la porte.

— Pepper, dis-je en ouvrant la porte, tu n'avais pas besoin de venir. Je peux faire mes boîtes…

Ma mâchoire et ma main tombent. Je jette immédiatement un coup d'œil dans le miroir et sens une boule de panique se former. Il y a du glaçage au chocolat sur mes lèvres et une trace sur ma joue droite. Mes cheveux sont ramassés dans un chignon désordonné. Mes vêtements sont propres mais froissés, et ne répondent sûrement pas à mes critères habituels.

Oh. Merde.

— Bonjour, papa, maman, dis-je la gorge serrée. Je ne savais pas que vous étiez en ville.

— Nous aurions peut-être dû t'appeler avant, déclare maman en me regardant de la tête aux pieds avec un air dégoûté.

Me forçant à ne pas rouler des yeux, je plaque le plus beau sourire possible sur mon visage.

Je n'invite pas mon père à entrer, mais il n'attend pas d'invitation non plus. Il serre mon épaule en passant.

— Je ne suis pas certain que cet endroit est sûr, dit-il en regardant autour de lui. As-tu un système de sécurité, Ryan?

— Je vis ici depuis trois ans. C'est sûr, dis-je.

Ma mère entre à son tour et je referme la porte derrière eux. Mes intestins, qui sont déjà noués à cause de tout ce qui se passe avec Lincoln, se resserrent davantage. Tellement, en fait, que j'ai l'impression de pouvoir perdre connaissance ou vomir.

— Pourquoi toutes ces boîtes? demande ma mère en retirant une paire de gants qui montent jusqu'au coude.

Il ne fait pas si froid dehors, mais c'est pour les apparences.

Je songe à ne rien leur dire. Je ne le fais habituellement pas. Je ne sais même pas comment ils ont trouvé mon adresse. Mais maintenant qu'ils sont là, face à face pour la première fois depuis trois ans, je ne peux tout simplement pas passer les choses sous silence.

— Je déménage, leur dis-je en lissant mon haut. À Boston. On me propose un emploi intéressant dans un organisme à but non lucratif qui travaille auprès des enfants défavorisés.

— Ryan, quand vas-tu te décider à faire quelque chose de sérieux dans ta vie? demande mon père.

Il se tourne pour me faire face. Il a vieilli, les rides de son front sont plus creusées que dans mon souvenir. Ou c'est peut-être juste que je suis habituée à regarder une photo prise il y a presque dix ans. D'une façon ou l'autre, il semble presque un étranger à mes yeux.

– Quelque chose de sérieux dans ma vie? aboyé-je. Pardon?

– Oui, quelque chose de sérieux, maugrée-t-il. Les gens de ton âge n'ont aucune idée de ce qui se passe dans le vrai monde. Vous avez été choyés et dorlotés toute votre fichue vie et vous n'êtes même pas capables de saisir les occasions quand elles se présentent.

– Et qu'est-ce qui s'est présenté à moi que je n'ai pas saisi?

Au lieu de répondre à ma question, il secoue la tête.

– Tu passes d'un emploi sans avenir à un autre, gâchant ton talent. C'est une honte que tu n'aies aucune envie de devenir quelqu'un.

J'ouvre la bouche, mais rien n'en sort. Nous restons plantés dans le vestibule, entre la porte d'entrée et le salon, en nous fixant mutuellement. Des personnes unies par le sang, mais divisées par un poison qui a infecté chaque facette de notre relation.

Ses paroles me blessent. J'ai déjà des plaies à cause du départ de Lincoln, et il verse du sel dessus sans aucune considération.

Lorsque j'avais huit ans, mes parents m'ont dit qu'ils ne pourraient pas être là pour mon anniversaire. J'ai pleuré. Au lieu de me réconforter, ils ont ri. Ils ont dit que j'étais bête de penser que je n'aurais pas de gâteau ou de cadeaux. Ils avaient arrangé tout ça. Mais mes larmes n'étaient pas à cause des oursons en peluche ou du glaçage au chocolat que je n'aurais pas. J'ai pleuré parce que j'ai compris ce jour-là que je ne comptais pas pour eux.

Je n'ai jamais pleuré devant eux depuis ce jour-là. Du moins, jusqu'à aujourd'hui.

Si ça avait été n'importe quel autre jour, je me serais montrée forte. Mais mon cœur est en bouillie et les larmes sont déjà là, alors je n'essaie même pas de les contenir. Elles roulent sur mes joues entre les bavures de beignes, jusqu'au sol. Je songe à quel point je dois avoir l'air ridicule, comme la calamité qu'ils croient que je suis.

— Vas-tu cesser ? souffle ma mère en tirant sur son collier. Je t'avais dit que c'était une mauvaise idée, Bryan.

— Avec les moyens que tu as, je ne comprends absolument pas pourquoi tu vis comme ça, lâche mon père. C'est absurde. Tu dois te débarbouiller et te ressaisir, Ryan.

— C'est Danielle, dis-je, mais je ne pense pas qu'il m'entend avec les coups cognés à la porte.

Je suis soulagée du moment parfait choisi par Pepper et ouvre la porte à la volée. Mais ce n'est pas Pepper.

Il est si magnifique devant mon entrée, la lumière de l'après-midi reluisant autour de lui. Ses yeux sont exorbités, remplis du même chagrin que je ressens. Lincoln ne bouge pas dans ma direction, n'essaie pas de me toucher, et il ne sourit pas comme il le fait d'habitude quand il me voit. C'est nous. Notre nouvelle relation. Et je la déteste.

— Dani.

Ce simple mot, mon surnom, celui que je déteste mais aime maintenant entendre sortir de sa bouche, ouvre les vannes. Les larmes coulent à flots.

— J'ai apporté ta tasse, dit-il.

J'ai envie de rire, mais en suis incapable. Ça fait trop mal. Son regard passe par-dessus mon épaule et revient immédiatement accrocher le mien.

— Ça va ?

La question n'est qu'un murmure.

— Non, fais-je en guise de réponse.

Soudainement, il me regarde différemment. Ses pupilles se rétrécissent, ses yeux verts prennent une teinte sombre et il avance vers moi. Il me tire contre lui et embrasse le dessus de ma tête. Je me tourne tandis qu'il entre dans la maison, gardant son bras fermement enroulé autour de ma taille.

— M. Kipling, fait Lincoln.

Je n'ai jamais entendu ce ton chez lui. Il n'est pas espiègle, sexy ou même invitant. Il est professionnel. Dur. Peut-être même impitoyable. Il me prend au dépourvu.

— Mme Kipling.

— Qu'est-ce que c'est ? Une blague ? demande mon père.

Ses yeux sont exorbités tandis qu'il regarde son nouveau voltigeur de centre avec le bras passé autour de moi. J'imagine qu'il s'inquiète que j'interfère dans leur vie maintenant que je sors avec Lincoln et qu'il joue avec les Sails. La furie dans son regard refroidit une part de mon âme.

— Qu'est-ce que vous voulez qu'on vous explique ? demande Lincoln.

Il me serre contre lui et je suis tellement contente qu'il soit là. Jetant un coup d'œil à ma mère, je la vois pencher le menton, me regardant par-dessus son nez parfait, sculpté par un chirurgien.

— Elle t'a poussé à faire ça ? gronde mon père.

Il me regarde avec une répugnance palpable.

— C'est de ta faute, hein ? Pourquoi, Ryan ? Pourquoi faut-il toujours que tu te comportes comme une enfant gâtée ? Tu avais besoin d'attirer l'attention ? C'est ça qui te motive ?

— Ça n'a rien à voir avec elle, riposte Lincoln.

Mon regard passe de l'un à l'autre, et j'ai la tête qui tourne.

— De quoi parlez-vous ? demandé-je.

Mon père glousse en fixant Lincoln.

— Tu sais que tu n'auras pas une autre offre comme celle que j'ai faite. Nous étions prêts à miser sur toi, Lincoln. Les choses se présentaient bien pour toi, mais il a fallu que tu écoutes cette fille qui ne connaît rien au sport.

— De quoi parlez-vous ? demandé-je encore en essuyant mon visage avec la manche de mon chemisier, au grand désespoir de ma mère.

Lincoln ?

Il me regarde et sourit. En utilisant son pouce, il essuie le glaçage sur ma joue et rit.

— Tu ne paies pas de mine, Dani.

— C'est de ta faute, reniflé-je en enroulant ma main autour de son poignet et en le tenant de façon à qu'il n'écarte pas sa main de mon visage.

— Je vais me rattraper.

Il fait un clin d'œil et je lâche sa main pendant qu'il se tourne de nouveau vers mes parents.

— Votre offre était généreuse, M. Kipling. Vous savez faire comprendre aux gens à quel point vous êtes sérieux quand il s'agit du baseball.

— Et si tu avais été sérieux, on aurait pu accomplir de grandes choses.

— Landry ? interrogé-je en levant les yeux vers lui.

Je ne peux réprimer les petits papillons dans mon ventre. Il s'est peut-être passé quelque chose. Mais je ne veux pas me faire trop d'illusions.

— Je suis sérieux, M. Kipling. Sérieux quand il s'agit de choses importantes.

Mon père s'esclaffe, la colère vibrant dans son ton.

— Ne me dis pas que…

— Tout ce que j'ai toujours voulu est de jouer au baseball, raconte Lincoln à mes parents. Je voulais voir mon nom sur des tee-shirts et signer mon nom sur mes photos tenues par des enfants. Je voulais être le joueur qui nous ferait gagner la Coupe mondiale, et que mon père soit fier de moi.

Lincoln m'attire près de lui avant d'ajouter.

— Je l'ai fait. Tout ça.

— Et tu peux le refaire. Plusieurs fois, insiste mon père.

— Je pourrais. Ouais, vous avez raison. Mais j'ai appris qu'il y a des choses plus importantes dans la vie que les contrats et les titres de champion frappeur.

Mon cœur cogne dans ma poitrine et je sens des larmes se former au coin de mes yeux. Je ne dis rien, me contenant d'écouter et j'espère, même si j'ai tort, qu'il s'apprête à dire ce que je pense qu'il va dire.

— Mais il y a des saisons dans la vie, poursuit Lincoln. Jusqu'à aujourd'hui, j'ai consacré ma vie entière au baseball. Ça été un beau parcours, génial, en fait. J'ai réalisé et vu des choses dont la plupart des gens ne peuvent même rêver. Mais qu'est-ce qui me reste à part ça ?

— Je ne sais pas où il veut en venir, intervient ma mère, ou ce qu'il fait ici avec notre fille. Ou pourquoi même nous sommes ici, pour être honnête.

Je m'apprête à répondre, mais la pression de la main de Lincoln m'arrête. Au lieu de ça, il ricane.

— Personne ne vous retient ici.

Il regarde ma mère, puis mon père. Comme ils ne bougent pas, il rit.

— Je suis ici avec Dani parce que j'amorce une nouvelle saison dans ma vie. Aujourd'hui, c'est le premier jour de la saison.

Ma vision devient de nouveau embrouillée et j'appuie ma tête contre lui. Je respire son odeur emplie de parfum raffiné et de testostérone, et je me sens en sécurité devant mes parents pour la première fois. Pour une fois, je n'ai pas à les combattre. Leur animosité ne m'atteint pas. Lincoln me protège et c'est mieux que tout ce que j'aurais pu imaginer.

— Les trophées dans la chambre d'amis ne me répondent pas quand je parle. Ils ne me tiennent pas compagnie et ne me gardent pas au chaud la nuit. Ils ne jouent pas à la balle et ne prennent pas de café avec moi le matin.

Il baisse les yeux vers moi et glousse en voyant mon sourire.

— Toute une bouille, murmure-t-il en essuyant mes larmes.

Je rigole tandis qu'il m'embrasse sur le front et reporte son attention sur mes parents.

— Tu es exactement comme Ryan, explose mon père. Un gars né avec une cuillère en argent dans la bouche. Tu n'as pas d'ambition. Pas de…

— Dites ce que vous voulez à mon sujet, tonne Lincoln plus fort que mon père, mais ne dites rien à son sujet. Vous la connaissez moins que vous ne me connaissez, moi.

— C'est notre fille. De quoi tu parles, mon gars ?

— Vous pouvez énumérer mes statistiques, les termes de mon contrat et mon bulletin de santé. Que savez-vous au sujet de Dani ?

Mes parents le regardent comme s'il leur avait demandé la formule pour réaliser la paix dans le monde. Leur silence est si pesant, l'absence de réponse est assourdissante.

— Si je suis comme elle, énonce Lincoln, alors ma mère sera fière de moi. Dans ma famille, l'amour ne repose pas sur les victoires et les défaites, la gloire ou la personnalité. L'amour s'adresse à ce que nous sommes en tant que personnes. Ce qu'il reste de nous quand toutes les autres foutaises disparaissent.

— Tu ne sais rien au sujet de Ryan, dit ma mère en me regardant comme si j'étais un inconvénient. Tu dois te concentrer sur ce qui importe, Lincoln.

— C'est ce que je fais.

Mon père me regarde avec l'indifférence à laquelle je m'attendais. Il n'y a aucun amour dans son regard, aucune fierté ou joie comme j'en ai vu dans la famille Landry. Aucune empathie comme j'en ai vu dans le regard de Lincoln.

— J'espère que tu es heureuse, Ryan. Tu viens de foutre en l'air la vie de ce gars.

Il tire ma mère derrière lui tandis qu'ils marchent à grands pas vers l'entrée. La colère l'envahit alors que sa main attrape la poignée de la porte.

— Elle sera heureuse, je vais y veiller, dit haut et fort Lincoln dans le vestibule alors que nous nous écartons pour les laisser passer. Vous pouvez aussi y contribuer en ne revenant pas dans le coin.

— Ce n'est pas à toi de me dire ce que je dois faire, avec ma propre fille en plus !

Mon père a le visage empourpré et pivote pour faire face à Lincoln.

— Je ne suis plus une enfant ! crié-je alors que je me détache de Lincoln et affronte mon père pour la première fois de ma vie. Je suis une femme, et une femme qui n'a rien en commun avec vous sinon quelques brins d'ADN.

— Écoute-toi, fulmine mon père. On ne t'a pas vue depuis une éternité et c'est comme ça que tu nous parles ?

La main de Lincoln se pose sur moi et doucement, mais fermement, il me fait reculer. Il s'interpose entre mon père et moi.

— Vous devez partir. Maintenant.

— Nous…

— Maintenant, répète Lincoln, alors qu'une veine commence à palpiter à sa tempe. Vous ne resterez pas devant moi à lui parler comme ça.

— Et qu'est-ce que tu vas faire, petit voyou ?

— Je me retiens pour ne pas vous étamper mon poing dans la figure. Mais je ne le ferai pas… à cause d'elle, parce qu'elle devrait vivre avec ça. Vous lui avez déjà donné assez de merde, bande de connards.

Ma mère a un hoquet de stupéfaction. Mon père tremble à cause de la colère qui bouillonne en lui. Lincoln reste calme et détendu.

C'est une scène tirée d'un film, un film qui me ferait m'évanouir si je le regardais au grand écran. Je suis trop prise dans le moment pour faire autre chose que de regarder bouche bée.

— Allez-vous-en, leur dit Lincoln en tournant la poignée de porte.

Elle s'ouvre à la volée, l'air du début d'après-midi s'engouffre dans la maison.

— Tout de suite. Et ne revenez pas. Quelles que soient les obligations que vous pensez avoir envers Dani, considérez que je les prends en charge à partir de maintenant. Elle n'a pas besoin de vous. Maintenant, partez.

Mon père avance vers Lincoln et ils se mettent en position de combat, leurs nez se touchant presque. Lincoln ne tressaille pas. Mon père tremble plus fortement jusqu'à ce que ma mère enroule sa main autour de son bras pour l'entraîner dehors, mais non sans m'adresser un dernier regard désapprobateur.

La porte se referme. Mes épaules retombent et je sens des années de stress s'évaporer. Je m'effondre dans les bras de Lincoln.

Il n'y a aucune larme, juste un grand sentiment de soulagement. Le fait qu'ils soient partis et que je ne me sente pas démolie. Et que Lincoln soit avec moi.

— Merci, dis-je le visage sur sa chemise.

— Cesse de me remercier, glousse-t-il pendant que son corps vibre.

— Mon Dieu que ça fait du bien.

— J'espère que tu fais allusion à mes bras…

— Il y a ça, rigolé-je en me reculant pour le regarder, mais aussi qu'ils soient partis. Je ne leur ai jamais tenu tête. Et je suppose que je ne l'ai pas fait cette fois non plus, mais tu l'as fait pour moi.

— Pour toi.

Ses yeux sont si bienveillants, débordants d'émotion, que j'en ai les genoux qui flanchent.

— J'ai quelque chose à te montrer, ajoute-t-il.

Lorsque je regarde, je vois qu'il me tend un document.

— Mon contrat.

— Félicitations, énoncé-je.

Ça me fait mal de dire ça. J'espérais qu'il s'était éloigné de tout ça. Mais en regardant les feuilles qu'il tient, il est évident qu'il a signé de nouveau avec les Arrows. J'ai envie de prendre ces feuilles et de les brûler, puis de mélanger les cendres à de l'eau avant de les jeter dans la toilette. Ces fichus papiers ont détruit ma vie.

— Merci, dit-il.

Il survole le salon du regard avant de demander :

— Pourquoi toutes ces boîtes ?

M'écartant, je coince une mèche de cheveux derrière mon oreille.

— Je ne peux pas rester ici. Je vais remettre ma démission lundi.

— Où vas-tu ?

— À Boston. Mon amie Macie vit là-bas et il y a un travail qui m'attend.

— Boston ? Il fait trop froid à Boston.

Je m'éloigne pour me diriger dans la cuisine, car j'ai besoin d'une zone tampon entre lui et moi. Au moins, dans cette pièce, je vais pouvoir mettre la table entre nous afin de garder mes idées claires.

— Je pensais à un endroit dans l'autre direction, lâche-t-il en me suivant. Que penses-tu de Savannah ? Je pourrais te trouver un travail là-bas, si c'est ce que tu souhaites.

Soupirant, je fais le tour de la table et le regarde par-dessus.

— Je n'ai pas besoin que tu me trouves un travail.

— Je le sais bien. J'essaie de te vendre une idée, Ryan.

— Je ne sais pas où ça nous mènera maintenant que tu restes à Memphis. Je veux dire, d'un côté, si tu restes ici, ça va rendre les choses plus faciles. Mais de l'autre, si tu restes et que je reste aussi… on va se retrouver dans la même situation tôt ou tard, dis-je en haussant les épaules d'un air triste. Je ne peux pas continuer dans cette voie en sachant ce qui nous attend. Avec toi, c'est tout ou rien.

Ses magnifiques yeux verts pétillent tandis que ses mains s'agrippent à un dossier de chaise devant lui. Il appuie son poids dessus et sourit.

— J'ai fait mon choix.

C'est une réponse simple qui me laisse perplexe. Il fait glisser une pile de papiers sur la table.

— C'est pourquoi je pensais à Savannah, ajoute-t-il. Mais si tu as une autre suggestion, je suis tout ouïe. Pourvu que ce ne soit pas au nord d'ici. L'hiver, c'est pas mon truc.

— Quoi ?

— Regarde ça, dit-il en me montrant les papiers.

— Landry… fais-je en me figeant.

— Bon sang, Dani. Ne sois pas aussi têtue, rigole-t-il. Regarde le document.

Ce dernier bruisse quand je le prends. La première page est une entente d'échange. C'est un contrat standard que j'ai déjà vu quelques fois dans le bureau de mon père. Je le feuillette jusqu'à la dernière page, mais il n'y a aucune signature au-dessus de son nom.

Je ne me fie pas à ma voix et lève plutôt les yeux vers lui. Il fait un grand sourire. Reportant mon attention sur le document, un bruit diffus emplit mes oreilles tandis que monte en moi un espoir plus fou que ce que je pourrais supporter si ça tournait au vinaigre. Je remarque alors un autre trombone. C'est un avis de départ à la retraite.

Je laisse tomber les papiers. Ils s'éparpillent sur le dessus de la table.

— Qu'as-tu fait ? demandé-je d'une voix étouffée par l'émotion que je tente vainement de réprimer.

— Je prends ma retraite.

— Tu ne peux pas, dis-je en secouant la tête. Tu n'y as pas réfléchi. Tu ne peux prendre ta retraite.

— Je peux faire ce qui me plaît, oui.

Il fait environ trois grands pas pour contourner la table et venir jusqu'à moi. Nous sommes à quelques centimètres l'un de l'autre. Nous avons du mal à respirer en échangeant un regard. Il est aussi nerveux que moi. Je peux le dire à la façon dont il raidit les épaules et pince les lèvres. J'ai une envie folle de m'approcher, de me coller contre lui, mais je me retiens. J'ai besoin d'entendre ce qu'il a à dire.

— Je prends ma retraite, dit-il.

Il n'y a pas d'interrogation dans son ton, aucune incertitude. Il pourrait aussi bien me dire qu'il fait dix degrés à l'extérieur avec des probabilités de précipitations de 30 %.

— Pourquoi ? Et ne dis pas que c'est à cause de moi ou parce que j'avais décidé de ne pas te suivre. Je ne veux pas avoir ça sur la conscience.

Il esquisse un sourire.

— Cela n'a rien à voir avec toi, et pourtant tout à voir avec toi.

— Landry…

— Je t'ai dit que je suis un joueur de baseball. C'est mon champ de compétence. Je suis le type sur qui repose le reste de l'équipe et celui que les fans viennent voir. C'est exaltant, Dani. Il n'y a rien qui se compare à ça.

— Et c'est pourquoi…

— Sérieusement, rigole-t-il. Laisse. Moi. Finir. Tu auras ton tour. Je te le promets.

Il secoue la tête avant de poursuivre.

— Je n'ai que quelques années devant moi.

— Et c'est pourquoi tu dois jouer !

— Coupe-moi encore une fois la parole et je vais trouver un moyen d'occuper ta bouche, menace-t-il avec ses yeux brillants.

J'essaie de le regarder d'un air méchant, mais j'en suis incapable et finis par rire. Mes genoux sont encore un peu faibles et je tire une chaise pour m'asseoir. Il m'imite.

— Comme je disais, insiste-t-il, il ne me reste que quelques années, mais à quoi ça va ressembler ? Voyages ? Hôtels ? Peut-être un championnat et quelques titres de champion frappeur, mais j'ai déjà tout ça. Quand je pense à ça, l'échange et ce qu'il faut pour arriver là, c'est juste que ça n'a plus le même attrait qu'avant.

Il tend la main au-dessus de la table et prend la mienne.

— Mon père m'a dit que quand il a décidé de se retirer de la politique, qui était pourtant sa passion, c'était à cause de ma mère qui en avait assez de vivre comme la femme d'un politicien. Même si elle ne lui a jamais demandé de se retirer, il savait au fond de lui qu'elle n'était pas heureuse et il préférait avoir son épouse et sa famille plutôt qu'un autre mandat. Lorsque tu m'as dit hier soir de partir, j'ai repensé à ça.

— Je…, commencé-je, mais il presse ma main et j'arrête.

— Ma carrière a été interrompue l'an dernier à cause d'une blessure. Elle pourrait prendre fin cette année si je me blesse à nouveau. Bon sang, je pourrais mourir dans un écrasement d'avion en me rendant à un match.

— Ne dis pas ça !

— Ça pourrait arriver. Et tu sais ce qui me vient en tête quand je pense à toutes ces choses ?

Je secoue la tête.

— Je ne pense pas à un titre perdu ou au sport ou au vestiaire avec les joueurs. Je pense à toi, Dani. J'adore le baseball, vraiment. Quand je joue, c'est comme une recherche du bonheur. C'est ce qui me comble, me rend important et utile.

Ma vision s'embrouille tandis que je l'écoute parler parce que je sais où il veut en venir et que je ne suis pas préparée à ça. Je presse sa main et essaie de ne pas anticiper, parce que si je me trompe, je suis foutue.

— C'est comme si notre rencontre avait amorcé une nouvelle saison de ma vie, Dani. C'est un nouveau terrain avec de nouvelles règles et de nouveaux défis, et ça m'attire beaucoup plus que neuf manches sur le terrain. Mon bonheur est maintenant avec toi. Je pense que le tien est avec moi aussi.

Avant même de m'en rendre compte, je suis dans ses bras, la tête enfouie au creux de son cou.

— J'en ai parlé à Graham ce matin, rigole-t-il, parce que si quelqu'un peut dire sans hésitation qu'on est stupide, c'est bien lui. Il a donné son approbation.

C'est comme si toutes les pièces du casse-tête s'étaient assemblées. Je pleure, mais c'est un mélange d'incrédulité et d'euphorie au lieu de la peur et la tristesse. Ce revirement de situation me fait tourner la tête et je m'attends presque à me réveiller pour me rendre compte que c'est un rêve.

Sa main se serre sur ma taille.

— J'espère vraiment que ça te convient, parce que sinon je viens de céder ma place dans l'alignement, énonce-t-il avec un rire nerveux.

Je prends ses joues dans mes mains, sa peau est douce.

— Es-tu sûr ? Absolument, à 150 millions pour cent, sûr ? Parce que je ne pourrais pas supporter de penser que tu as abandonné ton rêve à cause de moi. Et si ça ne marche pas ?

— Si ça ne marche pas, je vais le regretter à 100… combien déjà ? 150 millions pour cent ? rigole-t-il. Mais ça c'est tellement moins que si j'avais continué à jouer au baseball en me demandant si ça aurait pu marcher entre nous. Et, ajoute-t-il en penchant la tête avec un petit sourire, Graham aurait été furieux s'il avait dû me faire sortir de prison pour avoir tabassé ton père.

Riant, je l'embrasse sur les lèvres.

– Es-tu sûr ? Genre, absolument sûr ?

– Je suis absolument sûr que tu as mangé des beignes au chocolat, glousse-t-il en passant sa langue sur ses lèvres.

– J'ai une sale mine, dis-je l'air embarrassé.

J'essaie de me lever et suis déjà mentalement sous la douche lorsqu'il me ramène vers lui.

– Tu as une sale mine. C'est pourquoi je sais que ça va bien marcher.

– Comment ça ?

– Parce que ton allure reflète comment je me sens. Comme si c'était la fin du monde quand on n'est pas ensemble, et qu'il s'est peut-être même déjà écroulé.

La malice se peint sur ses traits.

M'appuyant de nouveau contre lui, je soupire.

– Je t'aime, Landry.

– Je t'aime, Ryan.

38

Lincoln

Elle se tient dans la cuisine, me tournant le dos. Ses cheveux noirs ébouriffés par la nuit qu'on vient de passer, ses fesses seulement à demi cachées par mon tee-shirt des Arrows. Elle tient sa tasse de café dans une main, son téléphone contre son oreille dans l'autre, pendant qu'elle fait des œufs brouillés sur la cuisinière.

Je me tiens dans l'embrasure et l'observe. C'est exactement ce que je cherchais, la pièce manquante de ma vie qui n'est devenue visible que lorsque tout le reste a été enlevé. Je n'aurais jamais cru être aussi content de ma blessure à l'épaule, mais je le suis. Bon Dieu, que je le suis.

Il n'y a aucun jeu, aucun coup sûr, aucune victoire qui peut égaler le sentiment d'être avec elle. La paix qui habite mon âme. Le bonheur qui remplit mon cœur. Le sentiment de faire quelque chose qui compte.

Au baseball, je n'étais qu'un joueur. Le numéro huit. Un chèque de paie, une machine pour vendre des billets jusqu'à ce que je sois bon pour la casse. Pour elle, je suis tout et je peux l'être pour le restant de mes jours. Nous pouvons bâtir notre propre empire ensemble, notre propre équipe pour conquérir le monde.

— J'ai appelé Gretchen ce matin, dit-elle. Je lui ai donné mes deux semaines d'avis, mais elle me laisse partir immédiatement. Je pars sans mon indemnité de vacances et tout ça, mais je m'en fiche.

Elle soupire avec aise, puis rigole.

— Oui, répond-elle à la personne qui est au bout de la ligne. Je suis tellement heureuse. Je ne sais pas ce qui va arriver, Macie, mais je suis là où je devrais être.

Je ne peux plus me contenir. En moins de deux secondes, je suis collé contre elle, mes bras autour de sa taille. Elle blottit sa tête sur moi et j'embrasse le dessus de sa tête.

— Non, le programme va continuer grâce à un donateur anonyme du nom de Lincoln Landry, rigole-t-elle en me donnant un coup de coude.

— Je n'ai pas dit que c'était moi, murmuré-je.

— Macie, je dois y aller, dit-elle en roulant des yeux. Je suis en train de brûler les œufs.

Je la laisse faire ses salutations et me verse une tasse de café. Une fois l'appel terminé, elle me regarde.

— Gretchen parle encore de ce don.

— Lui as-tu dit que c'était moi ?

Les yeux de Dani s'illuminent à mon aveu, mais je m'en fiche. Elle sait que je l'ai fait. Ou que j'ai demandé à Graham de le faire pour moi. De toute façon, ça revient au même.

— Je ne saurais te remercier assez, dit-elle. Ce programme est si important pour ces enfants.

— Et si Rockster redevient malade ? demandé-je. Il faut que je prenne soin de mon pote.

Danielle rit et prépare nos assiettes pour le petit-déjeuner. Nous prenons place à la table, et elle pose ses pieds sur mes genoux.

– Est-ce qu'on sait seulement ce qu'on est en train de faire ? demande-t-elle. J'ai l'impression que tout est arrivé si vite.

Prenant une bouchée d'œufs, je hausse les épaules.

– C'est arrivé vite. Du moins, la dernière partie. Et tu sais quoi ?

– Quoi ?

– Je me suis réveillé ce matin plus heureux qu'au moment de mon repêchage. J'ai l'impression que le bâton est entre mes mains maintenant. Pas entre les mains des Arrows ou de mon père. Il n'y a pas d'incertitude. Je le tiens. Et c'est bon de s'élancer.

La douceur de son sourire me touche en plein cœur. La voir maintenant qui ne manifeste plus d'hésitation ou de crainte comme avant, vaut plus que tout. Je ne l'échangerais pas contre tout l'or du monde… ou 15 millions de dollars.

– N'est-ce pas étrange que je ne sois pas du tout nerveuse de ne pas avoir d'emploi ou de projet ?

Riant, je presse ses pieds sur mes genoux.

– Non. Je vais prendre soin de toi. Graham m'a fait gagner beaucoup d'argent.

Elle rit et se redresse.

– J'ai mon propre argent, merci. Mais ce n'est pas ce que je voulais dire. Je veux dire, qu'est-ce qu'on fait maintenant ? demande-t-elle en haussant les épaules. On reste ici ? On va ailleurs ? On est comme des bohémiens en ce moment.

– Je pensais qu'on pourrait repartir en neuf. Ailleurs. Ensemble, lui dis-je. L'endroit importe peu pour moi. Je serai entraîneur dans une université ou je donnerai des formations privées de baseball. Et avec un peu de chance, je commencerai à me pratiquer pour ces dix enfants que tu veux.

— Une étape à la fois, Landry, fait-elle en écarquillant les yeux.

Je lève les mains en riant.

— OK, OK.

Elle dépose sa fourchette dans son assiette et me regarde d'un air solennel.

— Et si on allait à Savannah ?

Je déglutis et dépose ma fourchette à mon tour.

— Vraiment ? Tu voudrais aller là-bas ?

Elle hoche la tête.

— L'endroit me plaît. C'est magnifique et ta famille est là et… je pense que ce serait bien.

— Ça me plairait. Ça me plairait vraiment, lui dis-je.

Souriant, elle se concentre sur sa tasse.

— J'aimerais y aller très bientôt, propose-t-elle, ses lèvres toujours un peu gonflées par nos baisers de ce matin.

— Je peux appeler pour dire à tout le monde qu'on sera à la Ferme dans la matinée.

— Ça me semble parfait.

Épilogue

Danielle

Six semaines plus tard

« Merde ! » Graham se précipite et ne fait que me déséquilibrer un peu plus. J'accroche le haut de l'échelle pendant qu'elle glisse de côté et me prépare à l'impact. Je suis sauvé quand il la redresse avant qu'il soit trop tard.

— Descends, ordonne-t-il d'un ton qui est unique à Graham.

— Je voulais juste voir si la photo irait bien là.

— Merde, où est Linc ?

— Ici, beugle-t-il en arrivant du couloir.

Je jette un coup d'œil par-dessus mon épaule en descendant. J'ai le souffle coupé. Il est torse nu dans un jeans à taille basse avec les genoux déchirés. Il est barbouillé de peinture blanche, tenant un tournevis dans une main et un pot de fromage à tartiner dans l'autre.

— Qu'est-ce que tu fais ? demande-t-il en évaluant la situation. Tu n'as pas grimpé dans cette échelle, hein ?

— Voulez-vous arrêter tous les deux ? rigolé-je. J'essaie juste de voir si c'est le bon endroit pour ça.

— Je t'ai demandé de m'attendre, fait remarquer Lincoln.

— Je suis excitée, OK ?

— Moi aussi. Je n'ai jamais accroché mes propres photos dans ma maison avant, mais ça ne te permet pas de faire des trucs idiots.

Il me lance un regard d'avertissement. Le même que Graham m'adresse du coin de l'œil.

Je dépose la photo par terre, lance les bras en l'air, puis je vais prendre ma tasse rose qui se trouve sur les marches. Je m'assois sur la marche du bas et regarde les deux frères parler.

Nous sommes à Savannah depuis deux semaines. Notre petite maison est lumineuse et spacieuse, et la vue donne sur un grand champ qui apaise mon âme. C'est si différent de tous les endroits où j'ai vécu. C'est parfait. Je me sens chez moi. C'est bruyant et bordélique et les Landry entrent et sortent. C'est fantastique.

— Mallory commence demain ? demande Lincoln à Graham.

— Ouais.

Il enfonce une main dans la poche de son jeans et me regarde.

— Je ne sais pas pourquoi tu ne veux pas travailler pour moi, dit-il. Tu es sans emploi et tout.

— Elle ne travaillera pas pour toi, aboie Lincoln, ce qui nous fait rire Graham et moi.

— Qui est Mallory ? demandé-je.

— Une fille que Sienna a connue à l'école. Même si je fais confiance au jugement de Sienna, je suis vraiment à bout de nerfs. J'ai passé trois intérimaires. L'une ne pouvait pas absorber la charge de travail, alors l'agence m'en a envoyé une autre pour aider, mais elle était pire que la première. Quand la troisième est arrivée, elle m'a fait une dissertation sur les raisons de passer au café déca le midi, et je l'ai renvoyée chez elle. Les candidatures sont horribles. Est-ce qu'il reste des gens avec une cervelle ?

Je hausse les épaules.

– Peut-être que celle-là fera l'affaire.

Il hausse les épaules à son tour.

– Il le faut. J'accumule du retard, et je travaille 20 heures par jour. J'ai besoin d'aide.

– Tu veux que je vienne t'aider ? demande Lincoln en faisant un clin d'œil.

– Je ne veux pas avoir à réparer tes conneries.

Je me lève et m'approche de Lincoln. Je pose ma tête sur son épaule et adresse un sourire à Graham.

– Merci de nous avoir aidés à nous installer.

– Je n'ai eu que quelques appels à faire. Et je n'ai même pas fait d'appel pour le poste d'entraîneur. Dès qu'ils ont su que Lincoln prenait sa retraite, l'université m'a appelé. C'est vraiment arrivé tout seul. Ce n'était pas grand-chose.

– Pour moi, oui, dis-je. Votre famille a été incroyable pour tout : la retraite de Lincoln, notre déménagement, les œuvres de charité pour les enfants. Je n'arrive encore pas à y croire.

– C'est ainsi que ça doit être, intervient Lincoln. Quand les choses se passent comme elles le devraient, tout s'aligne. C'est ici que nous devions être. C'est évident.

Graham nous observe tous les deux et tente de dissimuler un rire. Je ne le déchiffre pas complètement encore, mais je l'aime bien. Je ne sais juste pas ce qui le branche.

— Je vous laisse tous les deux. Vous venez pour le repas de dimanche à la Ferme ? demande-t-il en ouvrant la porte.

— On sera là, lui dit Lincoln.

Ils échangent des chuchotements, et je suis curieuse, mais je ne m'en mêle pas. C'est quelque chose que je découvre, la dynamique entre frères.

— À plus, dit Graham avec un petit signe de la main avant de disparaître.

Lincoln s'approche à grands pas de moi, s'arrêtant juste sous mon nez.

— Tu veux venir inspecter mon travail ?

— Je préférerais t'inspecter, toi, l'aguiché-je.

Il prend ma main et me guide jusqu'à notre chambre. Les boîtes s'empilent encore partout et notre lit est en désordre parce qu'on a du mal à en sortir. C'est parfait.

Il dépose le tournevis par terre et se redresse, me regardant d'un air malicieux.

Il soulève son pot de fromage à tartiner.

— Qu'est-ce que tu fais ? rigolé-je.

— Tu aimes ce truc ?

— Non. C'est du simili fromage, Landry.

— Je ne savais pas que ça existait jusqu'à hier, quand Huxley en a mis dans le panier à l'épicerie.

Il en fait gicler dans sa bouche et sourit.

— Tu vois ? C'est super.

— Tes abdos sont super, dis-je en faisant passer mon doigt sur les bosses qui découpent son ventre.

— Tu veux que je mette du fromage dessus pour le lécher.

— Non, rigolé-je.

— Allez. Tu sais que tu en as envie. Ça va.

— Le fromage n'est pas sexy, Landry.

— Techniquement, ce n'est pas du fromage. C'est du simili fromage.

— C'est la même chose.

Il me fait reculer jusqu'à ce que l'arrière de mes genoux heurte le pied du lit et que je tombe sur le matelas.

— Très bien, dit-il en tendant la main pour soulever mon t-shirt. Mais j'aime ça et je peux manger tout ce que je veux maintenant que je ne m'entraîne plus pour le baseball.

— Ne salis pas ce t-shirt, dis-je la gorge serrée. Stone Lockhart y a touché. Il a soufflé dessus. Peut-être même que sa sueur est tombée dessus.

— Je l'ai lavé un millier de fois, Dani. Ne sois pas si sentimentale.

— Ne prenons pas ce risque. Il est si beau ! Je pourrais passer le reste de mes jours dans ce t-shirt.

— Premièrement, tu vas devoir en sortir bientôt. Deuxièmement, qu'advient-il de mes t-shirts des Arrows ? Tu ne les as pas en admiration ?

Je soupire en battant des cils.

— Lorsque je l'ai vu en spectacle à Nashville, je te jure que Stone m'a regardée droit dans les yeux. Droit dans les yeux, Landry.

— Toi et tes fichues stars du rock.

Dans le temps de le dire, j'ai un fou rire tandis qu'il fait gicler une ligne de simili fromage sur mon ventre. Il se penche et sa langue lèche ma peau juste sous la ligne des seins jusqu'à mon nombril. Il fait une pause et nous échangeons un regard, puis un sourire tendre, et il embrasse délicatement mon ventre.

— Un en cours. Neuf à venir.

— Occupons-nous du premier avant d'aller plus loin, rigolé-je.

— C'est toi qui veux dix enfants. Je me contente de répondre à tes désirs. Et…

Ses doigts s'affairent à déboutonner mon jeans.

— … je ne peux pas m'arrêter de te toucher.

Je soulève les hanches afin qu'il fasse glisser mon jeans. Une fois ce dernier par terre, Lincoln se penche sur moi.

— Qu'est-ce que tu fais, Landry ?

— Je m'apprête à frapper un coup de circuit.

Et c'est ce qu'il fait.

Fin

Remerciements

D'abord et avant tout, merci au Créateur de me donner le courage, les outils et la foi pour continuer cette aventure.

À ma famille, M. Locke, les Petits, Maman, Peggy et Rob : merci de votre soutien incroyable. Vous voyez le meilleur et le pire en moi, mais vous restez toujours à cent pour cent derrière moi. Je remercie tous les jours Dieu d'être tombée dans ce groupe de personnes fantastiques. Je vous aime tous. Si fort.

À mon équipe, Kari (*Kari March Designs*), Lisa (*Adept Edits*), Christine (*Type A Formatting*), Kylie (*Give Me Books*) : on a encore réussi ! Je me sens honorée chaque fois que vous répondiez toutes positivement lorsque je vous demande s'il y a de la place pour moi dans votre agenda.

À ma bêta-équipe : Jen C, Susan, Jen F, Carleen, Candace, Joy, Ashley, Michele : le monde ne pourrait contenir tous les mercis que je vous dois. Votre temps, votre attention, votre regard, votre affection — vous me les donnez tous abondamment. J'espère que vous savez à quel point cela, et vous-mêmes, comptez pour moi.

À Jen C, Jade, Tiffany et Stephanie : vous me faites rire tous les jours. Vous m'aidez à garder le cap, me bombardez de GIFs, (prenez des vidéos de concerts, ha !), continuez à faire fonctionner mes groupes, organisez mon *Goodreads*. Sans vous, je serais un désastre. Sans vous, ce train cesserait de cracher de la fumée. Sans vous, mon cœur serait triste. Merci d'être mes amies.

À Mandi : tu représentes tellement pour moi. Mon amie adorable, la voix de la raison (parfois oui, parfois non). ;) Merci d'avoir toujours cru en moi, de me faire rire, de me laisser m'évader et de me divertir.

À Lisa, Jade et Alexis : Vous êtes une part si importante de ma vie... zut. (Vous avez vu ce que j'ai fait ?) Je peux compter sur vous pour n'importe quoi n'importe quand. Blagues, rires, images, thé. ;) Merci les filles : gros bisous !

À la vraie Danielle : à un autre été de baseball, de sueur, de voyages et de rires. Xo

À Mary Ruth : tu as aimé Lincoln Landry dès le début ! Merci pour ton soutien, ton enthousiasme et ton amitié. Et l'impressionnant logo des Arrows.

Aux blogueurs : c'est votre passion qui a rendu tout ça possible. Votre amour pour mes écrits a mené mes histoires entre les mains des lectrices. Ce que vous faites est incroyable. Merci d'avoir pris le temps de me lire, d'avoir fait une place à mes écrits sur vos blogues et dans vos cœurs. Je l'apprécie plus que vous ne le saurez jamais.

Books by Adriana Locke et *All Locked Up* : ce sont mes endroits de prédilection ! Vous me faites sourire, mettez une pointe de joie dans ma voix et... me poussez dans le dos. Merci pour tant de choses, mais avant tout pour votre amitié.

À propos de l'auteure

Auteure à succès citée par le *USA Today,* Adriana Locke vit et respire grâce aux livres. Après des années de fascination un peu obsessionnelle pour les mauvais garçons créés par d'autres auteures, Adriana a décidé de créer les siens.

Elle demeure dans le Midwest avec son mari, ses garçons, deux chiens, deux chats et un oiseau. Elle passe beaucoup de temps à jouer avec ses enfants, à boire du café et à faire la cuisine. On peut la trouver à l'extérieur lorsque le temps est beau et il y a toujours un bonbon dans ses poches.

Outre les bonbons gélifiés à la cannelle, la boxe et les citations tirées au hasard, ce qu'elle préfère est de clavarder avec ses lectrices. Elle aimerait beaucoup connaître vos commentaires !

Elle a deux groupes où elle communique quotidiennement : *Books by Adriana Locke* sur Facebook ou *All Locked Up on Goodreads.*

www.ada-inc.com
info@ada-inc.com

www.facebook.com/EditionsAdA

www.twitter.com/EditionsAdA